KB180830

경기별곡 02

멀고도
가까운
경기도

멀고도 가까운 **경기도**

쉬러 갔다 마주한 뜻밖의 이야기 (경기별곡 02)

© 운민(이민주), 2022

1판 1쇄 인쇄__2022년 06월 20일
1판 1쇄 발행__2022년 06월 30일

지은이__운민(이민주)
펴낸이__홍정표
펴낸곳__작가와비평
        등록__제2018-000059호

공급처__(주)글로벌콘텐츠출판그룹
        대표_홍정표 이사_김미미 편집_하선연 권군오 이정선 문방희 기획·마케팅__김수경 이종훈 홍민지
        주소__서울특별시 강동구 풍성로 87-6
        전화__02) 488-3280 팩스__02) 488-3281
        홈페이지__http://www.gcbook.co.kr
        이메일__edit@gcbook.co.kr

값 16,000원
ISBN 979-11-5592-297-2 03810

쉬 러 갔 다 마 주 한 뜻 밖 의 이 야 기

경기별곡 02

멀고도
가까운
경기도

운민 지음

작가와비평

경기도로 떠나는 두 번째 발걸음

여행의 암흑기였던 2년 동안의 겨울을 지나 드디어 봄이 찾아오는 듯하다. 길가엔 꽃 멍울이 어느새 가득하고, 쌀쌀하고 차갑기만 하던 바람결도 따스하고 포근하게 느껴진다. 방구석에서 움츠려 있던 우리들은 다시 집 밖으로 나와 꿈틀대는 생명의 기운을 마음껏 누려 볼 시간이 머지않은 듯하다.

전국의 모든 고장을 다뤄 보겠다는 일념 하나로 시작했던 <경기별곡>의 두 번째 시리즈가 출판되었다. 도시의 골목, 마을의 담장길, 숲길을 더듬어 가며 고장의 보편적인 정보를 전달해 주기 위해 고심했던 순간이 주마등처럼 스쳐 지나간다. <경기별곡> 시리즈의 첫 번째 책인 『우리가 모르는 경기도』에서는 독자들에게 경기도의 매력을 두루 보여 주기 위해 새롭게 주목받는 경기 북부의 김포와 파주, 고구려 유적을 엿볼 수 있는 연천, 남한강이 흐르는 남양주와 양평, 수도권의 핵심 도시인 수원과 안양까지 다양한 고장들을 함께 둘러보았다.

이번에는 범위를 넓혀 경기도에 속해 있지만 수도권에서 조금 떨어진 이른바 '근교 도시'를 살펴보려고 한다. 행정 구역의 변천이 유독 잦았던 경기도지만 이번에 소개할 고장들은 고려 시대 이래로 그 정체성을 고스란히 유지하고 있는 곳이 많다.

그 처음을 가평에서 시작하기로 하자. 서울과 근접하고 자연환경이 수려한 덕분에 많은 사람이 휴양과 레포츠를 즐기러 종종 찾지만 가평 자체의 매력에 대해서는 잘 모르는 듯하다. 가평은 강원도 못지않은 산세와 장엄한 강이 어우러질 뿐만 아니라 경기도에서 가장 아름다운 산사(山寺)도 있는, 볼거리가 풍부한 고장이다.

다음은 경기도를 넘어 전국에서 가장 인구가 폭증하고 있는 화성으로 떠날 차례다. 많은 역사의 아픔을 겪었던 도시지만 궁평항의 솔밭, 제부도의 매바위 등 아름다운 경관이 존재하고, 사도세자를 향한 정조의 효심이 담겨 있는 용주사와 융건릉 등 역사의 흔적도 진하게 남아 있다.

또 수원과 화성 사이에 조그맣게 자리한 오산도 결코 우습게 볼 수 없다. 면적은 작을지라도 임진왜란의 격전지인 독산성, 전국에서 두 개밖에 없는 공자의 사당, 경기 남부 최대의 시장까지 오밀조밀하게 모여 있어 가볍게 다녀오기 손색없는 곳이다.

우리가 이동갈비 또는 막걸리로만 알고 있었던 포천은 과거엔 금강산과 강원도로 넘어가는 '경흥로'의 길목이었다. 덕분에 이 고장은 경기 북부에서 제일 번성했던 상업 도시로 알려졌다. 또한, 한탄강이 흐르는 중간 지점에 있어 용암대지와 현무암이 만들어 내는 독특한 지질 경관을 볼 수 있다.

한 챕터에 한꺼번에 다루게 될 과천, 군포, 의왕은 서울에서 한 시간 이내로 충분히 갈 수 있는 도시지만 서울대공원을 제외하고는 여행을 목적으로 가는 일

경기도로 떠나는 두 번째 발걸음

은 아마 거의 없을 것이다. 하지만 이 도시들은 반나절 나들이로 아주 적합하다. 과천은 의외로 독립된 고장으로서 역사가 유구하고 정조가 수원으로 행차하는 도중에 머물던 객사와 추사 김정희의 마지막 흔적도 남아있다. 군포는 화려한 볼거리는 적지만 수리산 자락의 살기 좋은 신도시와 일몰이 아름다운 호수공원이 있다. 의왕은 철도를 테마로 하는 철도 관광특구를 꿈꾸고 있다.

여주는 한국을 찾는 외국인이나 수도권이 아닌 다른 지역에서 온 사람들이 경기도의 도시를 추천해 달라고 하면 무조건 처음으로 추천하는 도시다. 장구하게 흐르는 남한강을 배경으로 절벽 위에 우뚝 솟은 신륵사의 풍경은 전국 어디에서도 보기 힘든 절경이다. 경기도에서 가장 많은 지정문화재가 산재해 있는 고장이기도 하다.

여주와 경계를 마주하고 있는 이천도 예전부터 독자적인 정체성을 꾸준히 유지하고 있는 도시다. 양녕대군이 이곳으로 유배를 온 뒤로 이곳에서 생산된 쌀은 경기미의 대명사가 되었으며 도심에서 보기 드문 온천지구이기도 하다.

평택 또한 마찬가지다. 평평한 땅을 뜻하는 지명의 명칭처럼 근접한 충청도의 분위기가 물씬 풍기지만, 국제여객항인 평택항과 공군기지의 정문에 자리한 송탄관광특구에서는 외국인들을 심심치 않게 마주한다. 논란의 인물 원균과 신숙주, 정도전 등 역사의 발자취가 풍부하게 남아 있는 고장이기도 하다.

예전에는 강경, 대구와 함께 조선 3대 상업 도시로서 번성했지만 철로가 평택을 지나가는 바람에 쇠퇴한 안성도 경기도를 소개할 때 빠지면 섭섭하다. 안성 구도심에서는 예전 번화했던 흔적들을 만날 수 있으며, 마을 곳곳에 자리한 미륵불의 존재는 궁예와 안성과의 인연을 떠오르게 만든다.

2권에서 마지막으로 찾을 도시는 용인이다. 급속한 개발로 도심 전체가 아파트 숲으로 전락했지만 조금만 눈을 돌려 보면 문화유산은 물론이요, 개성 넘치는 박물관도 심심치 않게 찾을 수 있다. 그뿐만 아니라 용인은 경기도 제일의 명당 중 하나로 사대부들의 묏자리로 가장 선호했던 고장이기도 하다.

이번 편을 읽은 독자들이 책에 나온 곳들을 따라가면서 그 도시들의 매력을 즐길 수 있길 바란다. 모쪼록 이 책이 서울이나 수도권이 아닌 타 지역 사람들도 경기도를 찾는 계기를 제공해 준다면 더 바랄 게 없겠다. 꿋꿋이 내조와 사진 작업을 도와준 아내, 출판사 관계자, 조언을 아끼지 않은 성주 형에게 감사를 드리며 지금부터 경기도 근교 도시를 살펴보는 여행을 떠나 보도록 하자.

차례

차례

[가평]
빼어난 절경,
경기도의 알프스

빼어난 절경, 경기도의 알프스

북한강을 따라가는 환상의 드라이브 코스

금강산 단발령에서 발원한 북한강은 춘천 부근에 도달하면 소양강과 만나 제법 거대한 강과 호수를 이룬다. 호수에 막혀 한동안 고요했던 북한강은 숨을 돌리고 두물머리에서 남한강과 만나기 위해 힘찬 발걸음을 이어 가며 청춘의 기운을 마음껏 내뿜는다. 북한강의 기운 덕분일까? '청춘'과 가장 어울리는 경기도의 도시라고 하면 가평이 가장 먼저 떠오른다. 남한강을 끼고 있는 양평이 노년의 안식처 같은 인상을 주는 데 반해, 대학생 시절 설레었던 추억이 잔상처럼 남아 있는 가평은 젊음 그 자체일지도 모른다.

현재도 북한강을 따라 빠지, 워터파크 등 수많은 레저 시설이 들어서 있어 여름철마다 수많은 사람이 모여들고, 강원도 못지않은 산세를 지닌 천혜의 자연환경이 존재해 등산객들과 가족 여행객들로 가평은 언제나 붐빈다. 하지만 서울의 근교 여행지로 가장 선호되는 고장임에도 불구하고 우

운악산 두부마을에서 바라본 운악산

리가 가평에 대해 얼마나 알고 있을지 의문이다. 단편적인 관광지 또는 레저타운 정도로만 기억되는 이 고장에 어떤 이야기와 역사가 담겨 있는지 모르는 사람이 많다. 서울양양고속도로를 이용해 가평휴게소에서 잣 호두과자를 먹어 본 사람이라면, 여기가 잣으로 유명한 동네구나 하는 정도는 알 것이다.

가평을 전체적으로 살펴보자면 산지의 비중이 다른 경기도의 도시들보다 높다. 경기도에서 가장 높은 산인 화악산이 가평과 강원도 화천의 경계에 있으며, 명지산, 운악산, 축령산, 유명산 등 이름만 들어도 알 만한 산이 가평 일대에 집중적으로 분포되어 있다. 가평의 면적은 서울보다 1.4배 크지만 평지가 적고 산지가 대부분인 데다가 많은 지역이 상수원 보호구역으로 묶여 있어 정작 인구는 6만 명밖에 되지 않는다. 이런 자연조건은 낮과 밤의 일교차를 크게 만들 뿐만 아니라 경기도에서 가장 추운 고장이라는 인식까지 심어 주었다. 덕분에 평균 기온이 낮고 한대 기후에서 잘 자라는 잣이 가평의 특산물이 되었다.

경기도에서 자연경관이 아름답기로 첫 손에 꼽히는 가평의 답사는 산을 헤집고 오르거나 계곡을 따라 걷는 일이 많을 것 같다는 예감이 든다. 다시 신발 끈을 고쳐 매고 경춘선이 출발하는 청량리역에서 ITX 청춘 기차에 올라탔다. 대학생 때 MT를 가기 위해 경춘선 무궁화를 탔던 기억이 새록새록 떠오른다. 오래되고 낡은 청량리역은 최신식 건물로 탈바꿈했고, 구불구불 철로를 달그락 소리를 내며 달리던 무궁화호도 사라졌지만, 마음만은 청춘으로 다시 돌아가는 기분이다. 2층 열차인 ITX 청춘을 타고 직선으로 쭉 뻗은 철로를 45분 정도 달리다 보면 어느새 가평역에 도착하게 된다.

경춘선이 전철로 새롭게 개량되면서 지어진 가평역이라 그런지 앞은 아직 허허벌판이다. 예전 경춘선 청평, 대성리, 강촌역처럼 소담한 분위기도 느껴지지 않고, 마치 공사장 한복판에 와있는 듯하다. 그래도 다른 도심에서 느끼지 못했던 선명한 하늘과 신선한 공기가 몸 전체를 타고 상쾌하게 흐르고 있었다. 천천히 가평의 시내를 거닐며 첫 번째 목적지인 자라섬으로 힘차게 걸음을 이어 가본다. 15분 정도 걸었을까? 꽤 넓은 공터가 나오고 자라섬을 알리는 표지판과 함께 북한강을 사이에 두고 거대한 철교가 눈에 띈다. 자라섬에 도착한 것이다.

자라섬에서 바라보는 북한강의 아름다운 경관

자라섬은 크게 서도, 중도, 남도 세 개의 섬으로 구성되어 있고, 섬마다 특징이 있다. 원래 자라섬은 1943년 청평댐이 건설되면서 북한강의 유속이 느려지고 흙과 모래가 쌓여 생겨난 하중도다. 하류에 있는 남이섬에 비해 크게 주목받지 못했던 곳이었지만, 2004년 국내 최대 음악 축제인 '자라섬 재즈페스티벌'이 성황리에 개최되면서 널리 알려지기 시작했다. 서도, 중도, 남도를 합친 규모만 해도 20만 평의 크기라 도보로만 돌아보기에는 만만치 않다. 다행히 자라섬부터 가평 레일바이크까지 한 바퀴를 도는 전기 셔틀이 있어 타고 이동해 보기로 했다.

생각보다 이용객이 많지 않아 타는 사람들은 우리 일행뿐이었다. 덕분에 셔틀 기사님의 구수한 설명과 함께 자라섬의 모습을 전체적으로 볼 수 있었다. 우선 카라반들과 일렬로 늘어선 텐트가 인상적인 서도는 주로 오토캠핑장으로 쓰이는 섬으로, 비교적 저렴한 가격은 물론 북한강의 아름다운 경치를 즐기며 산책도 즐길 수 있기에 꽤 인기가 있다고 한다. 서도에서 기다란 제방을 건너 중도로 이동하는데 길가에는 가을이 완연한 듯 가지각색의 꽃들이 아름답게 피어 있었다. 기사님은 재즈페스티벌이 열리면 제방을 막아 놓고 중도부턴 유료로 공연이 열리게 된다고 말씀하셨다. 이곳저곳 살펴보며 이야기도 듣다 보니 어느덧 중도로 들어와 있었다. 들어서자마자 보이는 거대한 원형광장 덕분에 절로 압도되는 느낌이 들었다.

재즈페스티벌이 열리는 자라섬 중도 원형광장

[가평] 빼어난 절경, 경기도의 알프스

자라섬의 대표적인 포토 존, 회전 그네

춘천으로 넘어가는 경춘선 철교

남도에서 바라보는 남이섬

남도의 아름다운 꽃밭 풍경

  셔틀은 중도의 원형광장까지만 운행하므로 여기서 기사님과 작별을 고하고는 자라섬의 본격적인 아름다움을 탐방하기로 했다. 중도에서 남도로 넘어가는 다리 옆에는 자라섬의 매력을 한눈에 느낄 수 있는 포토 존이 있는데, 흰색 톤의 벤치로 만든 그네 앞에 강물이 수채화처럼 흐르는 곳이다. 다른 일정을 소화하기 위해서 빨리 남도로 가는 다리로 올라가야 했지만, 그 풍경을 보고 넋이 나간 사람처럼 한동안 그 자리에서 움직일 수 없었다. 겨우 정신을 차리고 다리를 건너 남도로 건너간 순간 중도의 포토 존은 단지 전주곡에 불과했다는 사실을 깨달았다.

구절초를 비롯해 백일홍, 코스모스, 핑크뮬리 등 각자의 아름다움을 지 닌 꽃들이 저마다 존재감을 뽐내며 남도 전체를 수놓고 있었고, 맞은편은 강과 산세가 어우러져 신선이 산다면 아마 이런 곳에서 살았을 것 같았다. 환상의 정원을 거닐다 보니 어느덧 남도의 끝자락에 도달했다. 자라섬에서 가장 전망이 탁월한 이곳에는 수상 레저를 즐기는 사람들이 곳곳에서 눈에 띄었다. 다시 자라섬의 초입으로 나와 반대편 남이섬으로 가보기로 했다.

그 시절 낭만이 살아 있는 남이섬 여행

대한민국 대표 명소 중 하나인 남이섬

남이섬으로
들어가는 선착장

국내는 물론 일본까지 엄청난 열풍을 불러일으키며 한류 열풍의 시초가 되었던 드라마 〈겨울연가〉가 있다. 극 중 지고지순하고 이상적인 사랑을 연기했던 주연 배우 배용준은 일본에서 '욘사마'라 불리며 단순한 스타가 아닌 한국 대중문화를 대표하는 아이콘이 되었다. 〈겨울연가〉의 배경이 되었던 춘천의 명동 골목, 북촌의 끝자락에 있는 중앙고등학교 등 수많은 촬영지가 관광객들로 항상 붐비는 명소로 지금까지 남아 있다. 하지만 가장 수혜를 입은 곳은 당연히 남이섬이라고 할 수 있다. 남이섬의 서정적이고 아름다운 풍경은 드라마의 주요 무대가 되었고, 주인공들이 걷던 거리와 눈사람 등이 지금도 많은 관광객의 이목을 끌고 있다.

이제 남이섬은 '나미나라공화국'이라는 기치를 내세우며 단순히 유원지나 관광지에 놀러 가는 것이 아닌 새로운 세상, 환상적인 공간에 온 듯한 느낌을 받게 한다. 그런데 남이섬의 행정 구역은 경기도 가평이 아니라 강원도 춘천에 속해 있다. 가평편에 갑자기 남이섬이 웬 말이냐고 의문을 표하시는 분들도 분명 있을 것이다. 하지만 앞서 1권에서 행정 구역상으로는 포천에 속해 있는 국립수목원을 광릉, 봉선사와 함께 묶어 남양주편에서 다뤘던 것처럼 남이섬 또한 가평편에서 소개하도록 하겠다. 행정 구역상 강원도 춘천에 속해 있긴 하지만 남이섬에 들어가려면 가평에 있는 선착장으로 가야 하기 때문이다. 자라섬의 남쪽, 청평호수 한복판에 있는 남이섬은 면적 약 13만 평에 둘레 약 5km로, 여의도의 5분의 1 크기의 크지도 작지도 않은 섬이다.

원래는 홍수로 주변이 잠길 때만 섬이 되었지만 1944년, 일제가 청평댐을 건설하면서 수위가 높아지는 바람에 육지와 영영 떨어지게 되었다. 해방 후 뽕나무만 자라는 척박한 모래섬에 있는 것이라고는 기껏해야 인근 주민들의 허기를 달랠 정도의 땅콩밭이 전부였다. 남이섬이 지금과 같은 아름다운 나무로 울창한 섬이 된 것은 1965년이고, 민병도 씨가 섬을 구입하고 묘목을 심기 시작한 이후다. 사실 민병도라는 인물의 친일 행적에 대해 논란이 많다. 하지만 그 이야기는 다른 곳에서 심도 있는 논의가 필요한 부분이고 여기에서는 남이섬 그 자체의 매력에 집중해 보기로 하자.

1970~80년대 이전부터 남이섬은 행락객들이 머물다가는 유원지로 꽤 명성이 있었다. 그러나 행락객들이 버리는 소주병과 쓰레기들로 몸살을 앓기도 했다. 2001년 〈겨울연가〉가 촬영되기 1년 전, 남이섬의 아름다운 모습을 만들고자 섬 전체에 있는 쓰레기를 치우기 시작했다. 얼마나 쓰레기가 많았던지 남이섬 직원과 근처 주민들은 물론 가평에 주둔하고 있

던 66사단 장병들이 3년 동안 그 작업에 몰두한 끝에 지금의 모습을 갖추게 되었다고 한다. 남이섬이 가진 고유한 매력과 가치를 보존하기 위해 다리를 설치하지 않았기 때문에 오직 '배'와 '짚와이어', 이 두 가지 방법으로만 들어갈 수 있다.

한국을 대표하는 관광지라는 명성답게 남이섬으로 들어가는 선착장에는 가평 시내에서도 볼 수 없는 스타벅스를 비롯해 각종 상업 시설이 빼곡하게 가득 차 있었다. 게다가 선착장은 남이섬을 들어가고 나오는 사람들로 항상 붐빈다. 드라마처럼 조용하고 서정적인 남이섬을 보고 싶다면 섬 내부에 있는 숙박 시설을 이용하길 추천한다. 남이섬에 있는 숙소를 통틀어 '정관루'라 칭하는데, 이 숙소는 호텔 본관과 서쪽 강변에 늘어서 있는 별장형 숙소로 구성되어 있다. 남이섬을 둘러보는 관광객들이 배

남이섬 유일의 호텔, 정관루의 리셉션

시간이 끊기기 전에 섬을 떠나면 그때부터 아침까지 한적한 남이섬을 오롯이 즐길 수 있다.

이 호텔에는 신문도, 텔레비전도, 심지어 와이파이도 없다. 하지만 책과 일기장이 이를 대신해 준다. 해가 진 남이섬은 도시보다 어둡기에 하루 동안 세상과 단절하고 나만의 고독감을 느끼기엔 이만한 곳이 없지 않을까?

정관루에서 하룻밤을 보내고 나면 신선한 아침 공기를 마시며 남이섬을 천천히 산책해 보도록 하자. 한옥 구조의 정관루 리셉션 주위에는 선사시대의 움막집과 삼층석탑 그리고 엘리시안 폭포정원이 섬의 나무들과 한데 어우러져 마치 다른 세계에 온 것 같은 착각을 하게 된다. 섬의 남쪽 끝

많은 사연을 품고 있는 남이장대

남이섬의 대표적인 경관, 엘리시안폭포

[가평] 빼어난 절경, 경기도의 알프스

으로 걷다 보면 남이장대라 불리는 2층 누각을 볼 수 있는데, 이 건물은 남다른 사연을 간직하고 있었다.

세워진 지 10년이 채 되지 않았지만 2005년 낙산사 화재, 2006년 수원 화성 서장대 화재로 인해 발생한 폐목재를 기둥으로 삼았고, 쌍계사의 폐기와를 수집해 지붕을 올리면서 지금의 건물이 만들어지게 되었다. 옛 건물이 소실되는 안타까움이 있었지만 그 아픔을 딛고 다시 역사가 이어지는 데 의의가 있다고 할 수 있겠다. 남이섬의 남쪽 끝 지점인 창경대에선 북한강과 깊은 산세가 어우러지며 몽환적인 풍경을 보여 주고 있었다. 그 광경을 바라보다 보면 모든 근심 걱정이 사라진다. 가만히 바라보기만 해도 우리에게 작은 위안감을 가져다준다.

남이섬에서는 자연 생태계의 보고라 할 만큼 많은 동식물을 한자리에서 볼 수 있다. 섬 여기저기서 다람쥐, 토끼들이 사람들의 시선을 의식하지 않고 뛰놀고 있으며, 한때 남이섬에 방목했던 타조는 '깡타'라는 별칭으로 불리며 남이섬 곳곳을 활개 치고 다닌다. 또한 은행나무, 잣나무, 자작나무, 전나무 등 숱한 나무들을 거니는 즐거움도 누릴 수 있다. 하지만 그 중 가장 하이라이트는 〈겨울연가〉의 배경이 되었던 메타세쿼이아길이다. 남이 장군 묘, 노래박물관, 〈겨울연가〉 첫 키스 장소로 알려진 벤치 등 숱한 명소가 많지만, 개인적으로 가장 인상 깊었던 장소는 송파은행나무길의 초입에 자리한 '이슬정원'이다.

남이섬의 이슬을 모아 만든 정원인가 하는 생각도 잠시 들었지만, 알고 보니 본래 원숭이 우리가 있던 장소에 남이섬에서 나온 소주병과 폐품들

남이섬의 명물, 메타세쿼이아길

소주병을 모아 만든 남이섬 이슬정원

을 모아 정원처럼 꾸민 것이었다. 이 정원을 짓는 데만 3,000개의 소주병이 들어갔는데, 소주병을 담장 안에 끼워 넣거나 납작하게 녹여 타일을 만들어 붙였다. 여기에 쓰인 소주병 대부분이 '참이슬' 브랜드라 자연스레 이슬정원이 된 것이다. 모르고 그냥 지나칠 수 있는 장소지만 개인적으로 남이섬에서 가장 상징적인 장소를 꼽자면 여기가 아닌가 싶다. 사계절 내내 색다른 매력을 보여 주는 남이섬. 섬을 찾는 사람마다 일상에 지쳤던 몸을 달래면서 새로운 영감을 얻기를 바란다.

[가평] 빼어난 절경, 경기도의 알프스

원시림이 펼쳐지는 잣향기푸른숲과 이국적인 아침고요수목원

　가평은 북한강을 사이에 두고 강원도와 마주 보고 있다. 그 덕분에 경기도에서 가장 험준한 산세와 때 묻지 않은 아름다운 자연경관을 자랑한다. 가평을 대표하는 팔경이 전부 자연경관으로 구성되어 있어 경기도의 다른 도시에 비해 자연 유람의 비중이 높다. 사실 인문과 역사의 향기가 남아 있는 문화재 답사는 '아는 만큼 보인다'라는 명제처럼 사전에 어느 정도 배움이 필요하지만, 자연을 벗 삼아 떠나는 여행은 튼튼한 두 다리와 넓은 마음만 준비하면 된다. 하지만 가평에는 화악산, 운악산, 유명산 등 1,000m가 넘거나 그에 근접한 명산이 많아 약간의 마음의 준비가 필요하다.

　그럴 땐 가평에 산재해 있는 계곡가를 거닐거나 휴양림에 하루 머무는 것도 나쁘진 않다. 하지만 우리는 쉬러 온 것이 아니라 가평의 매력을 알고자 하는 답사이기에 마냥 놀 수만은 없다. 다행히 아름다운 자연경관은 기본이요, 가평 고유의 정체성을 잘 유지하고 있는 장소가 있다. 바로 가평군 상면 지역이다. 이 지역은 산과 계곡의 조화가 아름답기로 손에 꼽히는 동네다. 북한강 유역과 달리 번잡하지 않아 이 지역의 리조트와 펜션을 이용하는 사람들도 적잖게 있다고 한다. 상면 지역으로 가기 위해서는 청평까지 경춘로를 타고 내려오다가 조종천이 흐르는 포천 방향으로 꺾어야 한다.

　한적함이 풍기는 길을 지나다 보면 주위에 잣을 파는 가게와 그것을 이용한 음식점들이 곳곳에 눈에 띈다. 그렇다. 가평은 우리나라 최고의 잣 생산지로 이름난 고장이다. 가평을 대표하는 막걸리조차 잣막걸리 않은

가? 가평에서도 잣이 집중적으로 생산되는 지역은 상면에 있는 축령산 자락이다. 그 산을 사이에 두고 대한민국의 굴지의 명소로 자리매김한 아침고요수목원과 잣나무가 집중적으로 분포하는 잣향기푸른숲이 자리하고 있다. 축령산과 서리산 자락 해발 450~600m에 있는 잣향기푸른숲은, 수령 80년 이상의 잣나무가 가득한 국내 최대 규모의 잣나무 숲으로 익히 알려져 있다. 최근 잣나무 숲을 거닐 수 있는 무장애나눔길이 개통되면서 많은 사람이 찾는 명소로 뜨고 있다.

하지만 찾는 사람에 비해 주차장 등의 인프라는 아직 제대로 갖춰지지 않은 것 같았다. 오픈 시간이 얼마 지나지 않은 시간임에도 불구하고 주차

새로운 명소로 떠오르고 있는 잣향기푸른숲의 무장애나눔길

[가평] 빼어난 절경, 경기도의 알프스

장이 만차라 급한 대로 길가에 주차할 수밖에 없었다. 약간의 불편함은 있었지만 차에서 내리자마자 시원하고 쾌적한 공기가 멀리 잣나무 숲에서부터 내려오는 듯했다. 급경사를 따라 매표소를 지나 오른편의 무장애나눔길을 따라 잣나무 숲속으로 들어가면 된다. 꽤 울창한 숲이라는 것은 짐작하고 있었지만, 가까이서 보니 족히 사람 키의 4~5배가 넘는 우람한 잣나무들이 하늘을 가릴 만큼 솟구쳐 있었다. 경기도를 돌아다니며 내로라하는 경관을 수없이 보았지만 이런 경치는 처음이었다.

마치 캐나다에 있는 어느 숲에 온 것처럼 잣나무의 기골이 장대해 보였다. 그런 숲을 무장애나눔길로 편하게 걷는 것만큼 좋은 호사는 세상에 없을 것만 같다. 30분 정도 지그재그 길로 잣나무 숲을 천천히 돌며 올라가다 보면 어느새 확 트인 길이 나타나고 잣향기푸른숲의 방문자센터와 만나게 된다. 여기서 갈림길이 나온다. 시간이 걸리더라도 좀 더 숲속으로 들어가 산림욕을 즐기고 다음 장소로 이동할 것인지 아니면 곧장 화전민 마을로 치고 올라갈 것인지를 선택해야 한다. 기존 잣나무 숲과 다른 또 다른 매력을 잣향기푸른숲에서 체험해 볼 수 있다. 예전 축령산 자락에는 많은 화전민이 모여 살았다고 한다.

아침고요수목원은 화전민들이 모여 살면서 돌담에 염소를 치던 조용한 마을이었지만, 한 대학교수가 한국 정원의 아름다움을 보여 주기 위해 수목원으로 만들었다고 한다. 10만 평의 규모로 다양한 테마의 정원이 생기면서 지금은 가평을 넘어 한국을 대표하는 명소로 성장했다. 잣향기푸른숲이 자연 그대로의 원시림을 만날 수 있는 곳이라면, 아침고요수목원은

아침고요수목원의 아침 풍경

아름다운 자연에 인간까지 노력이 더해졌기에 또 다른 매력을 엿볼 수 있는 곳이라 할 수 있다.

수목원의 입구로 들어와 그 경관을 살펴보면 웅장한 산세를 배경으로 깔끔한 잔디밭과 길가에 피어 있는 각종 꽃으로 인해 이곳이 신선이 사는 곳인지 인간의 세상인지 구별하지 못할 정도로 아름다워 절로 감탄이 나온다. 고산 암석원, 야생화정원, 달빛정원 등 각종 테마의 정원을 살피느라 시간 가는 줄 몰랐다.

그중 가장 하이라이트는 가장 깊숙한 지점에 위치한 '한국정원'이다. 예전 양반들이 실제로 살았을 것 같은 한옥에 걸터앉아 가만히 풍경을 바라보는 것만으로 쌓였던 피로가 절로 녹아드는 듯했다. 실제로 이곳을 찾는 사람들 대부분이 한국정원의 한옥에서 가장 많은 시간을 보낸다고 한다. 한옥을 지나면 '서화연'이 나온다. 곡선과 여백으로 표현되는 한국정원의 아름다움이 표현된 연못정원으로, 정자와 연못이 어우러져 한국의 전통미를 느낄 수 있는 장소이기도 하다. 방향이 바뀔 때마다 그 경관이 달리 보이며 각기 다른 매력을 보여 준다.

아침고요수목원에는 한국적인 풍경만 있는 게 아니다. 입구로 돌아오는 길에는 'J의 오두막정원'과 '하경정원'을 볼 수 있는데, 영국 중부지역의 귀족 저택에 온 것 같은 정취를 자아내는 곳이다. 영국 코티지 가든 양식의 오두막과 여러해살이 식물로 조성된 정원으로, 계절에 따라 다른 모습을 엿볼 수 있다. 이윽고 멀리서 봐도 범상치 않은 향나무가 보이기 시작하는데, 이 향나무는 아침고요수목원의 상징으로 천 년 이상의 수령을 자랑한

아침고요수목원의 연못정원, 서화연

영국식 정원인 J의 오두막정원

다. 나무 뒤로 펼쳐지는 수목원의 모습이 장관이라 이곳을 찾는 방문객들이 사진을 찍고 가는 포토 존이기도 하다.

이처럼 가평에는 잣향기푸른숲, 아침고요수목원을 비롯해 수많은 자연 명소가 곳곳에서 우리를 반기고 있다. 계절마다 다양한 경관이 펼쳐지니 꼭 찾아 가보기를 추천한다.

가평으로 떠나는 유럽 여행

파리의 에펠탑, 로마의 콜로세움, 스위스의 융프라우 등 그 자태를 떠올리기만 해도 가슴이 웅장해지는 곳이 한두 군데가 아니다. 우리의 문화나 건물도 아름답지만 사람 마음이란 게 한식을 먹다가도 양식이 생각나는 법이다. 우리는 주어진 환경에서 최대한 대안을 찾아봐야 한다. 이곳 가평에는 비행기를 타지 않고도 유럽의 정취를 느낄 수 있는 장소가 몇 군데 있다.

〈경기별곡〉 1권에서 소개했던 파주 벽초지수목원에서는 프랑스 베르사유정원에 온 듯한 풍경을 볼 수 있고, 파주 프로방스는 마을 전체가 프랑스풍으로 지어져 마치 프랑스에 와있는 듯한 느낌을 받을 수 있다. 이처럼 가평에도 산과 강이 흐르는 아름다운 자연을 배경 삼아 이국적인 나라를 주제로 한 마을이 많다. 그중 잘 알려진 쁘띠프랑스에 먼저 가보도록 하자.

광대한 청평호반을 배경으로 프랑스 알자스풍의 건물이 옹기종기 모여 있는 쁘띠프랑스는, 2008년에 처음 문을 연 후 드라마 〈베토벤 바이러스〉,

〈별에서 온 그대〉, 〈시크릿가든〉 등의 촬영지로 유명해져 가평에 오는 관광객들이 꼭 들려야 하는 명소가 되었다. 정문을 지나가면 넓은 야외극장이 보이고 그 주위로 프랑스 문화를 주제로 하는 테마관들이 있어 프랑스에 가지 않아도 그 문화를 들여다볼 수 있는 좋은 기회가 된다.

쁘띠프랑스의 여러 전시관 중 가장 인상적이었던 곳은 이곳의 메인 캐릭터라 할 수 있는 「어린왕자」의 저자, 생텍쥐페리의 기념관이었다. 생텍쥐페리 재단과 유일하게 라이선스를 맺은 곳으로, 그의 일생 및 다양한 작품 세계를 한눈에 살필 수 있는 장소다. 생텍쥐페리 기념관에서는 세계 각국의 언어로 쓰인 「어린왕자」 책들과 작품에서 나왔던 명대사들을 볼 수 있었다. "잘 보려면 마음으로 봐야 해. 가장 중요한 건 눈에 보이지 않아." "사막이 아름다운 건 어딘가에 오아시스를 감추고 있기 때문이야." 어릴 때는 그저 가볍게 읽었던 책이었지만, 나이가 들어 다시 보니 세상의 지혜를 압축적으로 보여 주는 명작이라는 생각이 든다.

그 밖에 200년 된 프랑스 전통 가옥을 그대로 옮겨 놓은 '프랑스 전통주택 전시관'과 중세 유럽 인형 및 소품으로 꾸며진 '유럽인형의 집'도 나름 볼 만하다. 그러나 쁘띠프랑스의 가장 하이라이트는 중세식 탑에 올라가 바라보는 청평호반의 풍경이 아닐까 싶다.

가평에서 가장 잘 알려진 경관이라 할 수 있는 청평호반은 젊은이들의 놀이터라 불릴 만큼 수상스포츠를 즐기는 사람들로 붐빈다. 쁘띠프랑스에서는 산 중턱에 전망대를 만들었는데 그 길을 '봉쥬르산책길'이라고 부른다. 전망대까지 가는 사람들이 많진 않지만 그 입구에 있는 '아모르블루'는 파리 '사랑의 벽'을 그대로 옮겨 놓은 벽으로, 세계 각국의 언어로 사랑한다는 말이 적혀 있어 많은 사람이 인증 샷을 찍기 위해 몰려든다. 또한, 야외극장과 '떼아뜨르 별' 극장에서 수시로 공연이 열리고 있으니 사전에 확인해 보길 바란다.

여기서 끝이 아니다. 쁘띠프랑스에서 언덕 위로 조금만 올라가면 국경을 넘어 이탈리아로 가는 듯한 기분을 만끽할 수 있다. 2021년 5월 새로 오픈한 피노키오와 다빈치가 바로 그곳이다. 쁘띠프랑스보다 규모는 작지만 이탈리아 토스카나 지방의 코무네(중세 말기 이후 이탈리아 주민의 자치공동체)에 온 것처럼 이국적인 느낌을 가져다준다. 성의 입구에 자리한 거대한

가평에서 떠날 수 있는 이탈리아 여행, 피노키오와 다빈치

피노키오상을 시작으로 르네상스 양식의 건축물들이 계속 이어진다. 프랑스 마을이 어린왕자를 모티브로 구성했다면, 피노키오와 다빈치는 이름 그대로 동화 「피노키오」의 주요 장면들을 모아 재구성한 피노키오의 모험관 그리고 르네상스 시대의 위대한 천재 레오나르도 다빈치의 명화와 그의 발명품을 한눈에 볼 수 있는 전시관이 있다.

특히 레오나르도 다빈치의 팬이라면 이 전시관을 보기 위해서라도 찾아 가야 할 만큼 흥미로운 전시였다. 그가 발명했던 수많은 기계를 실물 크기로 볼 수 있음은 물론 〈모나리자〉, 〈최후의 만찬〉을 비롯한 불후의 명작을 한자리에서 감상하는 호사도 누려 볼 수 있다. 그 밖에도 토스카나 전통 주택과 베네치아 마을이 재현된 구역도 있는데 조금은 개선해야 할 것들이 존재한다. 하지만 시간이 해결해 줄 것이라 믿어 본다. 시계탑이 인상적인 광장과 피노키오 극장에선 공연이 수시로 열리기도 하니 시간에 맞춰

피노키오와 다빈치에서
바라본 청평호반

동양의 알프스, 가평 에델바이스 스위스 테마파크

한번 감상해 보기로 하자.

프랑스와 이탈리아를 방문해 봤으니 이번엔 알프스 자락의 시원한 풍
경이 펼쳐지는 스위스로 갈 시간이다. 프랑스와 이탈리아 마을에서 조금
떨어져 있지만 가평에서 벗어나지 않아도 된다. 강 하나만 건너 산자락을
타고 올라가면 이국적인 풍경의 스위스 마을이 펼쳐진다. 이곳은 에델바이
스 스위스 테마파크라고 하는 장소로, 멀리 가평의 유명산을 지척에 두고
시원한 산들바람이 불어온다. 이곳은 앞서 소개한 프랑스, 이탈리아와 달
리 테마파크라는 이름을 쓰고 있지만 현재도 이 마을에 거주하는 주민들
이 적잖게 보인다. 그래서 실제로 관람객들이 볼 수 있는 건물이 많지는 않

[가평] 빼어난 절경, 경기도의 알프스

에델바이스 스위스 테마파크에는 실제 주민들이 거주 중이다.

앗지만 마을 전체에 온기가 감도는 듯했다.

'천년 고찰' 현등사 이야기

가평은 경기도의 알프스라 불릴 정도로 1,000m급의 고봉들이 연달
아 이어져 있다. 경기도에서 가장 높은 산인 화악산(1,468m)은 물론 두 번
째로 높은 명지산(1,267m)도 가평에 있다. 명지산은 산세가 크고 웅장하며
계곡이 깊어 가히 장관을 이룬다. 특히 가을에 찾으면 산 전체에 피어 있는

단풍과 기암괴석의 조화가 훌륭하며 명지폭포와 용소 등 절경이 산재하고 있다. 그 옆에 자리한 연인산(1,068m)은 이름만큼이나 사랑스럽게 느껴진다. 연인산의 초입엔 용이 하늘로 날아오르며 아홉 굽이의 그림 같은 경치를 수놓았다는 데서 유래한 용추구곡이 있다. 그 밖에도 산 정상에 양수식 발전소의 상부저수지로 건설되어 이색적인 호반의 풍경을 자아내는 호명산(535m), 자연휴양림은 물론 기암괴석의 계곡이 끊임없이 이어지는 유명산(862m)도 빼놓을 수 없는 명산이다.

가평 답사의 참맛은 이런 명산들을 차례차례 등반하면 더욱더 느낄 수 있다. 허나 이러한 산에는 인문학, 역사적인 자취가 다소 희미하다. 경기도의 수많은 다른 고장에 비해 아름다운 자연경관만큼이나 역사적인 유적이 부족하다는 것은 아쉽기 그지없다. 하지만 운악산 현등사가 가평에 있다는 사실 하나만으로 빈약한 가평의 역사와 문화를 채워 주기에 충분하다. 현등사는 신라 법흥왕 27년(527년) 불교를 공인한 지 얼마 지나지 않은 시기에 인도에서 불법을 전하러 온 마라가미(摩羅訶彌) 스님을 위해 왕이 직접 지어 준 사찰로, 신라 시대 말 도선국사가 다시 중창하면서 지금에 이르고 있는 천년 고찰이라 할 수 있다.

현등사에 가기 위해서는 이 절이 위치한 운악산에 대해 짚고 넘어가야 한다. 운악산은 포천과 경계가 맞닿아 있으며 화악산, 명지산보다 높이는 낮지만 바위와 암릉 지대가 많아 경기 5악 중 하나로 손꼽힌다. 운악산에서 시작하는 조종천은 굽이굽이 계곡을 만들면서 청평으로 내려와 북한강으로 합류한다. 일교차가 크고 서늘한 가평의 기후로 인해 포도, 사과 농사가 발달했는데, 특히 운악산이 위치한 조종면 일대에 집중적으로 농장이 분포되어 있다. 운악산으로 들어가는 길에는, 일명 비가림포도라고 불리는 포도를 파는 매대와 나지막한 높이의 사과나무들이 곳곳에 눈에 띈다. 하지만 벌써부터 뼈를 깎은 듯한 운악산의 기골찬 산세가 우리를 서둘러 오라고 유혹하고 있었다.

현등사로 올라가는 초입에는 두부 요리를 파는 가게들이 집중적으로 모여 있다. 비가 온 이후 갑자기 날씨가 무척 쌀쌀해졌고, 바람도 꽤 매섭기에 뜨끈한 국물로 몸을 좀 녹이고 출발하고자 그중 꽤 사람들이 모여 있는 한 가게에 들어가 두부 전골과 감자전을 시켰다. 과연 일반 두부보다 식감이 훌륭했다.

운악산 입구의 명물, 운악산 두부마을

이제 운악산 두부마을을 지나 현등사의 일주문을 시작으로 이 일대의 답사를 시작했다. 운악산 현등사는 등산로에서 2km 정도를 올라가야 볼 수 있기에 가는 과정이 만만치 않다. 그러나 운악산의 수려한 경치는 물론이고, 수많은 설화와 이야기를 담고 있는 천년 고찰이 있기에 즐거운 마음으로 한 시간 반가량의 긴 산책로를 즐거운 마음으로 올라갔다.

필자가 방문했을 때는 본격적인 단풍철이 시작되지 않았지만 계곡을 따라 단풍잎들이 조금씩 붉은빛으로 물들고 있었다. '조금만 더 늦게 올걸' 하는 아쉬움도 있었지만 그것도 잠시였다. 고개를 들면 경기도의 최고 명산이라 할 만한 운악의 자태가 펼쳐져 있고, 밑을 내려다보면 폭포가 연달아 이어지는 계곡을 만끽할 수 있었다. 다만 등산로에서 계곡 쪽으로 내려가는 길이 제대로 정비되어 있지 않아 그 자태를 온전히 살피기 어려워 조금 아쉽긴 했다.

백년폭포와 무우폭포는 운악산에 흐르는 폭포 중 가장 명성이 높아 조선 시대부터 수많은 문인이 이곳을 찾았다고 전해진다. 그 인물 중 근현대사의 거목인 '민영환'이라는 이름이 나의 이목을 끌었다. 앞서 지나간 현등사의 입구에는 세 개의 비석이 제단 위에 서 있었는데, 이는 일제의 무단 침략에 항거하다 자결한 조병세, 최익현, 민영환 선생을 기리기 위해 세운 단인 삼충단이라고 한다.

조병세, 민영환 선생은 을사늑약이 체결되고 나라의 국운이 흔들리자

구한 말, 민영환이 울분을 토했다고 전해지는 민영환바위에는 그의 이름이 새겨져 있다.

자결하셨고, 최익현 선생은 의병을 일으켜 적극적으로 투쟁하다가 대마도에서 순국하신 인물이다. 다른 인물은 이곳과 큰 관련은 없으나 민영환 선생의 흔적은 운악산과 현등사 전체에 남아 있었다. 폭포에서 산을 조금 더 오르다 보면 폭포가 흐르는 거대한 너럭바위를 볼 수 있는데, 이 바위를 일컬어 '민영환바위'라고 한다.

민영환 선생은 평소 근심과 걱정이 있을 때마다 이곳을 찾아 나라를 걱정하며 탄식했다고 전해진다. 결국 민영환 선생은 자결을 선택했고, 이에 1906년 내지부 지사 나세환 등 12명이 이 바위를 찾아와 '閔泳煥(민영환)'이란 글자를 새기고는 그 정신을 기렸다고 한다. 그 당시 지배층 대부분이 일제에 협력해서 호의호식을 일삼았기 때문에 민영환 선생의 선택은 백성들에게 큰 울림을 주었다.

민영환바위를 지나 108계단을 오르면 드디어 현등사의 경내에 들어오게 된다. 그 입구에는 기단부가 없이 탑만 올라가 있는 다소 기묘한 모양의 삼층석탑을 만나게 된다. 가평 하판리 지진탑이라고 불리는 이 탑은, 고려 시대 보조국사 지눌이 경내의 지기를 진정시키기 위해 건립했다고 전해진다. 겉으로 봐선 아무렇게나

고려 시대 양식을 갖춘 현등사의 가평 하판리 지진탑

조선 후기 설화가 담겨 있는, 영조가 내린 대선급제사 현판

쌓은 듯하지만, 자세히 관찰해 보면 부처 모양의 부조도 새겨져 있고 비례와 균형이 정밀한 것을 알 수 있다. 현등사에서는 개성 넘쳤던 고려 시대 유물의 특성을 마음껏 살필 수 있었다.

지진탑을 지나 계단을 오르면 능선을 따라 길게 펼쳐진 현등사의 자태가 눈앞에 펼쳐진다. 'ㄷ' 자 형식의 요사채와 관음전을 위시하여 조선 초기에 만들어진 삼층석탑 그리고 각종 전각이 길게 이어져 있었다. 그중 절에서 좀처럼 보기 힘든, '대선급제사'라는 현판이 걸려 있는 걸 볼 수 있는데 이 현판에도 사연이 있다.

강릉에 살았던 성씨 총각이 과거를 보기 위해 서울로 오는 도중 현등사에 머물게 되었고, 법당 앞에서 지고 다니던 솥 냄비에 밥을 지었다고 한다. 밥을 먹는 도중 법당의 부처가 계속 아른거리자 밥 한 그릇을 바치고는 "어이, 부처. 내 밥 먹고 과거에 합격시켜 줘."라고 말하며 거들먹거리다가 과거에 불합격했고 꿈에 부처가 나와 꾸짖음을 들었다. 그는 절을 중창시켰고, 절치부심하여 결국 대과에 급제했다. 영조 임금이 그 사연을 듣고는 현등사에 대선급제사라는 현판을 내려 주었다고 한다.

정말 설화 같은 이야기지만 실제로 그 현판은 지금도 걸려 있다. 현등사의 다른 건물들도 볼 만한 장소가 많다. 하지만 주전각인 극락전은 현재

보수공사 중이다. 현등사에서 계단을 오르면 부처의 사리를 모신 적멸보궁이 나오는데, 그곳에서는 현등사의 그림 같은 전경을 한눈에 볼 수 있다. 비록 가평이 역사적인 자취가 부족하다 해도 현등사가 존재하는 한 경기도의 당당한 고장으로 존재할 것이다.

독특한 양식의 만월보전 전각

적멸보궁에 올라 바라본 현등사와 운악산

[화성, 오산]

굴곡진 역사를 지닌
화성과 작지만
알찬 도시 오산

굴곡진 역사를 지닌 화성과
작지만 알찬 도시 오산

수원과 한 몸이었던 화성, 굴곡진 역사의 현장

전국 지방자치단체 중 가장 급격하게 인구가 증가한 도시는 어딜까? 고양, 성남, 수원, 용인 등 서울과 인접한 도시들이 먼저 떠오를지도 모르겠지만 의외로 화성이라는 사실을 모르는 사람들이 많다. 화성은 2021년 7월 기준, 인구 87만 명으로 어느새 100만 명을 목전에 두고 있다. 그뿐만 아니라 간척지까지 고려하면 서울의 1.4배 정도의 큰 면적이기에 앞으로의 발전 가능성도 꽤 높다.

화성이 이렇게까지 급속도로 성장한 이면에는 수많은 요인이 있겠지만, 동탄신도시를 위시해 수많은 신도시가 들어선 이유가 가장 크다. 그동안 소외되었던 화성의 서부 지역들, 향남, 봉담, 남양, 송산 지역들도 개발에 박차를 가하면서 얼마 전까지 논, 밭이었던 지역이 아파트 밭으로 변하고 있다.

하지만 빠른 발전에 비해 우리가 화성에 대해 아는 정보는 극히 드물다. 굳이 아는 것을 말해 보자면 영화 〈살인의 추억〉의 배경으로 나왔다는 것 정도? 하지만 이마저도 썩 좋은 이미지는 아니었다. 그나마 하루에 두 번 바닷길이 열려서 건너갈 수 있는 제부도 정도가 화성의 명소로 유명하지 않을까 생각한다. 그러나 예로부터 화성은 중국으로 통하는 주요 항구이기도 했고, 예전 수원의 읍치가 있던 곳이기도 하다. 반면에 근현대 시기의 화성은 수많은 아픔이 서려 있는 고장이기도 했다. 3·1운동 당시 가장 극렬한 저항을 펼쳤기에 일제의 탄압이 극심했고, 특히 제암리 마을 주민들을 교회에 모아 놓고 대규모 학살을 펼친 아픔의 흔적이 남아 있다.

그 아픔은 현대에 들어서도 지속되었다. 아름다운 갯벌을 가진 매향리 마을은 2005년 미국 공군기지가 폐쇄되기 전까지 반세기에 걸쳐 주택이 파괴되고 소음과 난청, 포탄 연기로 주민들의 생활을 피폐하게 했다. 하지만 이제는 그런 아픈 기억들을 역사 너머로 보내고 새로운 국제도시로서의 도약만을 남겨 두고 있다.

화성이라는 명칭은 어디서 나오게 되었을까? 아마 조금만 생각해 보면 수원화성에서 유래된 것을 쉽게 추측할 수 있을 것이다. 다만 세계문화유산인 수원화성과 이곳 화성시는 가깝다는 점을 제외하면 별다른 연관성을 찾기 어렵다.

하지만 원래 수원과 화성은 같은 고장에 속해 있었다. 1413년(태종 13년)에 수원도호부로 개편되어 현재의 수원, 화성, 오산 땅 전체를 수원이라 불렀고, 원래 수원의 중심지는 지금의 화산동 일대, 용주사와 융건릉이 들어선 구역으로 400년 가까이 수원의 행정을 담당했다. 지금의 수원은 사실상 변두리 지역에 지나지 않았다. 정조대왕이 즉위하고, 아버지인 사도세자의 묘인 영우원을 지금의 화산동 일대로 이전해 현륭원이라 개칭하면서 많은 변화가 생기기 시작했다. 수원화성을 쌓게 되면서 기존의 수원 읍치(현재의 화산시 화산동)에 있던 수원부 관아와 기존의 주민들을 전부 이주시킨 것이다.

기존 수원의 이미지를 지우려고 한 의도인지는 모르겠으나, 그 과정에서 읍성은 흔적조차 찾기 힘들 정도로 완전히 파괴되었다. 수원대학교 후문 쪽에 일부 토성 터가 남아 있다고는 하나 정확한 크기와 성문의 위치는 가늠하기 어렵다. 그래도 수원화성(華城)의 명칭 자체가 화산동의 동산 화산(華山)에서 나온 것인 만큼 옛 수원의 역사는 충분히 계승하고 있다고 봐도 무방하다. 이렇게 처지가 바뀐 수원과 화성은 한동안 한 몸으로 세월을 보내게 되었다.

그러나 광복 후 수원읍(지금의 수원)이 시로 떨어져 나가면서 남은 읍과 면 지역을 화성군이라 통칭하였고, 두 도시는 다른 길을 걷게 되었다. 현재는 도회지 일대의 동 구역만 시로 지정하고, 나머지 면과 읍으로 이뤄진 지역은 군으로 분리시켰다. 대신 원래 한 몸이었던 도시의 옛 이름이나 고장을 연상시키는 명칭으로 분리된 시와 군이 이질감이 들지 않게 만든 것이다. 예를 들어 경주시와 감포, 외동을 포괄하는 월성군이 있었으며, 청주와 그 주변의 청원군, 전주와 옛 완산주의 명칭에서 따온 완주군 또한 비슷한 사례라고 볼 수 있다.

세월이 흐르며 시와 군으로 분리되었던 기존의 고장들은 광역지자체의 개념으로 바뀌게 되면서 대부분 다시 합쳐지게 되었지만, 이 둘은 다른 도시로 성장하게 된다. 심지어 화성은 1989년 오산읍이 오산시로 분리돼 떨어져 나갔음에도 불구하고, 꾸준한 성장을 거듭한 끝에 2001년 화성시로 승격되었다. 이제 화성은 수원의 영향권을 넘어서 새로운 방향을 모색하는 중이다. 자, 이제 화성의 매력을 눈을 크게 뜨고 함께 찾아 가보기로 하자.

화성은 그 넓이만큼이나 지역 간의 편차도 큰 편이다. 수원과 근접한 화성의 동쪽 지역은 병점역 일대의 개발을 시작으로 동탄신도시가 들어서게 되었고, 그 일대에 연담화된 큰 도회지가 들어서 있다. 하지만 서쪽은 다르다. 물론 향남, 봉담, 남양읍의 개발이 우후죽순으로 이루어지고 있긴 하지만, 넓은 땅만큼이나 다양한 자연경관과 역사적인 명소들이 모여 있다. 예전에는 남양군이라는 명칭으로 불렸던 기존 화성군과는 다른 행정 구역이었지만, 1914년 일제의 행정 구역 개편으로 인해 합쳐지게 된 동네다. 우선 자연이 살아 숨 쉬는 화성의 서부 지역으로 첫 장을 열어 보도록 하자.

평택시흥고속도로를 타고 안산에서 시화호를 건너면 바로 화성의 송산면 지역으로 넘어가게 된다. 이 일대는 포도로 특히 유명한 동네다. 근처 대부도와 안성의 서운면, 천안 입정면까지 거대한 포도 벨트를 이루고 있어 가는 길목마다 포도를 파는 매대가 널려 있으니 당도가 높은 포도를 직접 먹어 보는 것도 좋은 추억으로 남지 않을까 싶다.

각설하고, 이 송산면 지역에는 세계적인 규모의 공룡알 화석산지가 있다. 천연기념물 414호로 지정된 화성 고정리 공룡알화석 산지는 원래 바닷

공룡알 화석산지 방문자센터

속에 잠겨 있던 지역이었다. 하지만 시화호의 물막이 공사로 인해 물이 빠져 원래 바다였던 고정리 주변의 섬들이 육지가 되었고, 섬들의 퇴적층이 고스란히 드러나면서 공룡알 화석이 대거 발견된 것이다.

공룡알 화석산지는 현재 산책 코스로 훌륭하게 조성되어 있으며 방문자센터에서 출발해 왕복 3km의 거리를 덱 로드(deck road)를 따라 걷기만하면 충분히 감상이 가능하다. 공룡알 화석 자체도 쉽게 접하기 힘든 진귀한 볼거리지만, 이곳의 하이라이트는 본래 갯벌이었다가 육지로 변하는 그 과정 자체를 적나라하게 보는 것이라 할 수 있다. 바닥의 소금기가 보이는 구간에는 바닥이 훤히 드러나 보이고, 염도에 따라 붉은색 기운을 띤 나문재, 칠면초 등 좀처럼 보기 힘든 염생 식물들을 관찰해 볼 수 있다. 오래지속되는 더위에 별다른 그늘이 없어 편한 여정은 아니었지만, 본격적으로 시작될 화성 답사의 애피타이저로서 이만한 장소는 없다고 생각한다.

공룡알 화석산지에는 탐방로가 비교적 깔끔하게 조성되어 있다.

삼국통일, 그 바탕에는 화성당성이 있었다

2005~2006년에 방영된 KBS-NHK-CCTV 한·중·일이 공동 제작 다큐멘터리 〈신(新)실크로드〉 10부작을 흥미롭게 시청했던 기억이 아직도 생생하다. 광활하게 펼쳐진 사막, 화려한 벽화와 불상이 개미굴처럼 사방에 가득한 석굴 사원들… 그 이국적인 볼거리들로 인해 한시도 눈을 떼기 힘들었다. 하지만 서역의 흥미로운 풍경보다 더 강렬하게 뇌리에 남은 한 장면이 있다. 바로 실크로드에 서려 있는 예전 우리 선조들의 흔적이다. 투루판(吐魯番)과 둔황(敦煌) 일대의 석굴 벽화 속에 남겨져 있는 조우관(새의 깃털을 장식으로 꽂는 관모)을 쓴 인물들은 삼국 시대를 살았던 우리 조상들

이다. 그뿐만 아니라 신라 승려 혜초의 『왕오천축국전』이 발견된 곳도 둔황석굴이었으며, 고선지 장군의 주 무대도 바로 실크로드였다. 역사에 기록되지 않았지만 수많은 우리 민족이 이 길을 거쳐 불경을 구하러 인도로 갔거나 더 멀리 이스탄불과 로마까지 갔을지도 모를 일이다.

과연 그들은 어디서부터 그 먼 여정을 떠났을까? 실크로드의 출발점은 흔히 장안(지금의 중국 시안)으로 알려져 있다. 당나라 시기의 장안은 중화 문명뿐만 아니라 멀리 서역의 문물이 집결하는 세계 최대의 도시였다. 일찍이 불교가 실크로드를 통해 들어왔을 뿐만 아니라 그리스도교 계열의 네스토리우스교(경교)도 당나라 때 본격적으로 들어와 활발한 활동을 펼쳤다고 전해진다. 이슬람교를 믿는 후이족들도 이때 대거 이주했었고, 그들의 후예는 여전히 시안에서 가장 번화한 후이족 거리의 주인공이다. 하지만 우리의 조상들도 장안에 모여 활발한 활동을 이어 가며 그들이 존재감을 과시했었다. 당나라 시기에는 빈공과(賓貢科)라 불리는 외국인 전용 과거시험이 있었다. 합격자의 80%가 신라인이었으니 실로 대단하다는 말밖엔 표현할 길이 없다.

그중 우리가 알고 있는 최치원 선생을 비롯하여 후백제의 책사로 알려진 최승우, 고려 건국의 기틀을 세운 최언위 등이 '신라삼최'로 명성을 날렸다. 그 밖에도 수많은 고승이 불법을 구하기 위해 당나라로 가는 배에 몸을 실었다. 일부는 실크로드를 거쳐 서역까지 닿았을지도 모른다. 예전 조상들은 서역으로 가기 위해 어디를 거쳐 왔을까? 그 해답이 바로 경기도 화성시에 남아 있다. 일단 천 년 전 삼국 시대의 신라로 거슬러 올라가야 한다. 신라는 고구려, 백제에 비해 동남쪽 구석에 웅크리고 있는 형세라 불교, 율령 등을 가장 늦게 받아들이고, 발전 속도도 가장 뒤처진 국가였다. 하지만 어떻게 강대한 고구려, 백제를 꺾고 삼국을 통일하게 되었을까?

분명 당나라의 도움이 없었으면 불가능했다고 말하는 독자들도 있을 것이다. 그러나 신라는 불리한 조건에도 불구하고 끝내 당나라를 북쪽으로 쫓아내고, 화려한 전성기를 구가하는 데 성공했다. 그 밑바탕에는 화성에 위치한 당성(唐城)이 있었다. 신라가 진흥왕 시절에 처음으로 한강 유역을 차지하는 데 성공한 이후, 중국과 바로 통하는 항구로서 당성을 매우 중요시하였다. 당성을 통해 당나라와 신라 사이에 수많은 사신이 오갔고, 특

당성에서 바라본 화성의 바다

히 김춘추는 당성을 통해 당나라 황제를 만나 구원병을 요청했다고 전해진다. 화성당성은 통일 신라 시대 때 바다를 건너 중국과 실크로드로 통하는 길목으로서 중요한 역할을 수행했다. 특히 신라의 고승들, 학자들이 당나라로 유학 갈 때 이 당성을 거쳐서 지나갔다고 전해지니 지금의 부산항, 인천항과 같은 위상을 지녔을 것으로 추측한다.

세월이 흘러 당성은 점차 잊히고 무너진 석벽만 남은 상태였는데, 1998년 발굴 조사로 당성의 진면모가 밝혀졌다. 문헌으로만 전해져 내려오던 곳이었는데 여기서 발굴된 당(唐) 자명 기와로 인해 위치가 확증되었다. 그 밖에도 수많은 중국 도기가 출토되었으며 이곳이 1차성과 2차성의 복합 산성임을 확인했다고 한다. 1차성은 산의 정상을 중심으로 쌓은 테뫼

신라는 당성의 존재로 인해 한강 유역을 확보할 수 있었고, 그것이 곧 삼국통일로 이어졌다.

당성의 집수지 터.
이 웅덩이에서 도자기,
기와류가 집중적으로
출토되었다.

식 산성이고, 2차성은 통일 신라 시대에 축조된 계곡부까지 포함하는 포곡식 산성이다. 치열한 전쟁이 일상적으로 일어났던 때임을 감안하면 군사적 성격이 강했음을 짐작할 수 있고, 통일 신라 시대에는 무역, 교류를 위한 기지였기에 무역항으로 가기 위한 관문이 주된 업무가 아니었을까 생각한다.

현재 당성으로 가기 위해서는 송산면의 중심지인 사강리를 거쳐서 지나가야만 한다. 마침 장날이라서 그런지 시장을 찾는 차들의 행렬이 줄지어 들어온다. 그곳을 빠져나오느라 시간을 조금 허비하긴 했지만 예전 신라 시대 번성하던 당성의 모습이 이렇지 않을까 하는 상상의 나래를 펼치며 시간 여행을 떠나는 초입으론 제격이라는 생각이 들었다. 구릉지가 연이어 펼쳐진 지형을 지나 제법 높은 산이 멀리서부터 보이기 시작했다. 당성터널을 지나게 되면 이정표와 함께 화성당성의 방문자센터가 나타난다. 여기서부터 당성을 한 바퀴 도는 산책 코스가 본격적으로 시작된다.

당성으로 오르는 계곡 입구에서는 근래에 세운 듯한 당성 사적비가 우람한 자태로 세워져 있는 것을 볼 수 있다. 근처에는 경상북도 실크로드 답사회에서 왔다 간 흔적들이 눈에 띈다. '실크로드'라는 네 글자만 봤을 뿐인데 가슴을 두근거리게 하는 무언가가 느껴졌다. 일단 계곡을 따라 쭉 걸어서 올라가 보기로 한다. 제법 경사가 있는 길을 10여 분 동안 올라가다 보면 수영장 두 개가 들어갈 만한 거대한 웅덩이를 발견하게 된다. 집수지 또는 연못지라고 불리는 터로, 성안에서 쓰는 물을 보관하던 곳이다. 사각형의 구조이며 돌을 쌓아 그 형태를 유지했다고 한다. 특히 이 구덩이 안에서 도기류, 자기류, 기와류 등이 집중적으로 출토되었다. 눈여겨 살펴봐야 할 점은 송나라 시대의 도자기 파편이 출토되었다는 것이다. 그런 사실로 미뤄 볼 때 고려 시대에도 화성당성이 국제 무역기지로 큰 번영을 했다는 걸 짐작할 수 있다.

이제 성벽을 따라 화성당성의 진면목을 볼 차례다. 동문지에서 산길을 힘겹게 오르다 보면 어느 순간 탁 트인 전망이 펼쳐진다. 이 일대를 감시해야 하는 성의 입지로서 정말 탁월한 선택이 아닐까 싶다. 아마도 여기를 점령하기 위해서 삼국은 국가의 명운을 걸고 치열한 전투를 펼쳤을 거라 예상한다. 예전의 영화는 온데간데없고, 무성히 자란 풀밭에는 메뚜기들과 여치들만 뛰놀고 있었다.

이제 화성당성의 가장 높은 지점에 도달했다. 저 멀리 서해는 물론이요, 앞서 방문했던 공룡알 화석산지도 훤히 보였다. 예전엔 수많은 상인과 유학생으로 번성했을 당성 일대였지만, 지금은 다소 황량한 풍경에 쓸쓸한 마음을 금할 길이 없었다. 서역으로 가는 출발지로 번성했던 과거를 지닌 화성시에서 그 루트를 따라 화성 실크로드 길을 산책 코스로 개발했다. 이제 그 길을 따라 예전 화성의 모습을 유추해 가도록 하자.

화성 실크로드 길에 펼쳐진 바닷가의 풍경 그리고 제부도

끝나지 않을 것만 같던 지독한 여름 더위도 어느덧 그 종점을 향해 달려가고 있다. 하지만 오랜 시간 동안 땡볕에 노출된 덕분인지 온몸이 땀으로 가득하다. 몸의 수분이 전부 빠져나가 껍질만 남을 것만 같았다. 다행히 화성시 송산면 주변 어디를 가든지 포도밭과 포도를 파는 매대를 쉽게 만날 수 있다. 서해에서 불어오는 진한 해풍을 맞았다고 하는 송산 포도를 한 알씩 집어 먹으며 실크로드를 생각해 본다.

따지고 보면 서역의 주요 기점 중 하나인 투루판도 포도가 매우 유명한 고장이다. 중국에서도 가장 더운 도시로 알려진 투루판은 극심한 일교차로 인해 그곳에서 나는 포도는 엄청난 당도를 품었고, 특히 건포도의 품질은 세계적으로 유명하다. 화성의 한갓진 마을에서 투루판이 떠오를 줄이야. 어서 빨리 이곳의 항구를 찾아 상상을 조금 더 구체적으로 만들고 싶었다.

화성 실크로드 트레킹 코스에 속해 있는 화성의 대표적인 항구 중에서 우선 가장 북쪽에 있는 전곡항으로 떠나려고 한다. 전곡항은 행정 구역상 안산에 속해 있는 대부도와 마주 보고 있고, 이국적인 풍경의 요트마리나가 줄지어 들어서 있는 장관을 볼 수 있는 항구다. 화성당성에서 출발하여

전국 최초 레저 어항 시범 지역으로 지정된 전곡항

제부도 입구를 거쳐 기다랗게 뻗어 있는 반도의 끝에 위치한다.

전곡항은 항구를 가르는 짠내나 매대에 넘치는 물고기들이 넘쳐나는 흔한 어시장의 풍경 대신 새 옷을 쫙 빼입은 듯 휴양지 느낌을 물씬 풍겼다. 2014년 경기도건축문화상 은상에 빛나는 전곡항 마리나 클럽하우스의 앞에 정박해 있는 수십 대의 요트가 그런 인상을 주는지도 모르겠다. 전곡항은 전국 최초로 레저 어항 시범 지역으로 지정되면서 새롭게 조성된 항구다. 마리나 항구의 뒤편으로 들어가면 꽃게 등 다양한 해산물을 즐길 수 있는 식당가가 있긴 하지만, 내가 생각한 실크로드의 이미지와는 사뭇 달랐다.

　　　　　　　　　　　[화성, 오산] 굴곡진 역사를 지닌 화성과 작지만 알찬 도시 오산

낙조 명소로 유명한 궁평항　　　　　궁평낙조길의 독특한 지질 구조

　이번엔 서해안을 쭉 따라 내려가 화성이 자랑하는 또 하나의 항구, 궁
평항으로 이동해 보기로 한다. 낙조가 아름다운 항구로 유명하고 유독 맑
고 깨끗하며 궁에서 직접 관리하던 땅이라 하여 '궁평' 혹은 '궁들'이라고
불렸다고 전해진다. 전곡항과는 또 다른 분위기가 항구 이곳저곳에서 느
껴진다. 광활하게 펼쳐진 갯벌과 빨간 등대 그리고 끝이 보이지 않는 바다
의 풍경까지, 전곡항이 화려한 귀족의 느낌을 준다면 궁평항은 삶을 관조
하는 노인의 이미지가 엿보인다. 궁평항에서 동쪽으로 가면 궁평리해수욕
장과 저 멀리 궁평리 해송숲까지 이어져 있는 산책 코스가 있어 한번 걸어
보기로 했다.

　궁평낙조길이라 불리는 이 산책로는 바다 한가운데를 지나가고 편한
덱 로드로 구성되어 남녀노소 누구나 쉽게 찾아 갈 수 있다. 그 길을 따라
조심스레 걷다 보면 그 앞에는 갯벌과 끝이 보이지 않는 넓은 바다가 시원

제부도는 썰물이 지날 때만 차량 통행이 가능하다.

하게 다가온다. 지평선 너머 어딘가 중국이 있었을 것이고, 그곳을 지나 서
역으로 수많은 상인이 지나갔을 거라고 생각하니 괜스레 마음이 웅장해지
는 기분이다.

길의 반대편으론 절벽을 비롯한 독특한 지형들이 눈에 보였다. 규암과
편암 등 변성암이 분포하며 오래전에 마그마가 분출되면서 독특한 경관을
만들었다고 한다. 좀처럼 보기 힘든 지질 구조라 관심을 보일 만도 한데 사
람들은 넓은 백사장에서 저마다의 추억을 쌓는 데 여념이 없다.

내친김에 2km의 길쭉한 백사장을 자랑하는 궁평리해수욕장을 지나
궁평항이 자랑하는 또 다른 명소, 해송숲까지 가보기로 한다. 족히 100년

[화성, 오산] 굴곡진 역사를 지닌 화성과 작지만 알찬 도시 오산

은 넘은 해송이 숲을 이루고 있고, 바다와 갯벌을 마주 보며 시원한 산책을 즐길 수 있는 곳이기도 하다. 한참 동안 소나무 숲을 거닐며 모처럼 만의 휴식을 즐기면서 궁평항에서의 일정을 마무리 지었다.

하루에 두 번 썰물이 지날 때만 들어갈 수 있고 일명 '모세의 기적'이라 불리는 섬 제부도를 가야 할 때가 왔다. 제부도로 들어가는 유일한 육로를 지나기 전 광활한 갯벌을 살필 수 있는 제부도 조개 벤치로 가서 끝이 보이지 않는 벌을 헤아려 본다. 낮 시간엔 대체로 물길이 열리기 때문에 제부도를 육로로 건너는 데는 무리가 없으나, 계절이나 철마다 시간이 달라지기 때문에 사전에 시간을 꼭 확인하고 가야 한다.

제부도로 들어가는 둑방 길은 약 1.8km 정도의 거리지만 다른 대교들과 달리 길이 구부정해서 섬으로 입도하는 시간은 좀 더 걸리는 편이다. 하

많은 관광객이 찾는 제부도해수욕장

지만 그런 만만치 않은 과정들이 제부도를 더욱 매력적으로 만드는 요소일지 모른다(최근 전곡항에서 제부도를 잇는 해상 케이블카가 개통되었다).

여의도 면적의 4분의 1도 안 되는 섬이지만 1.4km 길이의 천혜의 백사장을 지니고 있고, 화성 실크로드 길에 속해 있는 '제부꼬리길'이라는 산책 코스가 제부도의 명물로 자리 잡았다. 우선 유명하다는 제부도의 산책로를 걷기 위해 출발지인 제부어촌체험마을로 발길을 옮겼다. 워낙 규모가 작은 섬이라 전체가 평지로 구성되어 있을 것 같았지만, 섬의 중심부엔 당산, 서북부엔 가장 높은 산인 탑산이 자리하고 있었다. 해안가와 바짝 붙어 있는 탑산을 지나가기란 힘들었지만, 절벽을 따라 걸어가는 길이 생기면서 제부도에 방문하면 꼭 가봐야 할 필수 코스로 자리매김하였다.

제부도의 상징, 매바위

한 시간가량 해안 산책로를 걸으며 아름다운 절경을 감상하는 것도 좋았지만, 제부도 곳곳에 설치된 조형물을 살펴보는 것도 또 하나의 재미라 할 수 있다. 벤치와 쉼터 이정표 등 흔하게 접할 수 있는 것들을 소재로 하여 제부도라는 섬을 특별한 공간으로 만드는 데 일조하고 있었다. 사람들은 저마다 이 조형물에서 사진을 찍으며 제부도에서만 만날 수 있는 특별한 추억을 남기고 있었다. 각종 표지판과 제부도에 얽힌 이야기들을 읽으며 한 걸음씩 나아가니 넓은 백사장이 눈앞에 펼쳐졌다.

이곳에서는 어디를 가야 하고 어떻게 움직여야 할지 고민할 필요가 없다. 길이 뻗은 대로 앞으로 나아가기만 하면 된다. 인생의 방향도 이렇게 쉽게 알 수 있다면 얼마나 좋을까 하는 헛된 생각을 잠시 가져 봤다. 얼마나 걸었을까? 백사장의 가장 끝 쪽에 자리한 독특한 바위섬이 보이기 시작했다. '매바위' 또는 '삼형제촛대바위'라고 불리는 곳으로, 제부도의 상징이라 일컬어진다. 밀물 때는 섬처럼 둥둥 떠 있지만 물이 빠지면 바로 앞까지 걸어서 갈 수 있다.

이곳을 마지막으로 화성의 실크로드를 주제로 하는 답사를 마무리한다. 그 시절의 화려했던 모습은 찾을 길이 없지만, 바다는 천 년 전이나 지금이나 변함없이 흐르고 있다. 실크로드를 따라가는 취재를 할 때 그 출발점으로 다시 만나길 기대하며 제부도와 작별을 고한다.

다시는 반복되지 말아야 할 비극적인 학살의 현장, 화성 제암리

제암리 학살 터에 세워진 3·1운동 순국 기념비

경기도 남부의 너른 땅 화성, 아름다운 풍경이 수채화처럼 펼쳐지고 마을 구석구석 저마다 고유한 이야기를 품고 있다. 또한 삼국 시대부터 고려 시대까지 걸쳐 중국으로 통하는 국제 무역항으로서 화려했던 역사를 지니고 있지만, 시대의 아픔을 켜켜이 품고 있는 고장이기도 하다.

그동안 궁궐, 사원 등 조상들의 화려했던 생활을 살펴보는 여행이 주를 이뤘지만 비극이 일어났던 장소를 찾아 가 반성과 교훈을 얻는 '다크 투어리즘'이라는 형태도 점점 성장하고 있다. 대규모 학살이 일어났던 캄보디아의 킬링필드(killing field), 폴란드의 아우슈비츠 수용소에서 우크라이나의 체르노빌 원자력 발전소까지 그 범위는 넓고 다양하다. 이번에 먼저 찾아 갈 화성의 제암리3·1운동순국기념관이 바로 그런 곳 중 하나라 할 수 있겠다.

3·1운동은 익히 알려진 대로 일제의 통치에 반발해 수개월에 걸쳐 한반도와 한인이 밀접해 있는 곳에서 시민 다수가 봉기하여 대한민국의 독립을 선언한 한민족 최대의 독립운동이다. 1910년, 일본은 한국을 강제로

병합한 후 일명 무단통치라 불리는 강압적인 억압정책을 펼쳐 갔다. 게다가 목포와 군산항을 통해 쌀을 수탈하여 우리 농민들은 큰 시름 속에서 하루하루를 버텨야만 했고 쌀값은 폭등하여 민생고는 점점 험해져만 갔다.

하지만 멀리 서방에서 들려온 한 소식이 조선 민중들에게 한 줄기 빛이 되었다. 1919년 1차 세계대전이 끝나고 열린 파리 강화 회의에서 미국 대통령 우드로 윌슨(Woodrow Wilson)이 제안한 14개조 원칙 중에 "각 민족의 운명은 그 민족이 스스로 결정하게 하자."라는 내용이 있었다. 이른바 민족자결주의라 불리게 되는 이 내용이 태평양을 건너 한반도 전체로 소식이 퍼지게 되면서 독립에 대한 열망이 갈수록 고조되고 있었다.

물론 윌슨 대통령의 민족자결주의는 패전국인 오스트리아, 터키의 국토를 찢어 놓으려고 한 의도였기에 다른 국가 식민지의 요구는 금세 묵살되었다. 연이어 대한제국의 황제인 고종이 승하하는 일이 발생했다. 일제에 의한 독살설이 점점 퍼지며 반일 감정은 커져만 갔고, 각종 단체를 중심으로 독립운동을 본격적으로 준비하기 시작했다. 결국 민족 대표 33인의 독립선언을 시발점으로 전국적으로 거대한 시위운동이 펼쳐진다. 이것이 우리가 알고 있는 3·1운동의 전말이다. 특히 화성 지역은 일제가 기존에 있던 갯벌을 논과 염전으로 간척하여 많은 조선인 노동자와 농민을 유입시켰고, 그들을 관리하던 일본인 관리들은 수확물의 독점과 폭리로 그들을 불만에 휩싸이게 했다.

기존에 가지고 있던 반일 감정과 화성 지역에 유입된 기독교적인 자유사상은 지역 주민들을 더욱 독립에 대한 열망으로 뒤끓게 만들었다. 화성

희생자 매장지에서 발견된 그들의 유품　　　　아리타 중위에 관한 선고 자료

의 3·1만세운동은 3월 26일 송산 사강 장터 만세시위, 3월 30일 향남 발안 장터 만세시위, 4월 3일 장안우정 만세시위 등 전 지역으로 전개되었다. 화성의 행정이 마비될 정도로 극심한 시위였다. 주재소가 파괴되었고 순사부장 노구찌가 살해되고 면사무소가 방화되었다. 일본은 원인을 제암리의 천도교인 및 기독교인들에게 있다고 판단해 중위 아리타 도시오(有田俊夫)는 헌병 11명 외 순사와 순사보를 이끌고 마을로 향했다.

　이들은 훈시할 말이 있다고 속여 15세 이상 남자를 모두 교회로 모이라고 명했다. 그리고 나서 교회당 내부를 향해 총을 쏘기 시작했고, 곧이어 교회에 못질한 후 불을 지르면서 천인공노할 대학살이 시작된 것이다. 일본은 이웃 마을 고주리에 가서 천도교 일가들도 학살하기 시작했다. 그리고 시신을 노적가리와 함께 불살라 버린 것이다.

　이런 엄청난 만행은 한동안 어둠 속에 감춰져 있었다. 하지만 프랭크 스코필드(Frank William Schofield) 선교사가 캐나다와 미국의 친지들에게 사건 보고서를 전달해 『끌 수 없는 불꽃(Unquenchable Fire)』을 저술하여 일제의 학살을 전 세계에 알리게 된 것이다.

3·1운동의 의의는 우리가 생각한 이상으로 크다. 그 이전까지 왕조의 낡은 기운이 조선에 드리우고 있었지만 3·1운동 이후 대한민국 임시정부가 수립되었고, 독립하더라도 이제는 봉건왕조 조선이 아닌 공화정의 대한민국으로 확실히 굳어지게 된 것이다.

게다가 제국주의에 신음하던 다른 국가에도 영향을 끼쳐 중국에서는 5·4운동이 일어났고, 훗날 인도의 초대 총리를 지낸 자와할랄 네루(Jawaharlal Nehru)도 자신의 딸인 인디라 간디(Indira Gandhi)에게 3·1운동을 격찬하면서 "이들을 본받기를 바란다."라고 당부하며 "일본 역시 영국과 다를 바 없는 제국주의 국가이니 조심해야 한다."라고 했다고 하니 대한민국의 정체성이 만들어지는 큰 변곡점이라 할 수 있다.

그러면 3·1운동이 일어나는 과정에서 가장 많은 아픔이 있었던 제암

제암교회와 제암리순국기념관

리 학살의 주범 아리타 중위는 어떻게 되었을까 알아보지 않을 수 없다. 스코필드 같은 선교사나 재한 공관, 기자 등에 의해 전 세계에 소식이 퍼지고 해외 여론이 악화되자 일제는 아리타 중위를 군법회의 회부하여 여론을 무마하려고 시도했다. 하지만 일제는 학살행위를 인정하면서도 형법에 규정된 범죄가 아니라는 이유로 무죄를 선고하는 어처구니없는 판결을 내렸다. 일제강점기 당시에는 이 사건을 차마 입 밖으로 내지도 못했고, 해방되어서도 한참 후인 1959년에 가서야 추모비를 세울 수 있었다고 한다. 나는 지금 그 아픔의 현장을 찾아 떠나려고 한다.

제암리 마을로 들어가는 입구는 태극기의 행렬이 우리를 숙연하게 맞아 준다. 현재 학살이 일어났던 제암리 예배당은 넓은 잔디밭으로 바뀌었고, 그 중앙부엔 거대한 3·1운동순국기념탑만이 그때의 기억을 상기시키고 있다. 다만 학살이 일어났던 자리에 기념이란 말은 조금 어울리지 않은 것 같아 차라리 위령이나 추모라는 말을 쓰는 게 더 낫지 않았을까 싶다.

그리고 언덕의 왼편에는 새로 세워진 제암교회와 함께 자리 잡은 제암리3·1운동순국기념관이 있어 자연스레 발길을 옮겼다. 1969년 일본의 기독교인들이 사죄의 의미로 제암교회를 지어 주었고, 2002년 기념관을 지으며 새롭게 중축한 건물이다. 하지만 학살사건에 대한 일본 정부의 공식적인 사과는 아직도 이루어지지 않고 있다. 전시관을 둘러보면 이 사건이 결코 가볍게 넘어가지 않을 일임을 뼈저리게 느끼게 된다.

학살된 유해들은 공동묘지의 한 구덩이에 던져져 봉분도 없던 상태로 있다가 세월이 훨씬 지난 1982년에 와서야 유해가 발굴되었는데, 그 유품들이 이곳 전시실에 전시되어 있다. 교회를 봉했던 못, 희생자가 입었던 옷가지들을 마주하니 가슴이 미어져 왔다. 독립된 지 수십 년이 흘렀지만 말없이 희생된 그들의 한을 어루만져 주지 못한 것 같아 후손으로서 죄송한 마음이 들었다.

기념관 뒤 언덕으로 올라가면 제암리 희생자 23인을 모신 합장묘가 있다. 한차례 묵념을 드린 후 이런 사건이 우리나라를 넘어 전 세계에도 널리 알려지고 기억되길 바라면서 화성의 또 다른 비극이 서려 있는 장소로 가 보기로 한다.

미 공군기지의 비극, 화성 매향리를 찾아서

광활하게 펼쳐진 갯벌, 철새들이 무리를 지어 지나가는 평화로운 마을 매향리는 2005년까지 54년 동안 미7공군 사격장으로 사용되던 곳이다. 매향리의 옛 지명인 고은리를 미군 편의상 '쿠니'라고 부르기 시작했고, 쿠니사격장이란 이름으로 하루가 멀다고 폭격과 사격이 수시로 일어나게 되면서 이 마을의 주민들은 큰 피해를 입었다. 원래 매향리는 굴 양식은 물론 다양한 해산물이 풍부하게 널려 있어 화성에서 가장 부촌으로 손꼽혔던 마을이었다. 하지만 1951년 한국전쟁 당시 미군의 사격장이 들어서게 되면서 이 마을의 운명은 순식간에 바뀌었다.

매향리 주민들은 생업에도 큰 지장을 받았다. 미 공군이 바다 건너편

섬을 타깃으로 잡고, 그나마 사격 중지를 알리는 빨간 깃발을 드는 늦은 저녁 시간만 바다에 들어갈 수 있었다. 하지만 그마저도 1969년 서해안에 상륙하는 무장 공비를 핑계로 경인 지역 바닷가에 야간 통행금지를 내리면서 금지되었다. 마을 주민들은 생계를 이어 가기 위해서 어쩔 수 없이 바다에 몰래 들어갔지만 군인에게 걸려 구타를 당하기도 했다. 그렇게 매향리의 어부들은 낮에는 미군에게 밤에는 한국군에게 앞바다를 빼앗겼다. 하지만 더욱 문제는 육지에 찾아온 피해였다. 그들이 농작물을 일구고 심었던 논과 밭에는 탄피가 촘촘히 박혔고, 모든 땅은 헐값에 넘어가 버렸다.

수시로 미군 비행기의 폭격이 시작될 때마다 그 굉음으로 인하여 마을 주민들의 집은 금이 갈라졌고, 유리창이 깨졌다. 오인 사격이나 불발탄으로 인해 주민 13명이 숨지고 22명이 중상을 입는 등 매향리 주민들은 전시

매향리 평화역사관의 마당에 전시된 포탄 파편들

(戰時)를 살아온 것이다. 주민들은 갖은 항의 수단을 동원해 보았지만 미군 측이나 한국 정부는 묵묵부답의 상태를 이어갔다. 그러다 2000년 KBS〈추적 60분〉이란 프로그램에서 이 사태를 집중적으로 다루어 국민적 공감대를 불러일으켜 수면 위로 올라오게 되었고, 2005년에 매향리 쿠니사격장이 폐쇄되면서 그 막을 내렸다.

고통은 끝났을지 몰라도 너무 먼 길을 돌아온 것 같다. 나도 몇 년 전까지 공항에서 멀지 않은 곳에 살았다. 한 시간에 한 대꼴로 비행기가 드문드문 지나갔지만 그 소음은 마치 온 천지를 울리는 듯해서 발끝에도 진동이 느껴질 정도였다. 그런 아픈 기억들은 단지 주민뿐 아니라 모두가 평생 공유해야 한다고 본다. 이제 평화의 상징이 된 매향리 포구로 들어가는 입구에는 가건물로 지어진 매향리 평화역사관이 조촐하게 자리했다. 이곳은 매

매향리 평화역사관 앞, 돌무더기처럼 쌓여 있는 포탄들

향리 주민들이 모여 실제로 투쟁을 벌였던 본부였다고 한다. 2005년 훈련장 폐쇄와 함께 주민들이 십시일반 돈을 모아 열면서 현재에 이르고 있다.

역사관 마당으로 가면 형태를 알아보기 힘들 정도로 녹슬어 버린 무언가가 수천 개 이상 쌓여 있는 게 보인다. 가까이 가서 보니 다름 아닌 포탄이다. 군 복무 시절에도 좀처럼 보기 힘들었고, 전쟁기념관에서조차 드물게 보이던 포탄이 돌무더기처럼 쌓여 있었다. 미디어에서만 들어서 실감이 나지 않았던 일이 현실로 다가오는 오싹한 순간이었다. 아쉽게도 기념관 문은 닫혀 있었지만 그 주변에는 포탄이나 탄피 등 매향리에서 발견된 것들을 이용해 평화를 상징하는 조형물을 만들어 이러한 비극이 다시는 반복되지 않기를 기원하고 있었다. 가건물 같은 임시 전시장을 벗어나 제대로 만들어진 역사관과 평화공원이 조성되길 바라지만 아직 갈 길이 먼 듯하다.

역사관의 건너편엔 이곳과 어울리지 않는 거대한 야구장 몇 개가 들어서 있다. 잔디밭과 조명의 상태나 시설로 봤을 때 프로야구팀의 연습장으로 쓰여도 손색없어 보였다. 그곳은 '화성드림파크'라고 불리는 야구 테마파크로, 국내 최대 규모의 총 4면의 리틀 야구장, 3면의 주니어 야구장, 여성 야구장이 한곳에 모여 있다. 실제로 2014년부터 2018년까지 히어로즈 프로야구팀의 2군 경기장으로 쓰였다고 한다. 다만 이 자리에 군이 수백억 원을 들여서 야구장을 지었어야 했나 하는 의문이 드는 건 사실이다.

매향리 마을로 들어오면 선착장을 중심으로 작은 동네가 형성되어 있다. 예전의 상처를 이겨내고 새롭게 도약할 준비가 한창이다. 옛 미군기지,

쿠니사격장 터에 남아 있는 미군이 사용하던 숙소와 식당, 사무실 건물들을 활용해서 평화공원을 조성할 준비를 하고 있고, 포탄의 파편에 맞아 크게 훼손된 매향교회도 경기도 아트 창작센터로 새롭게 거듭난다고 한다. 비록 여러 상황으로 많은 프로젝트가 진행되지 못하고 있지만 조만간 활발한 논의가 거듭나길 기대해 본다.

다음으로 매향리에서 멀지 않은 곳에 자리한 화성 방조제를 향해 이동하려고 한다. 1991년부터 시작된 경기도 화성시의 화옹지구 간척사업을 통해 건립한 방조제이고, 총 길이 9.8km의 꽤 긴 거리를 자랑한다. 이 방조제가 건설되면서 화성에는 여의도 두 배 크기의 인공호수인 화성호가 생겼다. 인공으로 건설된 곳은 보통 생태계에 악영향을 끼치곤 하지만 화성호는 수만 마리 철새들의 중간 기착지가 되었다. 청둥오리, 기러기, 쇠기러기 등 다양한 철새를 탐조할 수 있으며 만조 때에는 멸종 위기 조류인 알락꼬리마도요도 만날 수 있고, 주변에는 광활한 갈대 습지와 초원이 펼쳐져 있다.

우리나라에서 보기 힘든 탁 트인 시야의 코스라 드라이브를 즐기는 사람들이 종종 찾는 명소가 되었다. 이곳을 고요히 달리다 보면 철새들이 군무를 지으며 멀리 서해로 향하는 장면을 쉽게 목격할 수 있다. 근현대를 지나오며 여느 도시보다 슬픈 과거를 지녔던 땅 화성, 이 고장에도 어느새 평화가 찾아온 것이다.

정조의 효심이 남아 있는 용주사와 융건릉

지금까지 화성의 자연과 역사가 살아 숨 쉬는 화성의 서부 지역을 소개했다. 공룡알 화석산지, 제부도 등 아름다운 자연경관이 가득한 동네를 비롯해 화성당성에서는 예전 화려했던 역사의 자취를 살필 수 있었다. 그리고 제암리와 매향리에서는 우리나라의 과거 슬픈 기억을 다시금 되새길 수 있었다. 이번에는 화성의 도회지 지역이라 할 수 있는 동부로 함께 떠나보려고 한다.

동부 지역은 우리가 잘 아는 동탄신도시를 비롯해 병점, 화산, 봉담 등 수많은 도회지가 연담화되어 더욱 무섭게 성장하는 곳이라 해마다 도시의 풍경이 계속 바뀌고 있다. 동부 지역은 화성 전체 면적의 10%가 채 되지 않지만, 이곳의 인구만으로도 60만 명을 훨씬 넘기고 있으니 그 비중이 어마어마하다. 아파트와 주택으로 가득한 이곳을 어디부터 가야 할지 고민이 되지 않을 수 없다.

동부 지역은 경기도에서 가장 큰 대도시인 수원과 근접해 있기에 전체적으로 수원의 색채가 많이 느껴지는 게 사실이다. 그렇기에 주요 명소도 수원화성의 연장선상에서 바라봐야 할 곳이 많다. 수원화성을 짓고 조선 후기의 마지막 명군인 정조와 그의 아버지인 사도세자의 왕릉이 바로 이 동네에 있고, 그의 명복을 빌었던 원찰(願刹)이자 경기 남부에서 가장 규모가 큰 사찰인 용주사가 자리하고 있다. 우선 그곳에 가기 전에 향남읍에 있는 화성시 역사박물관으로 가서 그 사전 정보를 낱낱이 파헤쳐 보려고 한다.

화성 남부에 있는 향남읍은 '읍'이라는 명칭이 주는 이미지 때문에 평범한 시골 마을 정도로 생각할 수 있지만, 실제로 가서 보면 사방이 아파트 숲으로 둘러싸여 있는 발달된 도회지라는 사실을 알고 놀랄 수도 있다. 도저히 박물관이 들어설 입지라고 생각되지 않는 아파트 사이에 자리 잡은 화성시 역사박물관은 과연 어떨지 궁금하다.

원래는 향토박물관이란 명칭으로 출발했지만 화성을 대표하는 박물관으로 성장하기 위해 이런 이름으로 바꾼 듯했다. 1층에는 어린이 체험실이 있어 옛날 사람들의 주거 체험, 문양 찍기, 벽돌 쌓기 등 다양한 체험 활동을 통한 살아 있는 역사 교육이 진행되고 있다.

2층부터 본격적인 전시실이 이어진다. 보통 역사박물관이 시대별 전시를 이어간 데 비해 이곳은 특정한 주제를 가지고 나눈 게 특징이라 할 수 있다. 우선 지역 사람들의 생활 도구와 오래전부터 전승되어 온 의례, 행사를 두루 살펴볼 수 있는 생활문화실로 들어가 봤다. 육지와 해양 문화가 걸쳐져 있는 화성은 논농사와 어업이 골고루 발달하여 있어 자연스럽게 물산이 풍부해졌다고 한다. 흥미가 없는 사람이라면 빠르게 지나가도 좋지만 그다음 전시실인 역사문화실은 꼭 둘러보길 추천한다. 화성 행정 구역의 변천사를 영상으로 쉽게 알아보며 이 지역에 대한 이해까지 할 수 있는 전시실이다. 앞서 소개한 화성당성에서 출토된 유물과 그 모습을 유추할 수 있는 여러 자료를 보며 터만 남아 있어 실감하지 못했던 그 당시의 상황이 어느 정도 그림으로 그려진다.

이제 화성 지역의 문중에서 기증한 고문서와 책들이 전시된 기록문화실을 마지막으로 박물관 관람을 마무리 짓는다. 위치가 조금 아쉽긴 하지만 좀 더 많은 사람에게 알려진다면 괜찮은 박물관으로 자리 잡을 가능성도 보인다. 이제 수원화성이 들어서기 전 이 고을의 읍치가 있던 화산동으로 이동해 보기로 한다.

세계문화유산인 수원화성의 명칭을 따올 정도로 유명한 화산동은 비록 그 중심 기능이 지금의 수원시 자리로 옮겨 가서 역사가 완전히 뒤바뀌어 버리긴 했지만, 화성 동부 지역에서 역사의 흔적을 가장 잘 살필 수 있는 동네이기도 하다. 하지만 이 지역을 이미 여러 번 지나갔었던 나로서는 한적한 시골에서 점점 번화한 도회지로 변하고 있는 모습이 안타깝게 느껴졌다.

사도세자의 원찰로 지정된 이후 용주사는 정조의 후원을 받아 원찰로서 그 위용을 갖추게 된다.

화산동의 첫 행선지인 용주사에 가보니 산사의 고요함으로 가득할 것 같았던 기대와는 달리 아파트 공사로 인한 소음이 가득해 마음이 불편해졌다. 조계종 2교구 본산이기도 하면서 경기 남부지역 최대의 사찰인 용주사는 신라 문성왕 16년(854년) 갈양사로 창건된 역사를 지니고 있다. 하지만 지금의 규모와 체계를 갖추게 된 건 조선 후기 정조대왕이 사도세자의 명복을 빌기 위한 원찰로 지정된 이후의 일이다.

용주사의 전신인 갈양사는 고려 시대 잦은 병란으로 소실된 후 수백 년 동안 빈터로 남아 있었다. 하지만 이 터에서 정조대왕은 보경스님으로부터 부모님의 크고 높으신 은혜를 설명한 『부모은중경』 설법을 듣고 감동하여 1790년에 용주사로 크게 재건한 것이다. 나아가 지금의 배봉산(서울시립대 뒷산)에 있던 사도세자의 묘를 근처로 이장했고, 후에 왕 자신의 묏자리로 삼았다.

조선왕조는 기본 정책이 '숭유억불'일 정도로 불교를 전반적으로 탄압했지만, 용주사는 왕실의 비호를 넘어 그들에 의해서 만들어진 사찰이기에 기존의 절과 다른 몇 가지 차이점이 있었다. 우선 왕실의 능묘나 서원에서나 볼 수 있는 홍살문이 용주사의 입구에 세워져 있고, 궁궐이나 관아처럼 절을 둘러싼 행랑이 있다. 그 밖에도 용주사에 있는 수많은 유물과 전각을 보면 정조가 얼마나 이 절에 신경을 썼는지 짐작할 수 있다.

절 바깥세상은 신도시를 만들기 위한 소음으로 시끄럽지만 용주사의 영역으로 한 걸음 들어오게 되면 울창한 숲에 가려 다른 세상에 온 듯하다. 그 길을 천천히 걷다 보면 맞배지붕 양식의 삼문이 우리를 맞아 준다. 궁궐

조선 후기의 양식을 보여 주는 대웅보전의 전경

양식을 지닌 삼문은 좌우에 7칸의 행랑을 지니고 있어 그 권위에 압도되는 듯한 기분이 든다. 삼문을 지나면 천보루라는 누각이 나온다. 이곳 역시 행랑으로 둘러싸여 있어 궁궐인지 사찰인지 구별이 되지 않을 정도였다.

천보루를 건너가면 드디어 용주사의 중심 법당인 대웅보전이 등장한다. 절의 중심 법당을 살펴보면 그 사찰이 가진 지위나 위상이 짐작된다. 용주사의 대웅보전은 역사가 깊지는 않지만 조선 후기를 대표하는 왕실 사찰답게 그 위세가 당당하다.

이 대웅보전에는 용주사를 대표하는 보물이 있다. 불상 뒤편에 그려진 탱화인 〈삼세여래후불탱화〉를 그린 분이 조선 후기를 대표하는 화가, 단

김홍도가 그린 〈삼세여래후불탱화〉

성덕대왕신종(에밀레종)과 함께
우리나라를 대표하는 용주사범종

원 김홍도다. 그 뒤로 수많은 전각이 계속 이어져 있다. 하지만 범종각에
모셔져 있는 '용주사범종'은 선덕대왕신종(에밀레종)과 함께 우리나라를 대
표하는 종이라 할 만하다. 고려 초기의 범종이지만 신라의 종 양식을 고스
란히 물려받았기에 국보로 지정된 유물이다. 하지만 이런 볼거리 많은 절
에 공사 막으로 가리어진 빈터가 보여 뭔가 씁쓸한 기분이 들었다.

　그 빈터는 2020년에 화재로 전소한 호성전의 터였다. 호성전은 사도세
자를 비롯해 혜경궁 홍씨, 정조 등의 위패를 모신 곳이어서 더욱 손실이 안
타까울 수밖에 없다. 불행 중 다행으로 위폐는 진본이 아니라곤 하지만 이
런 일이 다시는 발생해선 안 된다고 본다. 이제 마지막 발걸음은 용주사의

앞마당에 자리한 효행박물관으로 이어진다. 이곳은 '불설대보부모은중경판'을 비롯해 사도세자와 정조의 위패 등 수많은 성보 유물을 볼 수 있는 곳이다. 이제 사도세자와 정조가 모셔져 있는 융건릉으로 가보도록 하자.

때는 영조가 즉위한 지 38년이 지난 임오년, 아들인 사도세자와 아버지 영조의 갈등이 해가 갈수록 더해지고 있었다. 영조는 세자를 폐하고 더 나아가 그 화근을 제거해 장래가 창창한 세손에게 왕위를 물려줄 생각을 하고 있었다. 그러기 위해선 자식에게 화가 미치는 역적으로 처리해서는 안 되었고, 왕실의 집안일로 끝내야만 했기에 세자를 뒤주에 가둬 죽이는 전무후무한 일이 벌어졌다. 자신의 아버지가 할아버지에 의해 죽은 일을 몸소 겪고, 영조가 살아 있는 동안 아비를 부정해야 했던 정조는 아마도 평생의 큰 짐으로 남았을지 모른다. 정조가 즉위한 후 사도세자의 묘를 가꾸고 근처에 수원화성이라고 불리는 신도시를 건설하고, 자신도 아버지 옆에 묏자리를 마련했을 정도니 단순한 부자 관계를 넘어선 특별함이 있다고 본다.

용주사를 나와 사도세자와 정조의 능역이 있는 융건릉으로 이동하기로 한다. 두 장소 사이의 거리는 1.5km로, 도보로 15분이면 충분히 이동할 수 있다. 다만 현재는 화성 태안 3지구 택지개발사업으로 인해 어수선한 분위기가 느껴진다. 시멘트를 잔뜩 머금은 공사 차량이 수시로 이동하고, 아파트를 짓는 소음이 사방에 진동한다.

전국에서 가장 빠른 속도로 발전하고 있는 화성이지만 세계문화유산인 융건릉 앞마당까지 아파트가 들어선다고 하니 씁쓸한 마음을 감출 수 없었다. 그런 생각을 하면서 가다 보니 울창한 산림이 보이더니 왕릉의 정문까지 도달했다. 대다수의 조선왕릉이 차분하고 조용한 느낌을 주는 데 반해 융건릉은 조선 후기의 명군인 정조와 그 유명한 사도세자가 묻혀 있는 곳이라 그런지 찾는 사람이 꽤 많아 활기가 돌았다.

융건릉에서 수원화성까지는 꽤 가까운 편이라 정조의 발자취를 따라가는 역사 여행 코스로 제법 인기가 있다. 심지어 수원 시티투어 버스도 용주사와 융건릉을 거친다. 그만큼 이 지역 자체가 수원의 영향을 꽤 받고 있다는 것을 방증하는 것일지도 모른다.

이제 정문을 지나 꽤 넓은 묘역을 천천히 거닐며 융건릉을 천천히 둘러보기로 하자. 융건릉은 사도세자로 알려진 추존왕 장조와 그의 부인 혜경궁 홍씨가 모셔져 있는 융릉과 정조와 효의왕후가 있는 건릉으로 구성되어 있다. 가운데 숲을 사이에 두고 왕릉이 배치되어 있기에 가볍게 산책하는 느낌으로 둘러보면 좋을 듯싶다. 융건릉의 입구로 바로 들어오게 되면 한옥 건물이 눈에 띄는데 바로 융릉의 재실 건물이라고 한다.

융릉은 과거 현륭원으로 불렸다. 현륭원 시절 재실은 지금의 자리가 아니라 화성 태안 3지구와 인접한 곳, 다시 말해 현재 공원 조성이 예정된 장소에 있었다. 즉 융건릉의 능역이 예전과 비교해 많이 축소되었다는 사실을 알 수 있다. 그래도 왕릉의 숲은 변함없이 푸르렀다. 어느덧 잘 정비된 융릉 앞에 도달했다. 정조가 현륭원(융릉의 예전 명칭)을 배봉산에서 화성 땅으로 옮기면서 생전 다하지 못했던 효성을 쏟았던 흔적을 곳곳에서 발견할 수 있었다. 그 대표적인 것 중 하나가 '곤신지'라고 불리는 연못이다. 곤

신지는 조선왕릉 중 드물게 연못을 원형으로 조성한 곳으로, '용의 여의주' 형상을 하고 있다고 한다.

이제 정자각을 배경으로 합장릉 형태의 융릉이 나타난다. 사도세자는 생전에 왕위에 오르지는 못했지만 죽은 후에 왕으로 추숭되었다. 하지만 그의 아들인 정조 시절에는 이루어지지 않았다. 아마도 정조는 사도세자의 죽은 형인 효장세자(후에 진종으로 추숭됨)의 양자로 입적했기에 그 명분이 부족하지 않았을까 싶다. 사도세자는 조선 말기 고종이 황제에 오른 뒤 정통성과 권위를 내세우기 위해 추존왕으로 봉해지게 된 것이다.

사도세자는 현재까지 시대를 관통하는 수많은 논란의 중심에 있는 인물이다. 비참한 최후를 맞게 된 배경에 대해서도 사람마다 의견이 분분하다. 아버지의 압박으로 인한 정신적 광기가 문제라는 사람도 있고, 그 당시 집권층인 노론과 척을 졌기 때문이라는 이야기도 있다. 그 논란은 언젠가 창경궁을 이야기할 때 자세히 다뤄 보기로 하고 그 아들인 정조의 능역으로 이동해 본다.

조선왕릉은 계절마다 다양한 모습으로 그 아름다움을 고스란히 전해 준다. 그렇지만 여름에 방문한다면 필시 벌레 퇴치약을 소지하고 가라고 말하고 싶다. 하늘이 보이지 않을 만큼 숲이 무성하고, 금천이 능역 곳곳을 휘감고 들어가 습한 기운을 머금고 있어 사방에 벌레가 많다. 이 점만 유의한다면 쾌적한 답사를 이어갈 수 있을 것이다.

20분 동안 숲속을 걸어간 끝에 정조의 왕릉인 건릉에 도착했다. 조선 후기 강력한 왕권을 구사했던 왕답지 않게 융릉보다 소박한 느낌이 들었

찜질방을 개조해 만든 소다미술관　　　　소다미술관에서는 다양한 전시가 열린다.

다. 정조에 관한 이야기는 1권 수원편에서 충분히 다뤘으니 가벼운 묵념을
마지막으로 융건릉의 답사를 마무리 짓도록 하겠다.

　여기서 멀지 않은 장소에 요즘 꽤 핫한 미술관이 있어 겸사겸사 찾아
가보기로 했다. 본래 찜질방으로 계획되었던 건물이었지만 입지 조건의
변화로 공사가 일시 중단되었고, 시간이 갈수록 뼈대만 남은 흉물이 되어
가는 중이었다. 게다가 밤이면 으슥해지는 분위기와 함께 도시 슬럼화의
주범으로 찍혀 있던 상태였다. 이러지도 저러지도 못하다가 한 건축가의
결정으로 이 건물의 운명은 뒤바뀌게 되었다.

　건축가는 차별화된 공간을 목표로 했기에 건물의 특성을 살려 미술관
으로 변화시켰다. 맥반석 방의 뼈대는 그대로 갤러리가 되었고, 불가마로
사용될 예정이었던 벽돌이 천장 없는 야외 갤러리 바닥에 깔렸다. 노출된

철근 콘크리트와 그 사이의 공간을 이용해서 예술가들이 창작 욕구를 마음껏 발휘하는 작품으로 만들었다.

이곳은 바로 소다미술관이라 불리는 곳이다. 이 미술관은 매번 다른 주제로 관람객들을 이끌고 있지만 정작 내 눈에 들어오는 것은 미술관 문을 열면 나오는 정원이었다. 푸릇푸릇한 잔디밭과 폐허 같은 미술관의 상반된 모습이 신선하게 다가왔다. 앞으로 도시마다 이런 콘셉트의 미술관이 늘어나 고장의 문화를 이끄는 명소로 자리매김하길 기대한다.

이제 기나긴 화성 답사를 마무리 지으려고 한다. 물론 화성에서 가장 번화한 신도시인 동탄신도시에 관한 이야기를 빼놓을 수는 없지만, 아직 완성되지 않은 신도시고 독자적인 정체성이 모호하기에 언젠가 화성을 다시 다룰 일이 있다면 그때 다시 이야기하는 게 좋지 않을까 싶다.

사실 큰 면적과 난개발 그리고 과거의 안 좋은 여러 사건 때문에 화성에 대한 이미지가 별로 좋지 못했다. 하지만 직접 가서 본 화성은 경기도에서 가장 아름다운 바닷가를 가지고 있었고, 역사적인 이야깃거리가 풍부한 잠재력 있는 도시라 할 만했다. 앞으로 5년, 10년 뒤의 화성이 어떻게 바뀔지 궁금하다. 그 몫은 차후로 남기기로 하고, 바로 밑에 있는 오산으로 넘어가 보기로 하자.

오산의 자랑, 물향기수목원과 오색시장

경기도 남부를 여행하다 보면 공중에서 전투기가 굉음을 내뿜으며 수시로 날아드는 광경을 심심치 않게 보게 된다. 가끔 그 전투기의 소음이 수시로 발생해서 무슨 전쟁이라도 일어났나 싶은 착각이 들지도 모른다. 이 전투기들은 과연 어디서 왔을까 궁금해진다. 아마도 경기 남부의 최대 공군기지인 오산 공군기지가 아닐까 싶다. 물론 엄밀히 위치를 따지면 행정구역상 평택시 송탄에 있지만 그 당시 송탄이란 지명은 존재하지 않았고, 근처 오산이라는 발음하기 좋은 지명을 따 그 이름을 붙였다고 한다. 이 공군기지의 존재감 때문이었을까? 평택과 화성 사이에 끼어 있는 자그마한 면적의 도시 오산은, 주변의 도시에 비해 존재감이 크지 않다.

오산의 매력을 본격적으로 탐구하기 전 이 고장의 역사부터 살펴보자. 오산은 원래 지금의 화성 영역인 수원부에 속해 있던 작은 고을이었다. 이후 수원이 화성과 분리되고, 1970년 수원에 있던 화성군청이 오산읍으로 이전하게 되면서 본격적인 성장의 계기를 마련하였다.

게다가 경부고속도로에 오산IC를 설치하면서 인구가 급속도로 증가했고, 결국 1989년 오산읍이 분리되면서 지금에 오산시가 되었다. 현재는 동탄신도시의 배후지로 주목받고 있고, 오산시의 북쪽에 세교신도시 등이 조성되면서 지속해서 성장하는 도시다. 또한 전국 지자체 중 평균 연령이 가장 낮은 오산시는, 면적은 좁지만 아름다운 경관부터 역사적인 명소까지 두루 갖추고 있다.

먼저 갈 곳은 오산 중앙에 흐르는 오산천을 기준으로, 북쪽에 있는 세교동 일대다. 작은 다리가 많아 '잔다리', '세교리'라는 이름으로 불렸던 이 동네는 속속들이 들어서고 있는 아파트들로 인해 좀처럼 옛 모습을 찾아보기 힘들지만, 조금만 관심을 기울인다면 수많은 역사와 이야기가 담겨 있는 현장을 발견할 수 있다. 세교신도시 정 가운데에는 주민들의 사랑을 받는 고인돌공원이 있다. 고인돌공원은 다른 신도시의 공원하고는 다른 차별점이 있다. 그것은 공원 한가운데 있는 수십 기의 고인돌이다. 이곳이 있는 동네를 예로부터 금암동이라 불렀는데, 이는 마을 한가운데 잘생긴 바위가 있어 '금바위'로 부르다가 한자로 '금암'이라 칭하게 되면서 지금에 이른 것이다.

오산 시민들의 쉼터로 자리 잡은 고인돌공원의 풍경

우리나라는 전 세계 고인돌의 40%가 밀집된 만큼 전국 어디에서도 고인돌을 쉽게 찾아볼 수 있다. 다만 놀이터, 산등성이, 논, 밭에 있는 경우가 많아 좀처럼 그곳까지 발길을 이어 가기 힘들었는데, 오산 고인돌공원의 고인돌로 인해 공원이 생겨난 후 신도시 주민들에게 많은 사랑을 받고 있다. 휴식처의 역할은 물론 독산성, 물향기수목원 등의 인근 여행지와 연계하는 관광지로서 자리 잡은 것이다. 주택과 아파트 단지 사이에 있고 주차장도 제대로 갖춰지지 않아 크게 기대하지 않았지만, 입구로 들어서자마자 시원하게 펼쳐진 넓은 잔디밭과 푸른 하늘과 솔솔 흩날리는 억새를 바라보니 마음이 뻥 뚫리는 듯했다.

그곳의 중앙에는 사람 허리 정도의 울타리가 쳐져 있고, 10여 기의 고인돌이 당당히 이곳의 터줏대감으로 자리하고 있었다. 그중 가장 앞쪽에 있는 두기의 거석은 그 규모만큼이나 많은 사람의 시선을 끌고 있다. 일명 할머니 바위와 할아버지 바위라고 불리고 있는데 고인돌군(群)의 모양새가 할아버지, 할머니 그리고 자식 손자까지 대가족을 이룬 듯했다.

그뿐만이 아니다. 공원 이곳저곳에는 숲에 가려 숨어 있는 고인돌 등 다양한 거석 유적이 남아 있고, 숲속 도서관, 장미공원 등 매력적인 장소가 많다. 이제 조금 더 남쪽으로 내려가 경기 남부에서 가장 규모가 큰 물향기수목원으로 가보도록 하자.

지하철 1호선 오산대역에 내려 도보 5분이면 접근 가능한 물향기수목원은 수도권 근교 여행지로 많은 사랑을 받는 여행지다. 2006년, '물과 나무 그리고 인간의 만남'이란 주제로 조성되었고 무려 10만 평에 이르는 방대한 규모를 자랑하는 수목원이다. 도심에서 가까운 이점 덕분인지 인근 주민들의 휴식처로 자주 이용된다.

입구에 들어서면 나무를 잘 가다듬은 '토피어리원'이 보이기 시작한다. 로마 시대 한 정원사가 자신이 만든 정원의 나무에 '가다듬는다'라는 뜻의 라틴어 이니셜 토피아(topia)를 새겨 넣은 데서 유래했다고 한다. 벌써부터 앞으로 전개될 수목원의 아름다움에 대한 기대감이 든다. 바로 옆에는 미로식으로 조성된 '미로원'이 있어 아이들의 인기를 독차지하고 있었다. 그 외에도 산림전시관, 곤충생태원, 난대양치식물원 등 수많은 실내 전시관을 둘러볼 수 있고, 메타세쿼이아길을 따라 걸으며 조금씩 가을이 내려앉

물향기수목원은 드넓은 구역에 다양한 주제로 구성되어 있다.

는 계절의 변화를 듬뿍 만끽할 수도 있다. 이제 방향을 동쪽으로 바꿔 물향기수목원의 진정한 아름다움을 찾아 떠나 보자.

중부 지역 자생원, 습지생태원, 향토예술의 나무원 등 수많은 포인트가 있지만, 이곳의 하이라이트는 수생식물원과 단풍나무원 일대가 아닐까 싶다. 크지도 작지도 않은 연못에 수생식물이 한 폭의 수채화처럼 자라 있는 '수생식물원'은, 그 고요한 자태로 인해 가만히 바라보고 있노라면 시간이 멈춘 듯한 느낌이 든다. 또 언덕을 조금 오르면 단풍나무 숲 사이에서 산책을 즐길 수 있는 '단풍나무원'이 있다. 본격적으로 단풍이 개화하기 전에 방문해 빨갛게 물들어 있진 않았지만, 푸릇푸릇한 단풍잎만으로도 그곳을

물향기수목원의 미로원　　　　　　　　사계절 내내 다양한 경관을 볼 수 있다.

오색시장의 명물
홍두깨칼국수

경기 남부를 대표하는 전통시장, 오색시장

즐기기에 충분했다. 도심에서 멀지 않은 곳에 훌륭한 숲을 거닐 수 있다는 점에 오산 시민들이 슬슬 부러워지기 시작했다. 이번엔 오산천을 건너 예전부터 오산의 중심지였던 곳으로 가본다.

오산에는 크게 두드러지는 명소는 없지만 조선 시대부터 지금까지 명맥을 이어오고 있는 전통시장이 있다. 경기 남부의 최대 재래시장인 오산 오색시장이 바로 그곳이다. 오색시장은 1792년 발간된 『화성궐리지』에 처음으로 등장했고, 처음엔 오일장의 형태였다고 한다. 그 후 1914년 지금의 위치에서 '오산 중앙시장'이란 명칭으로 불려지다가 2013년 '오산 오색시장'으로 이름이 변경돼 지금에 이르고 있다.

전통시장의 문제점 중 하나가 주차 공간의 부족이라 할 수 있는데, 이 시장에는 총 네 곳의 공영주차장이 마련되어 있어 부담 없이 방문할 수 있었다. 이름이 오색시장인 만큼 빨강, 녹색, 노랑, 파랑, 보라 등 색깔을 명칭으로 거리가 조성되어 있어 자신이 원하는 물품을 좀 더 쉽게 찾을 수 있다는 점이 이 시장의 강점이다.

마침 배가 출출해 이 시장에서 가장 유명한 가게인 광명홍두깨칼국수에서 가볍게 한 끼 때우기로 했다. 애매한 시간임에도 가게는 많은 손님으로 북적이고 있었다. 가격은 4천 원이라 저렴하고 칼칼한 국물에 탱글탱글한 면발의 조합 덕분에 순식간에 한 그릇이 비워진다. 이 시장의 또 다른 자랑거리 중 하나는 돼지국밥이다. 가장 유명한 식당은 시장 중앙에 나란히 있는 대흥식당과 부용식당이지만, 시장 안에 있는 어떤 가게에 가든 야들야들한 식감의 고기와 깔끔한 국물의 국밥을 맛볼 수 있을 것이다. 개성 넘치는 가게들을 둘러보고 있으면 시간 가는 줄 모르게 된다. 오산에 가면 우리가 몰랐던 매력에 빠져 이 도시가 달리 보이게 될 것이다.

공자를 모신 궐리사와 치열한 전투가 펼쳐진 독산성

"공자 왈…", "공자 가라사대…" 등에서처럼 누구나 한 번쯤 공자라는 인물에 대해 들어봤을 것이다. 공자는 혼란스러웠던 춘추 전국 시대에 태어나 인(仁)을 설파하기 위해 전국을 주유(周遊)했다. 하지만 살아남기 위해 부국강병을 우선시한 국가들에 인을 설파하기에는 이른 시기였다. 생전 그의 사상은 어느 국가에서도 받아 주지 않았지만 수백 년이 흐른 후 한

나라가 법가와 도교 대신 유교를 주요 사상으로 채택하면서 유교는 중국 뿐만 아니라 동아시아 전체의 주류가 되었다. 우리나라에서 삼국 시대부터 들어왔던 유교 사상은 시대를 거듭하면서 삶의 중심으로 점차 편입되기 시작했고, 유교를 근본이념으로 채택한 조선 시대에는 공자의 존재감이 신과 동급이 되면서 그 누구도 감히 비판할 수 없었다.

그러나 서양 열강들의 침입으로 시작된 혼돈의 근대화를 거치고 난 후 우리에게 공자는 낡고 시대에 뒤처진 인물로 인식되었고, 한동안 『공자가 죽어야 나라가 산다』라는 책이 베스트셀러에 오를 정도로 공자에 대한 논쟁이 한동안 팽배했다. 오산의 궐동, 주택가 바로 옆에는 우리나라에 단 두 개뿐인(다른 하나는 논산의 노성 궐리사) 공자를 모신 사당이 있다. 그 주변은

중국 곡부의 행단을 본떠 만든 궐리사 행단   궐리사에 모셔진 공자와 그의 제자들

[화성, 오산] 굴곡진 역사를 지닌 화성과 작지만 알찬 도시 오산

어디서나 볼 수 있는 평범한 주택가지만, 고개를 들어 위쪽을 바라보니 수령이 족히 수백 년은 넘어 보이는 거대한 은행나무와 엄숙해 보이는 한옥 건물이 눈길을 끌었다. 이곳이 바로 오산의 대표적인 문화재, 궐리사였다.

오산 화성 궐리사에는 내부에 있는 인성학당에서 예절, 유학 교육 등 다양한 프로그램을 진행하고 있다. 궐리사는 공자가 살았던 마을인 궐리촌에서 유래한 명칭으로, 일반 향교나 서원 등에서는 공자의 위패를 모시는 데 반해 이곳은 공자의 영정을 모시고 있다는 점이 독특하다. 원래 궐리사는 오산, 논산을 비롯해 강릉, 제천까지 네 군데가 있었다고 전해지지만 현재는 두 군데만 남아 있다. 오산 화성 궐리사는 본래 공자의 64세손인 공서린 선생이 중종 때 발생한 기묘사화로 인해 낙향하여 강당을 세우고 그 앞에 손수 은행나무 한 그루를 심은 후 북을 걸고 두드려 제자들을 기르면서 여생을 보내던 곳이라 한다.

여기서 잠깐, 시간을 거슬러 올라가 어떻게 공자의 후손이 어떻게 한국에 들어오게 되었는지 알아보자. 공자의 53세손 공완의 둘째 아들인 공소가 있었는데 공민왕비인 노국공주가 고려에 들어올 때 그녀를 모시고 함께 들어와 고려에 귀화하면서 창원 땅을 받아 창원 공씨의 시조가 되었다고 한다. 공서린 선생이 별세한 이후 이곳은 몇백 년 동안 폐허로 변했지만 정조가 수원에 화성을 건설하면서 상황은 급변한다.

정조는 조선 후기의 개혁 군주면서 유학에 통달하고, 문체반정 등 여러 가지 조치를 통해 유교를 더욱 숭상하고자 하는 의지가 있었다. 빈터에 대사당을 짓게 하고 이곳의 지명을 궐리로 고치게 했으며(현재의 궐동), 친히

공자의 제사를 지내는 궐리사 성묘   수백 년의 수령을 자랑하는 향나무

사액을 내려 지금에 이르렀다. 또한 창원 공씨였던 성씨를 공자의 도시 곡
부(曲阜, 발음대로는 취푸)의 이름을 따서 곡부 공씨로 변경했다.

　궐리사의 뒤편 숲길을 따라 걸으며 이곳의 매력을 차차 알아가 보기로
하자. 겉에서 봤을 때는 몰랐는데 안에서 본 궐리사는 규모도 크고, 다른
서원이나 향교와는 다른 건물 배치가 이색적이었다. 멀리 한국에서 보기
힘든 2층 한옥 양식의 건물이 눈에 들어왔다. 겉모습은 한옥이지만 현판이
나 모양새는 영락없는 중국 스타일이었다. 이 건물은 '행단'이라 불리는 곳
으로, 공자가 제자를 가르치던 중국 곡부의 행단과 비슷하게 만들어 낸 곳
이라 한다. 1층은 청소년을 가르치는 학습관으로 사용하고, 2층은 고문서
1,500권을 보관하는 서고로 쓰이고 있다.

　　　　　　　　　　　　　　[화성, 오산] 굴곡진 역사를 지닌 화성과 작지만 알찬 도시 오산

『성적도』 판본

수많은 보물이 열악한 환경 속에 전시되어 있었다.

이제 궐리사의 중심 권역인 성묘(聖廟)로 이동해 본다. 성묘라는 이름 역시 정조가 하사한 것으로, 그 건물 옆에는 기이하게 생긴 향나무가 사람들의 이목을 끌고 있다. 이 향나무는 수백 년의 수령을 자랑하는 나무로 오산을 대표하는 나무이기도 하다. 제를 지낼 향으로 쓰기 위해 심었다고 전해진다.

건물 안으로 들어가 공자님의 영정을 친히 배알했다. 오산 궐리사가 생길 때 다른 지역의 궐리사에 모신 영정을 옮겼다는 『조선왕조실록』의 기록도 남아 있는 걸로 봐서 적어도 수백 년은 되지 않았을까 추측한다(원본은 옆 전시관에 있다). 성묘에서 다시 왼쪽 문으로 들어가면 어디서도 보지 못한 거대한 공자상이 눈에 들어온다. 이 공자상은 1993년 중국 곡부시에서 기증한 것으로 석상을 모신 기단부에는 공자의 생애를 조각으로 새겨 놓았고, 그 좌우에는 그의 학통을 이어받은 안자, 증자, 자사, 맹자의 석상들이 함께 서 있었다. 보통 성현의 말씀을 기록할 때는 '맹자 왈, 주자 왈' 이런 식이지만 공자는 '자왈'로 통칭한다고 하니 그의 위상이 얼마나 대단한지 느낄 수 있었다.

공자상이 있는 성상전 구역의 서남쪽에는 공자의 생애를 그림으로 나타낸 『성적도』와 공자의 생애에 대한 자료, 궐리사의 중요한 인물인 공서린과 관련된 유물까지 전시된 공자문화전시관이 있다. 특히 궐리사 『성적도』는 공자의 76대손인 공재헌이 중국에 건너가 그 목판을 구해 온 귀한 유물이라 할 수 있다.

사무처장님이 그 판본을 손수 넘겨 주며 귀한 자료들을 보여 주셨는데, 글을 잘 모르는 사람이라도 공자의 생애를 쉽게 이해하기 편리한 듯 보였다. 단지 아쉬웠던 것은 이런 수많은 유물이 자그마한 공간에 전시되어 있다 보니 그 매력을 온전히 느끼기는 힘들다는 점이다. 사무처장님은 궐리사의 전시관이 제 기능을 수행하고 있지 못한다면서 오산시에서 추후 박물관을 건립하게 된다면 제대로 된 관리와 보존 대책을 강구해 주길 바란다고 언급했다. 마지막으로 궐리사가 세워지기 수백 년 전부터 존재했던 공서린 선생이 손수 심은 은행나무를 우러러보며 다음 장소로 이동한다.

경기도와 충청도를 이어 주는 주요 지점에 있는 오산은 예나 지금이나 육로 교통의 요지였다. 일명 조선의 실크로드라고 불리는 삼남대로가 지나가는 주요 지점으로, 북쪽으로는 수원의 지지대 고개, 남쪽으로는 평택

　　　　　　[화성, 오산] 굴곡진 역사를 지닌 화성과 작지만 알찬 도시 오산

독산성에서는 오산과 동탄 일대가 훤히 보인다.

을 거쳐 삼남 지방으로 이어진다.

특히 이 주변은 사도세자와 정조대왕의 이야기가 담겨 있는 장소가 고루 분포되어 있어서 수원화성, 화성 융건릉, 용주사와 함께 둘러볼 만하다. 경기 북부에 평화누리길이라는 훌륭한 산책로가 있는 것처럼 오산을 중심으로 하는 과천, 의왕, 수원, 평택을 이어 주는 총 거리 100km, 10개 구간의 경기도 삼남길이 근래에 조성되었다. 모든 길을 걸어 볼 수는 없겠지만 오산의 정체성을 가장 잘 보여 주는 오산천 일대를 걸으며, 곳곳마다 서 있는 팻말을 읽어 보면서 이곳에 담겨 있는 옛 자취와 흔적을 더듬어 본다.

지금은 바다에서 멀리 떨어져 있지만 예전에는 서해의 바닷물이 오산

독산성 성벽과 성안에 있는 사찰, 보적사

천까지 올라왔다고 한다. 이 때문에 지금도 공사 현장에서는 땅을 조금만 파도 갯벌 흙이 나온다. 오산의 옛 지명들을 살펴보면 포구를 연상시키는 위포(은계동), 어인포(초평동), 황새포(두곡동), 선창들(누읍동) 등의 명칭이 전해져 내려온다. 오산천을 건너 화성 융건릉으로 올라가다 보면 사방에 너른 들판이 펼쳐진다. 그 벌판 사이에 우뚝 솟은 산봉우리가 눈에 띄는데, 한눈에 봐도 이 산에 오르면 이 일대가 훤히 펼쳐질 것만 같았다. 이 산의 가장 높은 지점에는 권율 장군이 맹활약을 펼쳤던 독산성이 있다. 독산성의 높이는 200m에 불과하지만 당시에는 이곳을 손에 넣게 되면 주변 조망권을 손에 넣을 정도로 중요한 요충지였다.

독산성은 삼국 시대부터 수많은 전투가 치열하게 펼쳐졌던 역사의 현장이었다. 백제가 처음 이 성을 쌓고 몇백 년 후, 독성산성전투에서 고구려와 나제 연합(백제, 신라)이 치열한 전투를 펼친 끝에 고구려는 이 전투에서 지고 한강 유역을 영영 상실하게 되었다. 이후 독산성은 조선 시대에 이르기까지 성을 고스란히 보존하고 있던 것이다. 임진왜란에 들어와 이 성은 다시 주요 전투의 무대로 다시 등장하게 된다.

독산성을 찾아가는 방법에는 여러 가지가 있겠지만, 지하철을 이용한다면 1호선 세마역에서 버스로 갈아타서 가야 하고 자가용을 이용한다면 독산성 음식문화거리나 독산성 산림욕장 주차장에 차를 대고 올라가면 된다. 걸어서 올라가기 힘들다면 독산성 한복판에 자리한 보적사 주차장까지 차를 타고 올라가면 된다. 다만 주차장이 좁아 주말에는 차들로 무척 붐비니 이 점은 고려하길 바란다.

슬슬 가을로 접어드는 시기에 방문해 오색 단풍이 산 전체를 물들기 시작했기에 평일인데도 불구하고 초입부터 사람들로 꽤 붐볐다. 가을의 정취도 살펴볼 겸 산림욕장에 차를 대고 독산성 정상을 향해 차근차근 올라가 본다. 비교적 경사가 낮고 공기가 신선한 숲길을 걷는 것만큼 호사는 없는 듯싶다. 적당히 운동도 되면서 모처럼 혼자만의 사색에 잠겨 볼 수 있다. 천천히 산길을 오르며 독산성 전투 당시의 권율 장군의 발자취를 더듬어 본다.

'임진왜란의 가장 큰 영웅' 하면 제일 먼저 떠오르는 인물은 단연 충무공 이순신이다. 하지만 바다에서 이순신 장군이 큰 활약을 펼쳤다면 육지의 권율 장군 역시 빼놓을 수 없는 영웅이다. 임진왜란 초반 일본군은 동래성 점령을 시작으로 신립 장군과 탄금대전투에서 승리를 거두고 순식간에 한양을 함락하는 등 초반 기세가 정말 매서웠다. 일본군 일부는 한반도 최대의 곡창지인 호남 지방을 침략하기 위해 내려오고 있었다. 하지만 이 기세는 두 장군에 의해서 한풀 꺾이고 만다.

바다에서는 이순신 장군이 한산도대첩으로 승리를 거두었고, 육지에서는 권율 장군이 황진 장군과 함께 이치전투에서 승리를 거둠으로써 반격의 기회를 마련한 것이다. 여세를 몰아 권율 장군은 1만 명의 군대를 이끌고 수도를 탈환하기 위해 북상을 계획하지만, 1592년 10월 성급하게 공격을 시도했다가 패배했던 용인전투의 전례를 밟지 않기 위해 독산성에 주둔하게 되었다. 그 소식을 들은 일본군의 총대장 우키타 히데이(宇喜多秀家)에는 한양에 있던 군대를 독산성으로 보내 사방을 포위하게 되면서 독성산성전투의 막이 오르게 된다.

일본군은 성을 함락시키려고 갖은 수를 쓰지만 높은 곳에 있는 성을 함락한다는 것은 보통 일이 아니었고, 계곡물에 제방을 쌓아 성으로 들어가는 물을 막고 사방을 포위하면서 자연스레 항복을 얻어내려 했었다. 하지만 권율 장군은 야밤에 기병대를 활용해 물을 막은 보를 끊고, 일본군의 진영에 불을 지르는 등 지속적인 유격전으로 상황을 유리하게 만들었다. 이에 전라도에서 구원병이 올라오고 일본군의 사기도 떨어지면서 퇴각을 끌어내는 데 성공한다. 권율 장군은 곧바로 병력을 행주산성으로 옮기는데, 그 유명한 행주대첩이 여기서 나오게 된 것이다.

[화성, 오산] 굴곡진 역사를 지닌 화성과 작지만 알찬 도시 오산

권율 장군의 일화가 담긴 지휘소, 독산성 세마대

    독산성에서 펼쳐졌던 치열한 전투를 다시금 상시키기며 오르다 보니 어느덧 숲에 가려 보이지 않았던 넓은 하늘이 펼쳐지고 굳건한 독산성의 성벽이 산을 휘감듯 뻗어 있는 게 보였다. 성벽에 오르자 동탄은 물론, 경기 남부 일대가 훤히 내려다보였다. 과연 천혜의 요새라 할 만하다. 독산성에는 성벽 안쪽에 '보적사'라는 사찰이 있다. 특별한 유물이나 문헌은 존재하지 않지만 남한산성처럼 성을 관리하고, 때로는 노역에 동원하기 위해 있지 않았을까 생각된다. 독산성의 동문을 보적사의 정문으로 쓰고 있다는 사실이 이 절만의 특별함이지 않을까 싶다. 1km 남짓한 독산성 주위를 둘러본 후 이 성의 상징이자 가장 높은 곳에 있는 '세마대'로 올라가 보자.

성의 장수가 지휘하는 장대로 사용되었던 세마대는 최근에 복원되긴 했지만 소나무 숲과 어우러지며 도도한 기품을 내뿜고 있었다. 독성산성 전투 당시 샘이 적어 오래 지키기 어려웠던 상황에 들자 권율 장군이 말을 세우고 쌀을 흩날리게 부어 씻게 했다고 한다. 그걸 본 일본군은 성안에 물이 많이 있다고 생각해 포위를 풀고 달아나니 훗날 그곳을 세마대(洗馬臺)라고 일컬었다.

이곳을 마지막으로 오산과 작별을 고해야 할 시간이 온 것 같다. 평범한 중소 도시로만 알았던 오산이지만 궐리사, 독산성, 고인돌공원 등의 역사적인 명소와 물향기수목원, 오산천이 자연의 아름다움을 더해 주는 매력적인 도시였다. 도시의 정체성이 커진다면 더욱 많은 사람이 찾는 도시가 되지 않을까 생각한다.

멀고도
가까운
경기도

[포천]

궁예가 목 놓아 울었던
한탄강의 한

궁예가 목 놓아 울었던
한탄강의 한

반역의 도시, 포천 이야기

"청송면에 한 요사(妖邪)한 자가 있어 민간에 왕래하면서 스스로 신령(神靈)이
라 일컫고, 도당을 모아 어리석은 백성을 유혹하고 있는데, 이런 말이 경외에 전파
된 지 오래되었습니다."

　　　　　　- 『조선왕조실록』, 『숙종실록』 19권, 숙종 14년 8월 1일 신축 1번째 기사

때는 조선 후기, 숙종 임금이 다스린 지 14년째 되는 해다. 뜨거운 태양
의 열기가 전국을 사정없이 내리쬐던 8월 포천, 양주 일대에서 자신을 미
륵삼존이라 칭하고 열심히 사상을 전파하던 땡중이 있었다. 본래 강원도
통천의 야심만만한 승려였던 여환은 신분 차별이 없고, 평등한 세상을 만
들어 가기 위해 열심히 미륵을 설파했다.

"석가모니의 운수는 끝났으니 이제 미륵이 새로운 세상을 주관한다."

마침 전국에 전염병이 성행하여 한성과 지방에서 죽은 자가 거의 1만

명에 달할 정도로 혼란스러웠고, 포천 땅에서 이어진 미륵신앙의 전통은 그에게 더욱 힘을 실어 주었다.

땡중 여환은 세상을 바꾸고 싶었다. 그래서 더욱 세력을 키우기 위해 물을 다스리던 용신을 모신 무녀 원향과 결혼했다. 그의 밑엔 어느새 지관 황회, 평민 정원태를 비롯한 수많은 추종자가 점차 모여들었다. 여환은 "7월엔 비가 크게 쏟아지고 그 재난으로 인해 한성은 크게 혼란해질 것이다."라고 예언하며 그 틈을 타 병사를 이끌고 대궐을 쳐들어가 왕의 목을 베서 미륵의 세상으로 만들 계획을 세우기에 이르렀다. 그러고 나서 여환은 참모들을 이끌고 북한산 깊숙한 곳으로 들어가 비가 오길 기대하며 때를 기다렸다. 하지만 하늘도 무심했는지 큰비는 오지 않았고, 쿠데타는 실패로 돌아갔다. 여환을 비롯한 신도 50명은 체포되었고, 세상을 뒤엎고 싶었던 땡중은 거열형에 처해졌다.

포천은 우리에게 어떤 도시일까? 포천의 이동막걸리, 이동갈비는 고장을 대표하는 먹거리로 유명하고, 다수의 군부대가 위치하여 군사 도시라고 생각할지도 모른다. 혹자는 산정호수와 백운계곡으로 대표되는 한 여름 피서지를 언급하기도 한다. 하지만 포천은 남부의 안성과 함께 과거에 번성했던 경기도의 도시라고 손꼽는다.

서울에서 금강산을 거쳐 원산, 함흥으로 이어지는 경흥대로의 중간 지점으로, 원산에서 잡은 어류들이 포천에 집결했다가 서울로 유통되는 송우장이 있었다. 포천의 최남단 소흘읍을 거점으로 송우도고라 불리는 상인 집단이 활약했는데, 원산과 강원도 어류를 포획하는 생산자들과 직접 관계를 맺고 지금의 도매상과 같은 역할을 수행했었다.

한반도 중부내륙에 위치하고 남북 이동의 주요 경유지로서 번영했던 포천이지만, 앞에서 언급했던 '여환의 난'의 배경이 된 미륵신앙의 요람이기도 하다. 시계를 잠시 앞으로 돌려서 궁예가 다스리던 후삼국 시대로 들어가 보도록 하자. 이때 포천의 명칭은 견성군으로, 철원과 함께 발해를 견제하는 전진기지의 역할을 수행했다. 전국에서 호족들이 들고 일어나며 혼란스러웠던 신라 말, 궁예라 불리는 승려 출신의 장군이 고구려 부흥을 자처하고 901년 송악에서 후고구려를 세웠다. 이때까지만 해도 포천은 역사의 변방에서 그저 조용한 고을 중 하나였다. 하지만 905년 수도를 철원으로 옮기고 국호를 태봉으로 바꾸면서 포천의 중요성은 날로 커졌다.

궁예는 호족 집단의 견제를 뿌리치고 중앙집권으로 나아가기 위해 미륵불을 자처하면서 일명 공포정치를 실시했다. 그 과정에서 기성 불교 종단의 반감을 샀고 왕건을 비롯한 패서 지방을 중심으로 하는 호족들의 쿠데타로 인해 궁예는 왕의 자리에 쫓겨나고 백성들에 의하여 죽임을 당했다. 여기까지가 우리가 역사책에서 보고 들었던 이야기다. 하지만 궁예는 철원의 바로 남쪽 포천으로 내려가 왕건에게 대항하여 반년 동안 항쟁을 이어갔다. 현재도 포천의 산의 명칭을 살펴보면 궁예와 관련된 일화와 지명이 상당수 남아 있다.

철원에서 쫓겨난 후 궁예의 흔적을 한번 따라가 보도록 하자. 우선 궁예는 한탄강 계곡을 타고 보개산으로 내려가 잔여 세력을 이끌고 성을 쌓았다. 하지만 왕건과의 전투에서 패한 후 성동리 산성까지 내려갔지만 역

[포천] 궁예가 목 놓아 울었던 한탄강의 한

궁예와 관련된 수많은 전설이 담긴 명성산

시 역부족이었다. 궁예는 파주골을 거쳐 명성산으로 이동하면서 최후의 항쟁을 준비했다. 파주골이란 명칭은 경기도 파주시를 가리키는 게 아니라 궁예가 왕건의 군대에 패하여 도망친 동네라 하여 패주동이라 불렀다가 시간이 흐르며 파주골이라 부르게 되었다고 전해진다. 한편 궁예가 도망친 명성산은 현재 억새 축제로 유명한 곳이지만 그 어느 지역보다 궁예와 관련된 설화가 풍부한 곳이기도 하다.

명성산이라는 명칭도 궁예의 일화와 연관이 있다. 왕건의 군대가 명성산을 포위하자 궁예를 비롯한 군사들이 산이 떠나가도록 울음을 그치지 않았다고 하여 울음산이라고 했는데 이를 한자로 표기한 게 바로 명성산이다. 또한 명성산 주위에도 궁예와 관련된 일화들이 적잖게 남아 있다. 망봉은 궁예가 적의 동정을 살피고 봉화를 올렸다고 전해지고, 명성산 상봉에 있는 궁예왕굴은 왕건의 군사에게 쫓겨 은신하던 곳이라 한다. 이후 궁예의 행적은 설화, 전설마다 다르게 전해진다. 운악산에는 궁예 궁궐터가 있는데 거기서 최후까지 항전했다는 전설도 있고, 명성산에서 탈출한 궁예가 철원 너머 평강, 김화 땅까지 올라가서 죽었다는 이야기도 있다.

궁예는 강원도 김화 부근 세포군에서 죽었고, 왕건은 최대한 예우하여 유해를 모시고 가려 했지만 그 자리에서 움직이지 않아 바로 돌을 쌓아서 왕릉을 조성했다고 전해진다. 일제강점기 육당 최남선의 저서 『풍악기유』에도 그 내용이 기록되어 있으며, 1924년 《동아일보》 기사에도 궁예왕릉에 대한 기록이 남아 있다. 현재는 북한 땅이라 가볼 수 없어 보존이 잘 되어 있을지 궁금하다. 궁예가 포천 땅에서 진한 흔적을 남긴 이후 미륵신앙이 고을 곳곳에 스며들었고, 조정에 대해 종종 반기를 드는 반골의 땅이 되었다.

918년 궁예가 쫓겨나고, 923년이 되어서야 포천 지역의 유력 호족인 성달이 귀부했을 정도니 궁예에 대한 이 지역의 민심이 그만큼 만만치 않았다는 것을 알 수 있다. 특히 미륵불의 흔적을 동네 이곳저곳에서 볼 수 있는데 포천 시내에서 가까운 반월성 근교에 있는 구읍리 미륵불상이 대표적이라 할 수 있다. 그 전통을 바탕으로 여환이란 승려가 미륵을 외치며 세상을 뒤엎을 꿈을 꾸었음은 당연한 수순으로 보인다. 이미 여환의 난이 있기 전 1674년에 포천 지역에 살던 노비 전석이 상전을 살해하려고 한 사건에 연루되어 포천읍이 일시적으로 혁파되었고, 당시 현감이 파직되기도 하였다.

이런 포천의 남다른 기질 덕분에 지금까지 독자적인 정체성을 잘 유지하고 있는지도 모른다. 현재는 발전이 다소 늦어졌지만, 2028년 지하철 7호선이 포천까지 들어오게 된다면 새롭게 포천을 주목하는 사람들이 점점 늘어날 것이다. 포천을 아직 제대로 소개하지도 못했는데 할 이야기가 많다는 것은 이 도시가 가진 콘텐츠가 정말 무궁무진하다는 반증일 것이다. 포천의 시내 주변에 있는 문화유산에 대한 소개를 시작으로 포천이 가지고 있는 매력들을 함께 파헤쳐 보기로 하자.

수많은 이야기가 녹아들어 있고, 자연과 역사의 향기가 지역 전체를 감싸고 있는 포천은 크게 세 개 지역으로 나눌 수 있다.

우선 가장 남쪽에 있는 소흘읍을 중심으로 한 동네가 있다. 예로부터 송우장이 활발하게 열렸고, 특히 송우도고라 불리는 상인 집단이 활동했던 주 무대다. 현재 포천 시내보다 인구도 많고 더 번화했기 때문에 실질적인 포천의 중심지라 보면 될 것 같다. 그다음은 가장 북쪽에 위치한 옛 영평군 지역이다. 포천과 통합과 분리를 반복했던 역사를 가지고 있지만, 독자적인 지역의 정체성을 현재까지 유지하고 있다. 궁예가 왕건에게 쫓겨난 후 항전의 주요 기점이 되었으며, 철원에서 내려온 한탄강이 흘러서 연천으로 이어지는 지점이다. 이 지역의 중심지는 영중면이다. 마지막은 본격적으로 포천 탐험을 시작할 포천 시내와 그 주변이다. 현재 포천시청이 있는 곳이며, 이 지역을 중심으로 포천의 명소들이 골고루 퍼져 있다.

포천 반월성, 구읍리 일대의 미륵불

　포천 시내로 들어가기 전 시내를 바라보는 나지막한 산의 정상을 감싸고 있는 반월성에서 그 첫 시작을 해보겠다. 해발 고도 283m에 달하는 창성산에 위치한 반월성으로 가는 방법에는, 크게 창성 역사공원에서 출발해 한 시간 정도 쉬엄쉬엄 등산해서 접근하는 루트와 차를 타고 산 중턱까지 접근하는 루트 두 가지가 있다.

　둘 다 장단점이 명확하다. 산길을 올라가는 자체가 쉽지 않고, 차 한 대가 간신히 지나갈 수 있는 흙길을 힘들게 몰고 올라간 성 입구는 주차장도 변변치 않은 장소라 초보자는 엄두도 내기 힘들다. 앞으로 가볼 장소가 많기에 서두부터 힘을 빼기가 싫어 차를 끌고 가보기로 했다. 다행히 평일 아침이라 생각보다 차가 많지 않아 차로 최대한 올라갈 수 있는 지점까지 가서 주차한 후 밖으로 나가 봤다. 연륜이 족히 수백 년은 넘어 보이는 나무와 그 너머로 바라보는 풍경에서 흔하게 볼 수 있는 다른 동네 뒷산과 다른

궁예가 앉았다고 전해지는 명성산의 바위

지금의 북한 김화 부근에 자리한 궁예왕릉의 모습

　　　　　　　　[포천] 궁예가 목 놓아 울었던 한탄강의 한

삼국 시대에 축성된 반월성의 전경

장엄함이 느껴지는 듯했다.

　삼국 시대에 축성된 반월성은 발굴 조사 과정에서 '마홀수해공구단(馬忽受解空口單)'이라고 새겨진 기와가 출토되어 큰 화제를 불러일으켰다. 마홀이란 고구려가 이 지역을 점령하고 설치한 지명이었기 때문이다. 이후 한동안 세간에 잊혔던 반월성을 궁예가 다시 축성한 후, 남진을 위한 주요 거점으로 삼았다. 궁예가 쫓겨나고 수도를 철원에서 개성으로 이전하면서 이 성의 전략적 가치는 크게 감소했지만 궁예의 그림자는 성 전체에 도사려 있었다. 그 주변에는 민간 신앙의 공간으로 활용되었던 미륵 석불도 남아 있다.

반월성에 오르면 포천 일대가 한눈에 보인다.

　　이제 흙길을 따라 조금 더 올라가면 청성산 정상부를 반월 모양으로 감
싸고 있는 반월성의 위용이 한눈에 드러난다. 성의 둘레는 1,080m로, 문
터는 물론 건물, 우물, 제단들의 시설이 곳곳에 설치된 흔적을 볼 수 있다.
반월성의 가장 큰 장점 중 하나는 막힌 곳 없이 확 트여 전망이 무척 훌륭
하다는 것이다. 아마 궁예도 포천 시내가 훤히 내려다보이는 이곳 반월성
에서 이 일대를 내려다보지 않았을까 싶다. 산 위에서 시원한 바람을 맞으
며 성벽을 한 바퀴 돌아보는 즐거움을 한번 누려 보기를 바란다.

[포천] 궁예가 목 놓아 울었던 한탄강의 한

이제 산 밑으로 내려가 반월성 주변을 한번 둘러보려고 한다. 이 일대는 구읍리라고 불리는 곳으로, 지명에서 알 수 있듯이 오랫동안 포천의 중심지 역할을 수행했던 장소다. 먼저 반월성으로 올라가는 입구에는 군내면사무소가 있는데, 이곳이 예전에는 포천 관아가 있던 터라고 한다. 1905년까지 포천 군청이 있었지만 구읍천, 포천천 너머 포천동으로 이전한 이후 현재는 조용한 동네가 되었다.

하지만 이 주변 문화재의 연륜은 나름 만만치 않다. 군내면사무소에서 골목길을 따라 깊숙이 들어가면 포천향교가 나온다. 포천향교 자체는 6·25전쟁 후 새롭게 복원한 것이라 눈길을 끌지는 않았지만, 그 뒤편 산길을 따라 걸어서 조금만 올라가다 보면 거의 마모되어 형상을 알아보기 힘들 정도의 석불이 보인다.

구읍리 석불입상이라 불리는 이 불상은 사람들 사이에서 미륵불이라 칭해졌고, 고려 전기의 작품이라고 추정된다. 아마도 궁예를 잊지 못한 포천의 민중들이 그를 위해 세운 것이 아닐까 싶다. 그 밖에도 이곳에서 멀지 않은 곳에 위치한 용화사에 있는 구읍리 미륵불상, 영평초등학교 운동장에 서 있는 영평리 석조여래입상 등 미륵불의 흔적을 곳곳에서 찾아볼 수 있다. 궁예는 정말로 미치광이 폭군이었을까? 궁예가 다스리던 기간은 30년이 채 안 되지만, 안성, 포천 등지에서 발견되는 발자취에는 천 년이 지난 지금도 그의 향기가 진하게 남아 있다.

채석장이 만들어 낸 아름다운 호수, 천주호

　이제 하천을 건너 포천 시내로 들어가자. 포천을 대표하는 먹거리 하면 흔히들 이동갈비를 떠올릴지도 모르겠다. 이동면, 일동면 일대에는 예나 지금이나 군부대가 많다. 특히 근처 백운계곡 일대는 군인들을 비롯해 피서를 오던 사람들이 많았는데, 그런 사람들을 상대로 갈비 열대를 1인분으로 하여 푸짐하게 팔던 게 이동갈비의 시초라고 한다. 그 군인들이 제대해 입소문을 냈고 어느덧 이동갈비의 명성은 전국으로 퍼지게 되었다. 특히 산정호수에서 멀지 않은 이동면 지역에 집중적으로 갈빗집이 모여 있어 수많은 피서객이 자연스럽게 방문하는 코스가 되었고, 포천을 대표하

한국전쟁의 참화가 고스란히 남은 포천 벙커 유적

　　　　　　　　　　　　　　　　　　[포천] 궁예가 목 놓아 울었던 한탄강의 한

는 명물이 되었다.

하지만 포천에 왔다면 갈비도 좋지만 순대국밥을 한번 먹어 보길 추천한다. 포천 시내와 송우리 지역에는 전통시장이 꽤 남아 있고, 그 시장을 중심으로 맛있는 국밥집들이 많다. 아마도 예전에 강원도와

마늘 토핑이 올라간 순대국밥, 미성식당

서울을 이어 주는 도로의 주요 지점이 포천이었으므로 많은 나그네가 국밥을 먹으며 삶의 고단함을 잠시 달래지 않았을까 싶다. 지금은 전국에 널리 퍼져 체인점이 되어 버린 유명한 무봉리 순대국밥의 시작이 송우리였다고 한다. 포천 시내 한복판, 골목으로 조금 들어가 보면 미성식당이라 불리는 순대국밥집이 있다. 간판은 낡았지만 먼지 하나 쌓인 것 없이 관리되어 있었고, 내부로 들어오자 순대 삶는 냄새가 진하게 풍겨 왔다.

1981년에 개업한 미성식당은 순대와 내장 부속물 등 푸짐한 건더기 위에 마늘 토핑이 올라간 게 특징이다. 개인의 취향에 맞춰 밥을 토렴하기도 하고, 밥을 말지 않은 채 나오도록 선택할 수도 있다. 흔히 먹는 순대국밥과 다르게 육수가 굉장히 깔끔하여 인상적이었고, 그 심심함을 덜어 줄 마늘의 알싸한 맛이 겹쳐지면서 환상의 궁합을 만들어 낸다. 한국인의 솔푸드(soul food)라 불리는 국밥을 든든하게 먹고 나니 다시금 포천을 돌아볼 힘이 생긴다.

광복 후 일본은 패망했지만 미군과 소련이 뒤이어 한반도로 들어왔다. 그들은 북위 38도선을 경계로 하여 남북한이 분단되는 결정적 계기를 마

련했는데, 하필 그 경계에 놓여 있던 포천 땅 또한 한동안 갈라져 있었다. 게다가 포천 땅을 지나는 43번 국도가 북쪽으론 철원을 거쳐 원산 땅까지, 남쪽으론 의정부에서 서울 수유리로 들어가는 요충지였기 때문에 전쟁 직전부터 포천 지역에 집중적으로 벙커가 건설되었다. 결국 6·25전쟁의 비극은 시작되었고, 포천 땅은 북한군과 남한군의 치열한 전투 현장이 되었다. 수많은 젊은이가 전쟁터로 끌려갔고, 우리나라뿐만 아니라 UN군을 비롯한 전 세계 청춘들의 피로 국토 전체가 물들었다.

포천에서는 태국 군인들이 참전했던 기념비와 태국식 사원도 볼 수 있다. 하지만 나의 눈은 43번 국도 한편에 보존된 벙커의 참혹한 현장에 머물렀다. 포탄의 흔적으로 보이는 구멍들과 반쯤 무너진 외벽을 보면서 벙커에 의지하며 폭풍처럼 몰아치는 총알, 폭탄 세례를 견뎌냈다고 하니 모골이 송연해진다. 다시는 이 땅에 전쟁이 일어나서는 안 된다는 생각이 든다. 하루빨리 영원한 평화가 한반도에 찾아오기를 기원한다.

전쟁은 벙커뿐만 아니라 병사들을 위로하기 위한 성당 등의 종교 시설 건립으로 이어졌다. 포천 시내가 내려다보이는 뒤편 언덕으로 올라가 보면 빨간색 지붕과 돌을 쌓아서 만든 건물이 눈에 띈다. 바로 포천을 대표하는 근대문화재인 성가브리엘성당(구 포천성당)이다. 1955년 당시 육군 6군단 군단장이었던 이한림이 주도해 군의 원조를 받아 지어진 독특한 배경을 가진 건물이다. 아마도 군인들이 다수 거주하고 있던 군사 도시 시절이라 가능하지 않았나 싶은데, 6·25전쟁 전후에 군부대가 세운 건물 중 유일하게 남아 국가등록문화재로 지정되었다. 언덕 입구에 적혀 있는 '십자가

한국전쟁의 참화가 고스란히 남은 포천 벙커 유국가등록문화재로 지정된 성가브리엘성당(구 포천성당)

의 길'의 문을 지나 올라가다 보면 아담하지만 정겨운 성당의 모습이 한눈에 들어온다.

1955년에 세워졌다는 사실을 말해 주는 머릿돌도 보고 투박한 모습의 성당 전체를 살피고 있었는데 성당 안에서 청아한 찬송가가 울려 퍼졌다. 처음에는 녹음된 소리인 줄 알았는데 안을 들여다보니 러닝셔츠만 입은 한 남자가 성당 이곳저곳을 돌아다니면서 절실한 손동작과 표정을 지으며 찬송을 외치고 있었다. 나를 발견한 그 사내는 멋쩍은 표정으로 포천성당의 신부라 소개하면서 날이 더워 벗고 있었다며 안으로 들어오길 권했다. 신부님은 나와 함께 포천성당을 돌아다니며 이 장소에 대한 일화들을 두루 얘기해 주었다.

천장을 살펴보면 지붕 부분이 새로 지어진 것처럼 보이는데, 1990년 취객의 방화로 성당의 목조 부분이 전부 전소되었다고 한다. 그래서 그런지 지금도 성당 내부는 전체적으로 휑한 느낌이었다. 부디 우리 주변의 문화재를 소중하게 여기고 다시는 이런 일이 일어나지 않기를 바랄 뿐이다.

포천 시내에서 멀지 않은 곳에 오래전부터 방치된 폐채석장이 있었는데, 깊게 파인 채석장에서 지하수가 솟아나고 빗물이 스며들면서 호수가 되었다. 이 호수는 무릉도원에 온 것 같은 풍경과 이국적인 모습으로 인해 드라마를 비롯한 수많은 미디어의 주목을 받게 되었고, 포천시 자체에서 관광지로 키우려는 노력까지 더해지면서 산정호수를 대체하는 포천의 대표적인 명소로 자리 잡았다. 지금은 포천 아트밸리라 불리는 그곳으로 떠나 보도록 하자.

들어가는 입구에서부터 상당히 공을 들여 가꾼 티가 나고, 저 멀리 5주차장까지 있다고 하니 이곳의 인기가 어느 정도인지 실감이 난다. 입구에는 '돌문화홍보전시관'이 있어 함께 돌아볼 만하다. 포천 지역의 대표적인 특산품은 바로 '포천석'이라 불리는 화강암이다. 경기도 내 화강암 생산량의 80%를 차지하며, 설계 하중이 작고 표면 굳기가 우수해 계단 등 건축물의 내부 바닥재나 건축 구조재, 외장재로 쓰이면서 매우 우수한 품질을 자랑한다. 1960년대부터 본격적으로 채취하기 시작한 포천석은 서울 지하철은 물론 인천공항, 국회의사당 등의 다양한 기반 시설에 사용되었다고 하니 그 중요성을 짐작할 수 있다.

이런 역사를 가진 채석장이 현재는 어떻게 관광지로 활용되고 있는지 궁금해 견딜 수 없을 정도다. 그 위로 오르기 위해선 상당한 급경사를 꽤 많은 시간을 들여 올라야 하는데 날이 더우면 차마 그러기 힘들다. 그럴 때

[포천] 궁예가 목 놓아 울었던 한탄강의 한

폐채석장에 자리 잡은 이국적인 호수, 천주호

는 15분 간격으로 운행되는 모노레일을 타면 된다. 2량으로 이루어진 귀여운 외형의 모노레일은 420m의 급경사 구간을 마치 외줄 타기를 하듯 움직인다. 내부에는 시원한 에어컨 바람이 나오고, 고도가 높아질수록 포천 아트밸리 너머 산줄기가 훤히 들여다보인다.

　5분가량의 탑승을 마치고 어느덧 포천 아트밸리의 가장 정상부에 도착했다. 이제 포천 아트밸리를 대표하는 천주호로 갈 시간이다. 조금만 길을 내려와 고개를 옆쪽으로 도는 순간, 채석장이 만들어 낸 기암괴석과 푸른 물빛이 어우러지는 기묘한 풍경의 천주호가 눈앞에 등장한다.

　화강암을 채석하며 파 들어갔던 웅덩이에 샘물과 빗물이 유입되며 형성되었지만, 가재, 도롱뇽, 버들치가 살고 있는 1급수 호수로서 최대 수심 2.5m의 깊이를 자랑한다. 특히 에메랄드 색깔의 신비한 빛을 내뿜는 호수의 독특한 풍경으로 인해 드라마 〈푸른 바다의 전설〉, 〈달의 연인: 보보경심 려〉 등의 촬영지로 쓰이기도 했다. 천주호를 좀 더 다각도로 감상하려면 좀 더 발품을 팔아서 조각공원, 하늘정원을 거쳐 올라가야 한다. 언덕을 올라가는 일이 만만치 않지만 가는 길에는 포천석을 이용한 조각품들도 감상할 수 있으니 꼭 가보길 추천한다.

한탄강의 아름다운 경치를 찾아서

이제 본격적으로 포천 여행의 가장 하이라이트라 할 수 있는 한탄강 유역을 둘러보려고 한다. 지금으로부터 약 50만 년 전 북한 강원도 평강군의 오리산과 검불랑 북동쪽 4km의 680m 고지에서 여러 차례 화산 폭발이 일었다. 그곳에서 분출된 용암은 지금의 한탄강을 따라 임진강까지 110km를 흘러 한탄강 주변에 거대하고 평평한 현무암 용암대지를 만들었다. 용암이 흘렀던 한탄강은 수십만 년에 걸쳐 용암대지 위를 흐르며 현무암을 깎아 내면서 깊은 협곡을 만들었고, 지나간 자리에는 벽면을 따라 기둥 모양의 주상절리가 생겨났다. 한반도의 다른 지형에서 보기 어려운 독특한 경관 덕분에 유네스코는 2020년 7월 세계지질공원으로 인증하였고, 이로 인해 새롭게 주목받게 되었다.

[포천] 궁예가 목 놓아 울었던 한탄강의 한

한탄강과 관련된 정보를 얻을 수 있는 한탄강 세계지질공원센터

　한탄강 유역을 따라 걷는 산책 코스도 개발되었는데, 이 코스는 구라이골에서 출발해 멍우리 협곡에 이르는 코스로 자연의 아름다움을 두루 살펴볼 수 있게끔 조성되어 있다. 총 네 개의 코스로 구성되어 있으며 도합 26km로 꽤 길다. 특히 6월에는 한탄강이 유채꽃으로 노랗게 물든다고 하니 때를 맞춰 방문하는 것도 좋겠다. 정말 가볼 만한 포인트가 많은 한탄강이지만 이곳의 지질, 역사, 생태를 미리 알고 간다면 답사가 더욱 풍성해질 것이다. 한탄강으로 들어가는 도로 맞은편에 있는 **한탄강 세계지질공원센터**를 방문하면 그 궁금증을 어느 정도 해소할 수 있다.

　한탄강 세계지질공원센터는 우리나라 최초로 지질공원을 주제로 한 박물관으로, 한탄강의 형성과정과 화산 활동으로 만들어진 현무암과 주상절리, 베개용암 등 다양한 정보를 체계적으로 정리해 놓았다. 그런데 정작 공원센터는 관람객이 적은 데 반해 그 앞의 주차장은 차로 가득 차 있었다.

한탄강 자락의
아름다운 비경,
비둘기낭폭포

알고 보니 다들 테마파크인 허브아일랜드에서 운영하는 카페를 이용하기
위해 방문한 것이었다. 나도 오랜 여정으로 노곤함을 좀 달래고 싶었기에
구경도 할 겸 잠시 숨 좀 돌리고 이동하기로 했다.

　카페로 들어서자마자 허브 향이 코끝으로 파고들어 상쾌한 기분이 들
었다. 한쪽에서는 허브 관련 제품을 팔고 있었고, 나머지 공간은 음료를 마
시는 공간으로 쓰이고 있었다. 흔하게 파는 커피나 홍차 대신 허브차를 한
번 마셔 보기로 했다. 허브라고 해서 좀 씁쓸하지 않을까 걱정했는데 의외
로 달콤했고, 목을 넘길 때마다 시원함이 온몸 가득 퍼졌다. 나름대로 만족
스러웠던 휴식 시간을 마치고 이제 다시 떠나야 할 시간이다. 본격적으로
한탄강의 자연경관을 찾아 떠나 보도록 하자.

　먼저 가봐야 할 장소는 포천에서 가장 아름다운 경관을 자랑하는 비둘
기낭폭포다. 불무산에서 발원한 대회산천이 현무암 지형을 깎아 내면서 형

성되었으며, 한탄강 본류로 합류하기 전까지 그 자체로 거대한 협곡을 이루고 있다. 비둘기들이 협곡에 자리한 하식동굴과 절리에 서식한다고 해서 '비둘기낭'이란 이름을 가진 이 폭포는, 계단을 꽤 내려가야만 만날 수 있다. 내려가는 길이 협소해서 폭포에 큰 기대를 하지 않았지만 눈앞에 펼쳐진 낯선 선경(仙景)으로 인해 한동안 그 자리에서 움직일 수 없었다.

내가 방문했던 때는 갈수기라 폭포의 유량은 적었지만 현무암이 만들어 내는 주상절리와 거대한 협곡 그리고 옥빛 색깔을 뿜어내는 아름다운 물빛 등 모든 것이 아름다웠다. 그뿐만이 아니다. 여기서 멀지 않은 곳에 포천 한탄강이 자랑하는 또 하나의 명소가 있다. 한탄강의 협곡을 위에서 편하게 두루 감상할 수 있는 한탄강 하늘다리가 그곳이다. 비둘기낭폭포에

한탄강 하늘다리에서 바라본 협곡의 파노라마

서 도보로 15분 정도 걸어가면 보이는데, 하늘다리 앞에도 주차장이 넓게 조성되어 있으니 한 번 더 차를 끌고 가보는 것도 괜찮을 것이다.

한탄강 하늘다리는 길이 200m, 높이 50m로 꽤 높으며 다리를 한 발짝 내디딜 때마다 계곡에서 부는 바람으로 인해 발끝에서부터 엄청난 흔들림을 느낄 수 있다. 고소공포증이 있거나 담이 작은 사람들은 그 자리에 주저앉아 한동안 몸을 가누기 힘들 정도다. 나도 조심스럽게 한 발 한 발 내디디면서 한탄강 협곡을 바라보았다. 제법 아찔하지만 유유히 흐르는 강물의 장관이 한눈에 보이고, 강물에 햇살이 반사되면서 붉게 물드는 모습에 푹 빠져 무섭다는 생각이 쏙 들어갔다.

영평팔경의 으뜸, 화적연의 풍경

[포천] 궁예가 목 놓아 울었던 한탄강의 한

하늘다리를 건너면 한탄강 주상절리 산책로로 곧바로 이어지는데 그 길은 다음을 기약하기로 하고, 포천이 자랑하는 또 다른 자연경관인 화적 연으로 이동해 본다. 화적연은 한탄강을 따라 상류 방향으로 조금 떨어져 있어 차를 타고 가려면 돌아 들어가야 하는 불편함이 있지만, 예로부터 포천의 한탄강 언저리에 있는 자연경관 중에서도 선비들에게 가장 많은 사랑을 받았던 만큼 꼭 한번 가보고 싶었다.

조선 시대에는 국가 기우제를 지냈던 곳으로 알려져 있고, 특히 도성에서 강원도와 함경도로 가는 최단 거리 노선인 '경흥로'가 지나는 경로였다. 그래서 조선 시대 선비들이 금강산으로 가는 여정 중 포천 지역의 이름 난 여덟 곳의 경승지를 가리켜 영평팔경이라 이름 붙였다. 그중 화적연은 영평팔경의 으뜸으로 꼽는다. 조선 후기 영의정을 지낸 미수 허목은 화적연을 보고 감탄하여 「화적연기」를 남겼고, 최익현 선생도 금강산 유람기에 「화적연」이란 시를 남겼다. 또한 겸재 정선도 화적연의 뛰어난 풍경을 그림으로 남겼다고 하니 어서 빨리 화적연의 그림 같은 풍경을 몸소 보고 싶었다.

화적연 캠핑장에 차를 대고 화적연을 바라보니 기대했던 풍경만큼은 아니었지만 한적한 느낌이라 좋았다. 가만히 고개를 들어 멀리 보면 기골이 옹골찬 장대한 기상의 산봉우리가 보이는데, 그 산이 바로 궁예가 최후의 항쟁을 펼쳤던 명성산이다. 그 명성산 자락에는 포천에서 가장 명성이 드높은 산정호수가 자리하고 있다. 이미 날은 어둑해졌으니 근방에서 하룻밤을 보낸 뒤, 포천의 남은 명소들을 차근차근 돌아보도록 하자.

포천의 대표적인 명소, 산정호수

산정호수와 전통술 양조장 산사원

언제쯤 잠자리에 들었을까? 노곤했던 하루를 보낸 탓인지 침대에 눕자마자 곯아떨어졌다. 아직 동이 채 트지 않는 새벽, 산에서 내려온 듯한 차가운 공기가 꽤 쌀쌀하게 느껴져 나도 모르게 눈이 떠졌다. 날이 더워지기 전에 시원한 공기와 산뜻함을 즐기려고 호숫가로 천천히 걸어갔다. 안개로 인해 한 치 앞도 제대로 보이지 않았다. 그 속에서 나는 더할 나위 없는 고독감을 느꼈다.

호수를 하염없이 쳐다보며 계절의 변화를 온몸으로 맞았던 기억들, 삶의 무게는 물론 짓눌리는 고통의 현장 속에 홀로 감당해야 하는 많은 것을 안개 속으로 흩날려 본다. 어느덧 안개가 걷히고, 고요하고 청초한 산정호수의 모습이 드러나기 시작했다.

1977년 이래 국민 관광지로 지정되면서 현재까지 포천의 대표 관광 명소로 자리 잡은 산정호수는 과연 어떻게 조성되었을까? 그 역사는 일제강점기로 거슬러 올라간다. 1925년 영북 영농조합의 관개용 저수지로 구축되었으며 산속에 있는 우물이란 뜻을 빌려 산정호수라는 명칭을 얻었다. 명성산을 배경으로 하는 산세의 아름다움과 호수가 빚어내는 아름다움 덕분에 그 명성은 날로 높아져 갔다.

산정호수로 가기 위해서는 크게 두 가지 방법이 있는데, 하나는 한화리조트를 비롯한 숙박 단지가 몰려 있는 하동 주차장에서 출발하는 방법, 다른 하나는 놀이공원을 비롯한 위락 시설과 식당가가 있는 상동 주차장에서 출발하는 방법이다. 각각의 장단점이 명확한 편이니 본인이 선호하는 코스에 맞춰 출발지로 삼으면 좋겠다.

하지만 산정호수를 조용한 산책로로 삼아 걷고자 한다면 무조건 하동을 출발지로 잡아야 한다. 물론 하동이 상동에 비해 고도가 낮은 편이라 상당한 오르막길을 걸어서 올라야 하는 수고스러움은 있지만, 그만큼 조용하고 아늑해 혼자 사색을 즐기며 산책하기에는 이만한 코스가 없다. 천천히 숨을 고르며 10분 정도 숲길을 따라 오르다 보면 어느새 산정호수의 제방이 나타나며 길은 두 갈래로 갈라진다.

상동 방향으로 가서 다시 반대편으로 돌아오는 원점 회귀 코스로 잡고 호숫가를 걸어 보자. 아름다운 호수의 경치를 감상하며 걷다 보면 이 지역을 대표하는 인물인 궁예를 본격적으로 만날 수 있다. 호숫가에는 궁예의 일생을 애니메이션화하여 압축해 보여 주는 패널이 있어 그의 파란만장한 일생을 조금이나마 유추해 볼 수 있다.

궁예는 드라마 〈태조 왕건〉을 통해 지금까지 회자되고 있는, 한반도 역사상 가장 흥미로운 인물 중 한 명이다. 영화 속 비극의 주인공처럼 어두운 출생의 비밀과 애꾸눈이란 핸디캡을 가지고 있으며, 승려 출신으로 한 국가의 왕위에 올랐다는 점에서 유래가 없는 독특한 일생을 지녔다고 볼 수 있다.

궁예 관련 판화를 살피다 보니 어느새 상동 주차장 부근까지 오게 되었다. 그동안 보았던 산정호수의 잔잔했던 모습과 다르게 호숫가엔 오리 배들이 둥둥 떠 있고, 색이 바랜 놀이기구들이 어색한 자태로 서 있었다. 아마 산정호수가 국민 관광지로 지정되면서 설치된 위락 시설들인 것 같다. 그 당시는 마땅한 놀이 시설이 없었던 때라 제법 인기를 끌었겠지만, 국민들의 생활 수준이 높아짐에 따라 여가 활동도 점점 조용하고 아늑한 것을 추구하는 경향을 띠었고 그에 따라 자연스럽게 쇠락했을 것으로 생각된다. 궁여지책으로 조각공원을 설치했지만 단순한 눈요기 이상의 무언가는 기대하기 힘들었다.

서둘러 유원지를 벗어나 다시 호숫가를 거닐어 본다. 여기서 소나무 숲 쪽으로 조금만 들어가 보면 브라운관에서 본 듯한 낯익은 건물 한 채가 보

[포천] 궁예가 목 놓아 울었던 한탄강의 한

인다. 바로 몇 년 전 방영했던 드라마 〈낭만닥터 김사부〉의 주 무대, 돌담 병원이다. 내부는 못 들어가게 막혀 있었지만 외관상으로는 우리가 드라마에서 보았던 건물 그대로였다. 알고 보니 드라마 촬영을 위해 세트장으로 지은 건물이 아니라 1988년 지어져서 2013년에 적자 누적으로 폐업될 때까지 호텔로 쓰였던 산정호수 가족호텔이었다. 현재는 드라마가 종방된 지 오래되지 않았기에 나름 관광객들의 이목을 끌지 모르지만 시간이 지날수록 좀 더 장기적인 안목으로 활용 방안을 모색해야 할 것 같다.

이제 덱 로드를 따라 편하게 산책을 하면서 각도에 따라 다른 경관을 보여주는 산정호수의 아름다움을 감상할 차례다. 길을 걷다 보면 이곳과 어울리지 않는 낯선 표지판 하나를 발견하게 되는데, 그 표지판에 따르면 이 산정호수에 김일성 별장이 있었다고 한다.

해방 직후 포천 땅은 남북으로 갈라져 있었는데 산정호수는 북쪽에 속했다. 산정호수의 지도를 뒤집어 보면 한반도의 모양과 비슷하고 자연경관이 뛰어나다는 점 때문에 김일성 별장이 세워졌다. 한때 포천에서 복원 계획도 있었다곤 하지만 많은 논란 때문에 현재는 추진 계획이 없다고 한다. 다양한 이야기와 볼거리를 담고 있는 산정호수의 아름다움이 변함없이 우리 곁에 남았으면 좋겠다.

이제 마지막 발걸음은 전통술 제조업체인 배상면주가에서 운영하는 산사원으로 이어진다. 전통술박물관과 배상면주가를 창업한 우곡 배상면의 기념관 그리고 세월랑(전통 증류주 숙성고)과 야외 정원으로 이어져 애주가들에게는 술 종합 테마파크라 봐도 무방하다.

산사원에는
전통술에 관한 모든 것이
체계적으로 전시되어 있다.

먼저 전통술박물관으로 들어가 보면 전통술의 원리와 탁주의 제조 과정 등을 다양한 접근 방식으로 소개해 주고 있어 굉장히 흥미롭다. 특히 전시되어 있는 수많은 항아리와 각종 도구, 전국에 퍼져 있는 수많은 전통주를 보니 벌써부터 맛보고 싶어 입이 근질거렸다.

드디어 지하로 내려가 시음을 할 시간이 왔다. 입장권을 끊으면 각자 잔 하나씩을 받고 시음실에 있는 수십 종의 전통술을 차례로 시음해 볼 수 있다. 전통주에 관해 꽤 문외한인 나로서는 우리 술의 세계가 얼마나 깊은지 이번에 단단히 배울 수 있었다. 특히 단감으로 만든 와인은 너무 달지 않으

많은 종류의 술과 그에 따른 다양한 안주의 조합을 살펴볼 수 있다.

세월랑에 늘어서 있는 술 항아리들

면서도 다양한 맛을 복합적으로 느낄 수 있어 굉장히 좋았다. 시음으로 끝내려고 했었는데, 나도 모르게 두 손에는 그 술들이 쥐어져 있어 살 수밖에 없었다. 애주가들에게는 이보다 좋은 곳이 없으리라.

이제 반대편에는 배상면주가를 창업했던 우곡 배상면 선생의 작업실을 엿보게 된다. 그분의 인생은 잘 모르지만 전통주에 대한 열정만큼은 정말 인정하지 않을 수 없었다. 벽면을 가득 메운 그의 연구 노트와 전통주 관련 서적 등을 보며 존경심이 들었다. 이런 사람들의 열정 덕분에 전통주 시장이 다시금 붐을 일으키는지도 모르겠다.

이제 '세월랑'이라 불리는 전통주 숙성고를 볼 차례다. 400개의 옹기 항아리, 그것도 하나에 650리터가 들어가는 항아리가 모여 또 하나의 장

세월랑과 운악산의 조화가 인상적이다.

관을 만들었다. 그 뒤편에는 소쇄원의 광풍각을 본떠 만든 취선각이 있는
데, 여기서 바라보는 세월랑과 그 뒤로 펼쳐진 운악산의 조화는 정말 장관
이다. 산사원을 마지막으로 정들었던 포천 땅과 작별을 고하려고 한다. 과
거에는 영화를 누렸던 고장이었지만 현재는 사람들의 관심에 한 발 떨어
져 있다. 언젠가 포천 땅을 거쳐 금강산으로 가는 육로가 열리는 날 다시금
주목을 받길 바란다.

[포천] 궁예가 목 놓아 울었던 한탄강의 한

멀고도
가까운
경기도

서울에서
쉽게 찾아 갈 수 있는
반나절 쉼표 여행

서울에서
쉽게 찾아 갈 수 있는
반나절 쉼표 여행

서울을 넘어 전국 최대의 지방자치단체로 자리매김한 경기도는 점점 그 영향력을 확대해 나가고 있다. 하지만 각각의 도시를 살펴보면 서울의 위상에 가려 덜 알려진 곳이 많다는 것을 새삼스레 느낀다. 서울과 근접할수록 면적도 작고, 도시들도 다닥다닥 붙어 지도를 봐도 한눈에 들어오지 않는다. 수도권 남부에 위치한 이런 도시들은 종종 올라오는 부동산 관련 뉴스가 있을 때만 주목할 뿐, 우리가 그 도시에 역사적인 무언가가 있을 것이라고 기대하지 않는다. 허나 오천 년의 역사를 자랑하는 우리땅인 만큼 수많은 사람의 발자취가 마을마다 서려 있고, 시간이 지날수록 새로운 정체성이 만들어지고 있다. 그 대표격인 도시가 과천, 군포, 의왕이다. 전부 서울에서 가깝기 때문에 반나절 쉼표여행으로 더 없이 훌륭하다. 자, 이제 각각의 매력을 찾아 함께 떠나 보도록 하자.

추사 김정희가 마지막으로 은거했던 집, 과천 과지초당

　서울의 웬만한 동네보다 강남의 접근성이 편리한 부자 동네, 거대한 동물원이 있는 서울대공원, 경마장과 중앙정부청사 등 대한민국 사람이라면 알 만한 수식어 덕분에 과천은 규모에 비해 유명세가 상당하다. 인구가 10만 명이 되지 않아 도시가 쾌적하고, 강북구에서 강남구로 가는 것보다 과천에서 강남으로 가는 길이 더 가까워 강남, 서초구, 강남구, 송파구가 속한 강남3구에 과천을 포함해서 '강남4구'라고 일컫기도 한다. 하지만 우리는 과천 자체에 대해선 큰 관심이 있지도 않고, 이 도시가 담고 있는 역사와 문화가 과연 무엇이 있을까 기대하는 사람 또한 거의 없다. 왜 그럴까? 알고 보면 자연과 역사가 어우러지는 산뜻한 도시인데 말이다. 이 의문점을 풀기 위해 도시 한가운데로 양재천이 흐르고, 청계산과 관악산에 둘러싸여 쾌적한 도시 환경을 자랑하는 과천으로 한번 떠나 보자.

　과천은 통계기관의 조사마다 살기 좋은 도시 1위를 도맡고 있다. 물론 과천에 사는 사람들이 전반적으로 소득 수준이 높기도 하고, 다양한 분야에 걸쳐 주민 복지가 잘 꾸려져 있는 것도 영향을 주었을 것이다. 하지만 인구 10만이 안 되는 소도시에 훌륭한 수준의 동물원과 놀이공원 그리고 우리나라에서 가장 규모가 큰 현대미술관이 있다는 사실도 무시할 만할 요소는 아니다. 과천시 면적에 거의 절반을 차지하는 서울대공원에는 수많은 시설이 몰려 있다. 과천이란 도시 자체는 정부과천청사로 인해 생겨났지만, 그 이름의 유래와 역사는 생각보다 유구하다.

과천은 고구려 장수왕 시절부터 율목군(栗木郡)이라는 명칭으로 불려 '율목'이 과천이라는 명칭의 어원이 되었다. 그러다가 고려 시대에 '과주'라는 지명을 거쳐 1413년 행정 구역 개편으로 과천(果川)으로 명칭이 바뀌었다.

지금도 과천 도심의 한쪽 계곡가에는 그 당시 왕이 머물기도 했던 객사인 온온사와 과천향교 등의 유적이 남아 있다. 오랫동안 독자적인 도시의 역사를 지니고 있었던 과천은 일제강점기 부군면 통폐합 때 과천군이 폐지됨으로써 시흥군에 편입되었다. 그에 따라 과천면으로 이름이 바뀌어 한동안 시흥의 역사와 궤를 함께했다.

그러다 1960~70년대 서울이 급속도로 확장하게 되면서 과천의 역사도 바뀌기 시작했다. 이미 1963년 서울특별시 도시계획구역에 편입되면서 잠정적인 서울 편입 예정지로 지정되었고 일명 '남서울 계획'에 속한 핵심 지역이었다. 그러다 예전 창경궁 부지(창경원)에 있던 동물원을 지금의 과천으로 옮기면서 과천동물원이 아닌 서울대공원이란 이름을 달고 있는 사실이 남서울 계획의 흔적이 아닐까 싶다.

그리고 1982년 과천에 정부과천청사가 들어왔다. 주로 경제 정책을 담당하는 부서가 들어오고, 세종시 이전 전까지 국가의 경제 관련 정책의 중심 역할을 담당하였다. 그리고 현재는 일부 부서만 남은 상태이고, 과천은 새로운 갈림길에 들어서 있다. 과천에서 발길이 먼저 닿는 명소라 하면 서울대공원 아니면 경마장이겠지만, 우선 역사의 향기가 가득 풍기는 장소로 먼저 발걸음을 움직여 본다. 한국의 어느 도시를 가든지 그 도시를 대표하는 산과 강 하나쯤은 있겠지만 관악산 자락에 자리 잡은 과천의 숲속은 더욱 울창하다.

그 숲길 한구석에 조선 인조 때부터 객사의 역할을 주로 담당하던 온온사가 당당한 자태로 우리를 반갑게 맞아 준다. 처음에 온온사라 해서 아마도 절이 아닐까 생각했지만, 한눈에 봐도 관아 건물로 보이는 거대한 한옥 목조 건축물이었다. 객사는 나랏일을 하는 중요한 인물의 숙소로 쓰이고, 임금을 상징하는 전패를 모셔 놓고 궁궐을 향해 절을 하는 의식을 치르기도 했던 장소다. 정조가 나라를 다스렸을 시절 수원에 있는 사도세자의 묘를 참배하고 돌아오는 길에 이곳에서 휴식을 취하기도 했다.

정조를 비롯한 많은 임금의 행궁 역할을 했던 객사, 온온사

정조가 과천 객사에서 머물 때 주위 경치가 쉬어 가기 편안하다 하여 '온온사'라는 현판을 내렸다 한다. 온온사는 임금이 능행 길이나 사냥, 온천을 오가면서 행궁의 역할을 도맡기도 해서 일반 객사보다 확실히 규모가 크다. 지금도 온온사의 옆자리엔 과천 관아의 터로 추정되는 자리가 남아 있고, 그 뜰에는 보호수로 지정된 은행나무를 비롯하여 족히 몇백 년의 수령을 자랑할 만한 나무들이 울창하게 솟아 온온사를 보호하고 있었다. 온온사의 틀 마루에 잠시 걸터앉아 과천의 역사를 피부로 느껴 보았다.

온온사에서 멀지 않은 관악산으로 올라가는 초입에는 과천향교가 남아 있다. 많은 등산객이 이 길을 거쳐서 관악산 연주대로 올라가지만 향교에 눈길을 주는 사람은 거의 없다. 과천향교가 온온사와 함께 좀 더 시민들에게 많이 알려질 수 있도록 적극적인 활용 방안을 모색해 봐야 하지 않을까 싶다.

잘 알려지지 않은 사실이지만 과천에는 추사 김정희 선생이 마지막까지 머물던 과지초당이 있다. 원래는 김정희 선생의 부친인 김노경이 과천에 마련한 별서였지만, 추사 선생이 제주, 북청 등 험난했던 유배 생활을 끝내고 세상을 떠나기까지의 4년 동안 이곳에서 지내며 말년의 예술혼을 불태웠다고 한다. 물론 과지초당은 2007년 과천시에서 추사박물관 건립의 일환으로 새롭게 복원된 것이지만, 그분이 서 있었던 자리는 예나 지금이나 변한 게 없다. 우선 과지초당 옆에 있는 추사박물관으로 들어가 보자.

추사 김정희 선생은 우리에게 글 잘 쓰는 명필가나 추사체의 주인공으로만 알려져 왔지만, 그의 학문과 예술 세계는 바다만큼 깊고 넓다. 김정희

추사 김정희의 최후의 걸작,
봉은사 판전

선생은 '금석학'이란 학문을 통해 그동안 무학대사가 세운 비석으로만 알려졌던 북한산 진흥왕 순수비를 신라 시대의 비석으로 밝혀내기도 했고, 연행 길 중 연경에서 만난 옹방강, 완원 등 청나라 문인들과 꾸준히 교류하며 고증학을 우리나라로 소개했다.

　추사박물관은 2층으로 올라가 1층과 지하 1층으로 내려가면서 관람하는 동선으로 되어 있다. 우선 2층은 추사의 생애를 시기별로 살펴볼 수 있는 공간으로 전시가 꾸며져 있었다. 추사의 어린 시절 글씨부터 중국으로 연행하던 도중 남긴 수많은 문인과의 교류 흔적, 유배 시절 동안 완성한 불후의 명작 〈세한도〉의 설명까지 세세하게 엿볼 수 있었다. 특히 말년 4년간의 과천 생활을 통해 그가 마주한 현실과 시대적인 변화 그리고 인간적인 모습까지 다양하게 살펴볼 수 있어서 평소 김정희 선생에게 관심이 많았던 나는 마치 보물 창고에 온 듯했다.

김정희 선생의 은거지였던 과천 과지초당이
새롭게 복원되었다.

1층으로 내려가 보니 김정희 선생의 학문과 예술을 주제별로 보여 주고 있었다. 북학파의 영향으로 추사가 청나라의 새로운 문물에 눈을 뜨는 과정과 조선 금석학 연구와 초의 선사를 비롯한 여러 계층과 교우를 그가 보냈던 서신을 보며 살필 수 있었다. 특히 다양한 시도를 통해 자신만의 독창적인 '추사체'를 만들어 내는 과정은 정말 인상 깊다.

지하의 마지막 전시실은 일본의 유명한 추사 연구자인 후지츠카 부자의 기증실로 구성된 장소다. 아들인 후지즈카 아키나오(藤塚明直)가 아버지 후지즈카 치카시(藤塚隣)가 수집했던 추사 자료를 과천시에 기증함으로써 만들어진 뜻깊은 곳을 마지막으로 박물관 밖을 나왔다.

이제 마지막으로 과지초당으로 이동해 보자. 새로 복원된 곳이라 고풍스러운 맛도 없고, 이 위치가 정확히 고증되지도 않았다고 한다. 그러나 조그마한 연못과 한옥과의 조화는 물론 역사적 상상력을 자유롭게 발휘할 수 있다는 점에서 의미가 있다고 본다. 초당 내부는 현재도 다양한 문화 교육의 현장으로 이용되고 있다. 한옥에 걸터앉아 시원한 바람을 쐬며 지나가는 봄의 기운을 마지막으로 만끽한다.

동물원 옆 미술관, 국립현대미술관

　과천을 여행이나 나들이 목적으로 가는 사람이라면 십중팔구는 서울대 공원이나 그 주변의 명소를 즐기기 위함이다. 대공원 부지 한복판에 자리한 거대한 서울대공원 저수지를 중심으로 동물원을 비롯해 놀이공원, 미술관, 과학관까지 가족끼리 하루 종일 즐길 수 있는 관광지가 한데 몰려 있다. 예전에는 지금의 창경궁, 즉 창경원으로 불렸던 장소에 동물원, 놀이 시설 등이 들어섰고, 과거 많은 사람이 저마다의 추억을 간직했던 서울의 대표 명소로 한동안 인기를 끌었다.

　그러나 창경원의 시설도 낡아가면서 동시에 잃어버린 우리 역사를 되찾아야 한다는 의식도 높아져 가고 있었기에 창경원의 옛 모습을 되찾는 복원 공사에 들어가게 되었다. 창경원에 자리했던 동물원 등의 놀이 시설은 원래 박정희 전 대통령이 신무기 연구개발 기지로 개발하기 위해 구입한 부지 예정지로 이전하면서 지금의 서울대공원이 탄생하게 되었다. 또한 서울대공원은 단순히 명칭에만 '서울'이라고 쓰여 있는 것이 아니라 운영도 서울시에서 맡아서 한다. 동물원에 이어서 덕수궁 석조전에 있었던 국립현대미술관도 대공원 내부로 이사를 오게 되었고, 곧이어 서울랜드라는 놀이공원도 함께 개장했다.

　서울대공원은 아름다운 호수와 청계산 자락의 아름다운 풍경을 즐기는 드라이브 코스는 물론 산책 코스로도 큰 사랑을 받고 있다. 호숫가를 따라 서 있는 나무들은 계절마다 다양한 모습을 보여 주고, 이곳을 찾는 가족들과 연인 행락객들을 반겨 주고 있다. 항상 역사와 문화가 깃든 장소만 주로 찾던 나였지만 이번만큼은 아무 생각 없이 편히 쉬면서 자연의 숨결을 한없이 즐겼다. 길지 않은 행복의 순간을 보낸 후, 국립현대미술관에 가야 하기에 서둘러 미술관으로 방향을 틀어 본다.

현대미술의 이미지는 우리에게 과연 어떤 인상으로 남아 있을까? 미술이 대체적으로 그렇지만 특히 현대미술은 우리가 다가가기 어려운 사조일지 모른다. 그나마 앤디 워홀(Andy Warhol), 로이 리히텐슈타인(Roy Lichtenstein) 등 팝아트를 하는 예술가의 작품들은 쉽게 접하기도 하고, 만화를 보는 것 같은 익숙함이 있어서 편하게 받아들여질 수 있다. 하지만 설치미술이나 어떤 메시지를 담고 있는 듯한 그림의 경우 그 텍스트를 읽어 보는 것 자체로 피로감이 들 때가 많다.

그러나 한편으로 현대미술의 텍스트를 읽는 행위 자체를 즐거움으로 바꾸기만 한다면, 좀 더 생각의 지평을 넓힐 수 있고 삶의 영감과 인생의 진리를 한 편의 작품으로 배울 수 있는 유희로 다가오지 않을까 생각한다. 비교적 어려운 현대미술을 한국의 근현대 미술작품을 중심으로, 시대별 흐름을 살펴볼 수 있는 유일한 미술관이 바로 과천에 있는 **국립현대미술관**이다.

일명 3대 사립미술관이라 불리는 호암(리움 포함), 호림, 간송미술관을 제외하고는 대부분의 미술관은 소장품이 넉넉지 않은 편이기에 유명 작가의 기획전에 의존하는 경우가 많다. 하지만 국립현대미술관은 우리나라 미술관을 대표하는 곳인 만큼 우리가 교과서나 기타 매체를 통해 알 만한

[과천, 군포, 의왕] 서울에서 쉽게 찾아 갈 수 있는 반나절 쉼표 여행

국내 최대의 현대미술관, 과천 국립현대미술관

과천 국립현대미술관에서는 한국 현대미술의
흐름을 일목요연하게 살필 수 있다.

작가의 작품이 많다. 그런 작품들을 시대별로 정리해 '시대를 보는 눈'이란
주제로 상설전을 열고 있다(2년마다 주제를 바꿔서 상설전이 열린다). 서울에도
덕수궁과 경복궁 바로 옆에 분원이 들어섰다고는 하지만 과천 국립현대미
술관의 위상에는 못 미친다. 그런 만큼 미술관으로 들어가는 입구에서부
터 쟁쟁한 작가들의 조각품이 저마다 존재감을 뽐내고 있었다.

　'시대를 보는 눈: 한국근현대미술' 상설전은 3층에서 시작해 2층으로
내려가면서 시대의 흐름을 따라 이동하는 방향으로 관람을 진행할 수 있
다. 그 동선을 따라가며 한국의 사회적 상황 속에서 미술이 어떻게 변모해
왔는지를 파악할 수 있는 좋은 기회가 되지 않을까 생각한다.

　먼저 들어갈 전시실은 1900년대 초 '전통미술의 변화와 유화의 도입'
이다. 조선 시대 말, 즉 대한제국 시기에 서양의 문물이 본격적으로 들어

채용신 〈고종황제어진〉

오면서 전통 화법으로만 그려졌던 우리의 그림들에도 많은 변화가 일어났다. 이미 조선 시대에도 수많은 중인층 직업 화가가 있었지만, 궁에 속해 있거나 고위층의 미술품 수요를 충족시키는 데 그쳤다. 이 시기의 대표적인 인물이 고종황제의 초상을 제작한 어진 화가 채용신이라 할 수 있다. 그는 을사늑약 체결 후 낙향하여 위정척사파 거두들의 초상화를 이전과 다른 사진과 같은 기법으로 정교하고 세밀하게 서양화처럼 그려 냈다. 한편 안중식, 김규진 등 근대 화가들은 미술 학교와도 같은 서화연구소를 만들어 전통과 근대의 갈림길에서 오래된 가치와 새로운 기술을 접목해 나갔다.

다음 전시실에 가면 1920년대 일제강점기 시기의 우리 그림들을 엿볼 수 있다. 일명 '문화통치' 시기에 일제는 1922년 조선 미술전람회를 개설하여 매년 총독부 주도의 미술 전시를 열었다. 하지만 조선의 미술가들은 서화협회를 중심으로 '서화협회전'을 열어 이에 대항하기도 했다. 그러나 총독부 주도의 조선 미술전람회는 화가들의 유일한 등용문이었다. 이 전람회에 출품하기 위해 야심 찬 크기의 전시용 작품들이 제작되었고, 그와 동시에 다양한 형태의 양식과 소재가 시도되었다. 이때 단순히 아카데믹(academic)한 작품보다 그 당시 서양에서 유행했던 사조인 야수파와 초현실주의, 추상의 요소가 접목된 작품들도 등장하기 시작했다.

이후 3전시실에 들어가 해방과 전후 미술 시기의 작품들을 둘러보면

[과천, 군포, 의왕] 서울에서 쉽게 찾아 갈 수 있는 반나절 쉼표 여행

교과서에서 익히 보던 화가의 이름이 나오기 시작한다. 이 시대는 이념 분쟁 및 사회적 갈등이 최고조로 달했던 시기였지만, 한편으로는 한국적 서정에 바탕을 두고 한국의 산하를 소재로 대작들이 꽃핀 아이러니한 시기이기도 하다. 그 당시 대표적인 화가로는 이중섭, 김환기, 유영국 등이 있고 그 유명세로 인해 많은 사람이 이 전시실에서 발길을 좀처럼 돌리지 못하고 있었다.

이때부터 우리가 생각하는 현대미술의 이미지에 부합하는 작품들이 속속 등장하기 시작했다. 조국의 근대화나 안보를 우선시했던 억압된 분위기였지만, 1970년대에 들어오면서 다양한 실험을 통해 권위적이고 구태의연한 사회 문화를 돌파하려는 시도가 미술계에도 존재했던 것이다. 그리고 1980년 이후 민중미술을 통해 우리만의 새로운 사조를 만들어 냈는데, 현실에 주목하고 내용과 서사 중심의 미술을 전개했다는 것이 1980년대 현대미술의 특징이다.

이후 본격적인 세계화의 시기에 들어서는 시기와 백남준의 설치미술까지 보고 나면 국립현대미술관에서의 관람은 끝이 난다. 주어진 두 시간이무척 짧게 느껴질 정도로 알찬 구성이었다. 서울대공원에 온다면 국립현대미술관에 꼭 한번 가보길 추천한다.

국립현대미술관에서 동물원까진 지근거리다. 개인적으로 동물원에 갈 때마다 동물들의 생기 없는 눈빛, 자유를 잃고 수용소에 갇힌 느낌을 종종 받아 굳이 가야 하나 하는 생각이 들기도 한다. 하지만 대공원이 조성된 가장 큰 이유가 동물원이고, 호수를 거쳐 동물원까지 이어 주는 로프웨이(ropeway)를 타고 주변 전망을 보고 싶은 마음에 과감히 동물원으로 들어갔다. 로프웨이를 타고 발아래로 내려다본 동물원과 청계산 자락도 정말 인상적이었고, 우리나라를 대표하는 동물원답게 시설 또한 체계적으로 잘 갖춰져 있었다. 동물들을 접하기 어려운 아이들이 책과 티브이로 보던 다양한 동물을 한눈에 볼 수 있다는 점에서 볼 수 있다는 점에서 한 번쯤은 가볼 만하다고 본다. 마지막 발걸음은 과천과 인접한 인덕원으로 이어진다. 인덕원은 안양에 속해 있지만 도회지에 번화한 곳이 없어 과천 사람들은 이곳을 약속 장소로 활용한다고 한다.

우리가 몰랐던 과천의 매력이 어떤 것인지 그동안 살펴보았다. 우리가 사는 동네에는 어떤 문화재가 있고, 숨겨진 역사가 있는지 조금만 관심을 가진다면, 알지 못했던 새로운 점을 발견하면서 우리 삶을 더욱 풍족하게 만들어 줄 것이다.

수리산이 병풍처럼 감싸고 있는 도시, 군포

경기도에서 가장 도시의 정체성이 희미한 고장, 군포로 떠나 보려고 한다. 군포를 특히 고심했던 이유 중 하나는 지도를 살펴봐도 정보를 찾아봐도 주제로 잡을 만한 무언가가 보이지 않았기 때문이다. 시에서는 자체적으로 '책의 도시'라는 타이틀을 콘셉트로 밀고 있지만, 의정부처럼 특색 있는 도서관이 있는 게 아니기에 굳이 타지 사람들이 찾아올 만한 곳은 아니라고 생각된다. 그래도 직접 군포시에서 소개하고 있는 명소들을 하나씩 찾아 가본다면, 적어도 우리가 알지 못했던 군포의 매력을 재조명할 수 있지 않을까 한다. 실낱같은 희망을 가지고 군포에 대해 하나씩 살펴보기로 하자.

군포는 본래 과천과 시흥에 속해 있던 작은 마을이었으나 경제 개발이 진행됨에 따라 서울에 있는 산업 시설이 대거 이곳으로 이전하면서 발전의 계기를 마련했다. 게다가 지금의 산본 지역이 1기 신도시 택지지구로 지정되었고, 1989년에 독립된 군포시로 승격했다. 하지만 발전 속도에 비해 군포의 정체성 확립은 더디기만 하다.

군포의 지명 유래 자체에도 여러 설이 존재한다. 임진왜란이 일어났을 당시 이 지역에서 관군들에게 배불리 식사를 제공했다고 해서 군포(軍飽)에서 군포(軍浦)로 변했다는 설, 근처에 흐르는 군포천에서 이름을 따왔다는 설도 존재한다. 그 밖에도 군인들이 머물러서 지명이 고착되었다는 이야기와 군포장역설, 군웅산설 등 다양한 설이 전해지고 있어 정확한 지명의 유래를 알 수 없다. 하지만 군포의 중심은 뭐니 뭐니 해도 산본신도시다. 산본신도시는 인근의 평촌이나 일산, 분당신도시만큼 유명하거나 화려하진 않지만, 도시 계획이 비교적 깔끔하고 경기도의 명산 수리산이 병풍처럼 도시를 감싸고 있다.

그래도 군포의 옛 자취를 조금이나마 느끼고 싶은 사람이 있다면 군포역 앞에 자리한 60년 전통의 식당, **군포식당**에 한번 가보길 추천한다. 족히 수십 년은 돼 보이는 회색 빛깔의 건물과 진하게 뼈를 우리는 육수 냄

양지가 들어간 군포식당의 설렁탕   군포의 대표적인 노포, 군포식당

새, 적어도 10년 이상은 단골로 다녔을 손님들, 노포로서의 조건이 완벽한 가게다. 설렁탕에는 양지가 한가득 올려져 있었고, 깔끔하고 담백한 맛에 이 가게만의 옛 정취가 더해지니 맛이 더욱 훌륭하게 느껴졌다. 좋은 기억을 가지고 수리산 자락을 중심으로 군포의 이야기를 풀어 가보기로 하자.

수리산은 경기도에서 몇 안 되는 도립공원으로, 군포, 안양, 안산에 걸쳐 있는 산이다. 높이는 489m밖에 되지 않지만 이곳저곳에 암봉이 솟아 있고, 수목이 울창함은 물론 주위의 경관 또한 뛰어나기로 유명하다. 가장 높은 봉우리인 태을봉을 중심으로 슬기봉, 관모봉, 수암봉 등 다양한 봉우리들이 연이어 이어져 있고, 코스도 다양해 도심 어디서든 접근성이 편리하다. 골짜기를 내려가다 보면 산기슭을 따라 예전의 자취를 엿볼 수 있는 역사적인 장소가 더러 남아 있다. 신라 진흥왕 때 창건했다는 수리사를 비

수리산 자락에 자리 잡은 초막골생태공원

롯해 최경한 프란치스코 성인이 잠든 수리산 성지도 이곳의 자랑거리다.

하지만 나의 첫 발걸음은 주택가와 산의 경사를 따라 올라간 지점에 있는 산본동 조선백자 요지에서 시작된다. 산본동 택지개발을 통한 발굴로 그 실체가 드러난 곳으로, 이 일대에서 조선 시대 전기의 백자 파편들이 더러 발견되었다. 기대치도 않았던 외진 주택가에서 의외의 역사적 흔적을 발견하는 기쁨이란 이루 말할 수 없을 것이다. 이번엔 수리고등학교 뒤편, 수리산 골짜기를 따라 조성된 초막골생태공원으로 이동해 보기로 하자. 도시화가 가속화되며 훼손된 생태 환경을 보전하기 위해 2016년에 들어선 초막골생태공원은 수리산과 도시 중심부에 자리한 철쭉공원을 연결하는 생태 네트워크의 일환으로 만들어졌다.

내가 방문했던 때는 가을에서 겨울로 넘어가는 시기인 만큼 산에서 내려오는 칼바람이 꽤 매서웠지만 황금빛 억새가 공원의 입구를 수놓고 있었다. 방문자센터에서 시작한 발걸음은 계곡을 따라 초막동천, 전망대, 물새연못, 반디뜨락까지 이어진다. 특별한 볼거리를 찾는다면 다소 실망할 수도 있겠지만, 앞으로 군포가 가야 할 지향점이 느껴지는 장소라 무척 소중하고 뜻깊었다.

이제 방향을 틀어 군포의 외곽 대야미동 쪽으로 나아가 보기로 한다. 군포와 안산 사이에 있는 대야미동 주변은 문화재가 제법 산적해 있다. 그중 하나가 동래정씨 동래군파 종택이다. 조선 전기를 대표하는 문신 정난종의 무덤을 지키기 위해 그의 아들 정광보가 이주하면서 대대로 사당과 종가를 지키고 있었다.

현재 갈치저수지의 마을 깊숙이 자리한 종가는 중앙에 'ㄱ' 자로 안채

동래정씨 동래군파 종택

예로부터 신비로운 숲으로 알려진
덕고개당숲

를 배치하고 주변에 큰 사랑채와 작은 사랑채를 두었으며, 남쪽에는 곳간인 광채를 배치하였다. 북쪽에 신주를 모시는 사당이 있고, 남쪽에는 마구간인 마방채가 남아 있었다. 하지만 관리가 제대로 되어 있지 않아 한편으론 아쉬운 마음이 들었다. 그다음으론 덕고개 중간에 자리한 당숲을 찾아가보기로 하자. 길이 100m 정도의 작은 숲이지만 수령 100년에서 200년가량의 굴참나무, 갈참나무, 너도밤나무, 서어나무 등 고목 60여 그루가 두 줄로 늘어서 있었다. 군웅에게 제를 올렸다는 터가 남아 있는 당숲에서는 마을의 안녕과 무사태평을 기원했다고 한다. 아름다운 숲 전국대회에서 보존해야 할 '아름다운 마을 숲'으로 선정된 만큼 짧지만 강한 임팩트를 자랑하는 곳이다.

이제 군포 시민들의 산책 코스로 널리 사랑받는 **반월호수**로 가야 하지

석양이 아름다운 반월호수

근대 한옥 양식의 둔대동 박씨 고택

만 호수로 들어가기 전 호수에 접해 있는 마을의 안쪽으로 조금 들어가면 기대하지도 않았던 군포의 문화재를 발견할 수 있다.

군포시 향토 유적 제1호로 지정된 둔대동 박씨 고택이다. 1930년대 군포 지역 농촌 계몽운동을 이끌던 박용덕의 살림집이다. 1927년에 건축되었으며 단순히 전통 한옥의 형태를 띠는 것이 아니라 창호에서 유리 및 철물을 사용한, 경기 지방을 대표하는 근대 가옥이라고 한다. 이제 오늘의 마지막 코스인 반월호수에서 군포 여행을 마무리해 볼 계획이다. 한쪽에서는 변함없이 KTX가 빠르게 스쳐 지나가고 있지만, 호수는 변함없이 잔잔하고 고요하게 그 자태를 유지한다. 어느새 노을이 호숫가를 비추고 있고, 나의 마음은 더욱 뭉클해진다.

백운호수 주변에 산재한 의왕의 문화재 이야기

경기도는 28개의 시와 3개의 군으로 이루어져 있으며, 전국에서 가장 많은 기초자치단체로 구성되어 있다. 그중 세계문화유산이 있는 수원, 판문점이 위치한 파주, 남한강과 북한강의 절경을 자랑하는 양평, 가평 등 알려진 고장도 수두룩하지만, 이번에 찾아 갈 의왕은 수도권 주민들이 아니라면 그 이름조차 낯설게 느껴질 수도 있다. 북쪽으로는 안양, 남쪽은 수원과 생활권을 함께 공유하고 있어서 도시 간의 경계도 모호하다. 1989년 독립된 시로서 역사를 시작한 의왕에는 어떤 이야기가 담겨 있을까?

의왕은 지금의 경기도 광주 의곡면과 왕륜면 지역이었다. 광주에서 의왕으로 가려면 청계산을 넘어야 하기 때문에 꽤 먼 거리다. 아마도 조선 시대 왕실의 피난처였던 남한산성에서 의왕을 통해 바닷길로 대피로를 설정하고 군사적으로 관리를 하기 위해 행정 구역을 설정하지 않았을까 싶다. 이후 의곡면과 왕륜면은 통합하여 앞 글자를 따 의왕면이 되었으며 수원, 시흥으로 행정 구역이 바뀌었던 복잡한 역사가 있다. 근래에 의왕시로 승격되면서 독자적인 시로서 새롭게 거듭났다.

길쭉한 고구마 모양으로 생긴 의왕시는 시 중앙에 있는 모락산과 백운산으로 인해 각각의 생활권을 형성하고 있다. 안양의 인덕원과 밀접해 있는 내손동, 백운호수 일대, 의왕시청이 위치한 고천, 오곡동 그리고 철도대학과 의왕역이 있는 부곡동으로 나눠진다. 의왕을 여행하기 위해 지도를 살펴보면 북쪽의 백운호수 일대와 남쪽의 부곡동 지역에 가볼 만한 곳

경기 도민들의 사랑을 받는 백운호수

이 분포되어 있다는 것을 알 수 있다. 먼저 발걸음이 닿는 곳은 의왕의 북쪽 구역인 백운호수 일대다. 청계산과 백운산이 남북으로 둘러서 싸여 있고, 이들 계곡의 물이 호수로 흘러들기 때문에 물이 맑고 수려하기로 유명하다.

서울에서 비교적 가까운 거리에 있고, 자연을 만끽할 수 있기에 가족 또는 연인들의 나들이 명소로 인기가 높다. 그러다 보니 자연스럽게 호수 주위로 먹거리 타운이 형성되었다. 주로 누룽지 백숙, 오리고기, 카페 등 다양한 음식을 한자리에서 즐길 수 있고, 주차장도 잘 갖춰진 편이기에 가벼운 나들이 코스로 더할 나위 없다. 거대한 백운호수 주위로 둘레길이 조

[과천, 군포, 의왕] 서울에서 쉽게 찾아 갈 수 있는 반나절 쉼표 여행

성된 만큼 호수를 바라보며 가볍게 산책을 즐길 수 있다. 주차장에서 제방 위로 올라가면 어느새 호수의 풍광이 시원하게 펼쳐진다. 생태탐방로가 덱 로드로 잘 닦여 있어 어린이나 노약자들도 이용할 수 있다.

백운호수는 원래 1953년에 준공된 저수지이기에 그 자체가 가진 역사적 의미를 찾아보기는 힘들지만, 백운호수를 중심으로 의왕의 문화재가 집중적으로 분포해 있어 함께 둘러보면 좋다. 호수가 내려다보이는 모락산 자락에 세종대왕의 넷째 아들 임영대군의 묘와 사당이 있는데, 이것이 그중 하나다. 세종대왕은 한반도 역사상 최고의 군주라 칭해도 모자라지 않을 정도로 한글 창제를 비롯한 수많은 업적을 쌓았다.

자식 농사도 마찬가진데 왕자 18명, 왕녀 7명을 낳았던 만큼 여러모로 다재다능했다고 볼 수 있다. 그 자식들도 아버지를 본받아 재능이 뛰어났고, 실제로 세종을 도와 수많은 방면에서 활약했다. 하지만 그게 독이 되었을까? 세종의 장남이었던 문종이 일찍 죽고 어린 조카가 왕위에 오르자 야심을 품은 왕자들이 등장한다. 과격하고 무리를 지어 다녔던 수양대군과 용모는 물론 학문에 뛰어나 명성을 얻었던 안평대군이 대표적이다.

왕자들도 각자의 입장과 사정에 따라 수양대군의 편 혹은 그 반대편에 서게 된다. 세조(수양대군)가 쿠데타로 정권을 잡게 되자 그의 반대편에 섰던 왕자들(안평대군, 금성대군, 화의군 등)은 귀양을 가거나 숙청을 당하게 된다. 임영대군은 세조를 지지하는 편에 섰다. 그는 젊은 시절에 궁궐의 궁녀에 손을 대는 등 방탕한 생활을 즐겼지만, 후에 마음을 다잡고 금성대군과 함께 신기전을 개량하는 등 군사 방면으로 뛰어난 활약을 펼쳤다. 그의 후손 중엔 후에 무장으로 활약했던 구성군 이준이 있고, 영조 때 이인좌의 난을 일으키는 이인좌는 그의 9대손이다. 임영대군의 사당은 굳게 닫혀 있었지만 조금만 언덕길을 오르다 보면 임영대군의 묘를 참배할 수 있다. 다사다난했던 그의 인생을 되새겨 보며 이번엔 청계산 자락으로 함께 떠나 보기로 하자.

조선 후기 천주교가 처음으로 전래한 후 박해가 본격적으로 시작되자, 천주교 신자들은 탄압을 피해 서울 근교의 인적이 드문 산골짜기로 은신하고 거기에 터를 잡아 교우촌을 형성하여 생활했다. 그 여러 곳 중 한 곳이 이번에 찾아 갈 하우현성당이다. 하우현은 일명 하우고개로도 불리는데 인천에서 광주, 이천, 여주에 이르는 중요한 통로로 동양원이라 불리는

천주교 교우촌에 자리 잡은 하우현성당

역원, 즉 말을 갈아타거나 숙박 시설로 사용되는 곳이었다. 그래서 현재 이 일대를 원(院)이 있었던 원터마을이라 불리기도 한다. 하우현에 살던 교우들은 박해 때마다 심한 고초를 겪었다. 신유박해 때는 한덕운이 남한산성에서 참수되었고, 성 루도비코 볼리외(St. Beaulieu Ludovicus) 신부는 체포되어 새남터에서 순교했다.

하지만 교우촌은 계속 유지되었고, 신앙의 자유가 생긴 이후 1894년에 초가집으로 만든 목조 강당을 토대로 지금의 성당이 만들어졌다. 그 앞에 도착하면 새하얀 외관의 하우현성당과 그 옆에 자리한 한옥 양식의 사제관이 이목을 끈다. 특히 사제관은 몸체가 석조로 건축되었고 지붕을 팔작지붕으로 올렸기에 한국과 프랑스의 보기 드문 건축 양식이라 할 수 있다. 평일 오전인데도 불구하고 주차장은 차들로 빼곡히 들어찼고, 내부는 미사 소리가 울려 퍼지고 있었다. 교우촌의 후손들은 서울, 경기도 일대로 분가했지만 여전히 하우현은 그 분원들 사이에서 본당으로 그 위상을 유지하고 있다고 한다.

이제 청계산 계곡을 따라 좀 더 깊숙이 들어가 보기로 하자. 그 계곡길의 끝에는 청계산과 의왕을 대표하는 고찰 청계사가 자리하고 있다. 청계사는 신라 시대에 창건되었다고 전해지지만 고려 충렬왕 시절 조인규가 막대한 사재를 투입한 후부터 지금의 모습이 갖춰졌다고 한다. 청계산에서 내려오는 매서운 찬바람을 뚫고 경내에 올라가 보기로 한다. 건물 대부분은 근래에 중창한 것들이라 새로울 게 없지만 조선 후기 승려인 사인비구가 제작한 보물로 지정된 동종을 볼 수 있으며 거대하게 조성된 와불도

청계산 계곡 깊숙이 자리 잡은 청계사   청계사의 풍경

나름 볼 만하다. 하지만 절 앞마당에서 자식의 합격을 위해 애달프게 소원
을 빌고 있는 부모님들을 보니 나도 모르게 한쪽 가슴이 저며 왔다.

부곡 철도박물관과 왕송호수의 레일바이크

　의왕의 북쪽 백운호수가 있는 구역에서 남쪽에 자리한 부곡동, 의왕역
일대를 둘러보려고 한다. 같은 의왕에 속해 있지만 동네 간의 거리가 꽤 멀
어 과천봉담 도시고속화도로를 타고 20분 이상 내려가야 한다. 의왕역을
중심으로 나직하게 자리하고 있는 부곡동은 철도를 빼놓고선 설명을 이어
가기 힘들 정도로 철도의 비중이 높다. 원래는 한적한 마을이었으나 1944

년 부곡역이 개통되면서 시가지가 형성되었고, 철도차량 생산기지와 철도 물류의 핵심 거점으로 지정되면서 이 일대는 급속한 변화를 겪기 시작했다. 1985년에는 용산에서 철도대학(현 한국교통대학교 의왕캠퍼스)이 이전해 오고 부곡 철도박물관도 연이어 개관하면서 일명 철도 특구가 되었다.

특히 철도박물관은 기차를 좋아하는 사람이라면 꼭 가봐야 할 장소 중 하나로 알려져 있다. 넓은 부지에 조성된 철도 박물관은 본관 건물 자체도 웅장하지만 나의 눈길을 더욱 끄는 것은 야외 전시장에 마련된 실물 기차들이었다. 예전에 전국을 누볐을 기차들이 세월이 흐르면서 퇴역을 하고 그중 일부가 철도박물관에서 전시되고 있다. 그중 몇몇 기차는 등록문화재로 지정되어 보존 중이다.

먼저 볼 것은 검은색 외형의 증기기관차, 미카 3-161 기차다. 1940년에 제작되어 부산~신의주 등 전국 주요 철도 노선에서 운행되다가 1967년에 퇴역했다. 그 밖에도 증기기관차는 혀기형과 국내에서 유일하게 남아 있는 파시형까지 총 세 대가 전시되어 있었다. 그리고 밑으로 내려가면 역시 등록문화재로 지정된 대통령 전용 객차를 관람할 수 있다. 일본에서 제작하고 1927년 경성 공장에서 조립한 객차로, 1955년 대통령 전용으로 개조되어 이승만 전 대통령부터 박정희 전 대통령까지 이용했다고 한다.

내부는 일반 객차와 다르게 회의실은 물론이고, 침실, 샤워실, 주방까지 두루 갖추었다. 안으로 들어갈 수는 없었지만 유리문을 통해 회의실의 내부를 대략적으로 살펴볼 수 있게 해놓아 그 아쉬움을 어느 정도 달래 준다. 그리고 그 옆에는 수도권 전철 1호선을 달렸던, 노란색, 연두색으로 도

야외 전시장에는 퇴역한 기차들이 전시되어 있다.　　대통령 전용 객차

색된 추억의 전동차가 당당하게 서 있었다. 1974년 1호선이 개통되면서
기존의 경부선과 경인선은 전철화되었고, 이후 변함없이 수도권 시민의
소중한 교통수단으로서 달리고 있다. 일본 히타치철공소(현 히타치중공업)
에서 제조된 최초의 전동차인 1001호와 1977년 수도권 전동차의 국산화
로 제작되어 2002년까지 달렸던 1115호가 전시되어 있다. 내부로 들어갈
수 없는 대부분의 기차와 달리 이 전동차는 내부 관람도 가능하다.

　　다만 그 당시의 광고판과 내부를 그대로 보존하면 그때의 정취를 고스
란히 전달받을 수 있는데 어설프게 꾸며진 전시 자료들이 몰입감을 방해
하는 듯해 조금 아쉬웠다. 그래도 출입문에 남아 있는 그 시절 광고와 부착
물 등을 보면서 예전의 추억을 되새겨 본다.

　　그 밖에도 주한 유엔군 사령관 전용 객차와 수인선에서 운행했던 협궤

[과천, 군포, 의왕] 서울에서 쉽게 찾아 갈 수 있는 반나절 쉼표 여행

서울역에 있던 양식당을 재현한 모습   어린이들에게 인기가 많은 열차 운전 체험

열차, 지금은 운행하지 않는 비둘기호와 통일호 등의 열차가 넓은 부지에 각자의 공간을 차지하고 있었다. 그 반대편에는 현재 KTX-이음으로 운행되는 열차의 목업 차량이 전시되어 있었는데, 일반 객실은 물론 운전석까지 체험해 볼 수 있어서 어린이들에게 인기 만점인 장소다. 이제 본격적으로 본관에 입장해 철도박물관의 여러 유물과 철도 자료를 살펴보기로 하자.

철도박물관은 크게 1층과 2층으로 나뉘는데, 철도 개통 연대기는 물론이고 최초 경인선 설계 도면과 차량 명판, 부품 등을 통해 그 당시 철도의 역사를 한자리에서 살펴볼 수 있게 구성해 놓았다. 그중 가장 인상적이었던 전시는 열차 모형들의 실제 움직임을 볼 수 있는 철도 실사 모형과 기차 운전을 직접 체험해 볼 수 있는 운전 체험실이었다.

왕송호수를 따라 이어지는 레일바이크

　현재는 사라진 각종 승차권을 통해 예전의 추억을 상기시켜 보고, 아이들은 꿈을 키워 갈 수 있는 소중한 박물관이라고 생각한다. 최근 리모델링을 몇 차례 진행했다고 하는데, 여전히 낡은 모습이라 다소 아쉬웠다. 철도는 단순히 교통, 수송 수단으로서의 역할도 있지만 앞으로 그 자체가 또 하나의 관광 콘텐츠가 될 수 있으니 적극적인 개선이 이뤄지길 바란다.

　그런 가능성을 철도박물관의 남쪽에 있는 레솔레파크, 다시 말해 왕송호수공원에서 발견한 것 같다. 왕송호수공원은 원래 다른 저수지와 마찬가지로 1948년에 농업용으로 조성되었지만, 주변 지역이 도회지로 바뀌면서 새로운 활용 방안을 모색해야만 했다. 이 일대는 붕어와 잉어 낚시는 물

[과천, 군포, 의왕] 서울에서 쉽게 찾아 갈 수 있는 반나절 쉼표 여행

레솔레파크는 호수를 따라
흥미로운 시설이 조성되어 있다.

론 근처 공장의 방류로 인해 심각한 오염을 겪었는데, 시에서 낚시를 금지하고 정수 시설을 설치하자 청둥오리, 왜가리, 백로 등 철새들의 낙원이 되었다. 덕분에 생태공원을 테마로 하여 덱(deck)을 설치했고, 호수의 북쪽면에는 습지 관찰로도 조성했다.

이 호수공원의 하이라이트는 왕송호수 전체를 한 바퀴 도는 4.3km의 레일바이크다. 전국의 폐선로마다 레일바이크를 설치했지만 이곳 왕송호수는 호수의 경치는 물론이고, 호숫가에 있는 다양한 볼거리들을 한눈에 감상할 수 있다. 백운호수를 중심으로 한 역사적인 자취를 비롯해 부곡동 주변의 철도를 주제로 한 여행지를 연계해서 개발한다면 철도 테마 관광의 중심지가 되지 않을까 싶다.

[여주]
남한강 자락의
천년 도시

남한강 자락의
천년 도시

왕비를 가장 많이 배출한 고장, 여주 이야기

경기도는 근대화와 산업화를 거치면서 수십 년 동안 끊임없는 변화를 이루어 냈다. 그 발전 덕분에 대한민국에서 가장 번성한 지역이 되었지만, 우리가 역사와 문화의 향기를 찾아 떠나는 여행지로 굳이 경기도를 골라 떠나는 일은 드물다. 신라 천 년의 역사를 자랑하는 경주도 있고, 백제의 번성했던 문화를 엿보는 공주와 부여, 문화와 맛으로 한가락 하는 전주, 그 밖에도 익산, 남원, 진주, 강릉 등 열거하자면 끝이 없다. 그러나 경기도에서 가장 번성했던 양주와 광주는 절반 이상의 땅을 서울에 내주고, 남은 땅마저 새롭게 생겨난 도시에 살점을 뜯겨 예전의 정취는 사라진 지 오래다. 시흥, 부천, 의정부, 하남, 고양은 서울의 위성 도시 그 이상도 이하도 아니고, 가평, 양평은 잠시 머물다가 떠나는 근교 여행지라 할 수 있다.

물론 세계문화유산 수원화성이 도심 한가운데 자리한 수원이 있지만, 다양성 측면에서는 아직 가야 할 길이 멀다. 하지만 경기도의 예전 정취가 가장 잘 남아 있는 도시를 하나 꼽자면 고민할 것 없이 여주다. 남한강의 수려한 풍광은 물론, 양평에서 보기 힘들었던 역사의 발자취까지 더해지니 이 도시가 가진 깊이가 어디까지일지 가늠이 되지 않는다. 또한 이곳에 발을 딛고 있는 인물들을 열거해 보자면 끝이 없다. 고려 최고의 외교관 서희, 최시형 선생, 명성황후, 송시열, 나옹선사, 이완 장군, 13도 창의대장 이인영, 죽어서 묫자리를 마련한 세종대왕과 효종까지 모두 이 나라의 굵직한 한 장면을 남기고 가신 분들이다.

국보 1기, 보물 17점, 사적 3곳으로 경기도의 여느 지자체 중 가장 풍부한 문화재를 보유하고 있는 여주지만, 경기도에 있는 도시치고 발전 속도가 상당히 느렸다. 하지만 2013년에 군에서 시로 승격되면서 전국에서 가장 최근에 승격된 시가 되었다. 그동안 상수도 보호구역으로 묶여 개발이 늦은 이유도 있겠지만, 경기도에서 서울과 가장 먼 거리에 있었다는 점이 아무래도 크게 작용했을 것이다. 여주는 시로 승격한 이후 중부내륙고속도로 연장, 전철 경강선 개통 등 서울과의 접근성을 크게 개선하면서 예전의 번영했던 여주를 다시금 꿈꾸고 있다.

여주를 관통하는 남한강은 선사 시대부터 우리 조상들이 생활하기 좋은 환경을 제공했다. 구석기 시대의 유적은 물론, 우리나라 청동기 시대 전기의 농경 취락 유적을 대표하는 흔암리 유적이 널리 알려져 있다. 그 밖에 북방식 고인돌과 선돌 유적도 곳곳에서 볼 수 있다. 삼국 시대는 다른 한강 유역의 고장과 마찬가지로 치열한 격전지였으며 현재도 파사성에서 그 흔적들을 만날 수 있다.

고려 시대에 들어 여주는 크게 번창하기 시작한다. 태조 왕건 때만 하더라도 황려현이란 명칭으로 불렀다가 이 고장 출신인 충렬왕의 태후인 순경태후 김씨에 의해 여흥군으로 명칭이 바뀌었다. 당시 선종 사원으로 고달사와 원향사가 크게 번성했는데, 특히 광종의 왕사 찬유가 주석하면서 고려 왕실과 연결된 고달사는 최고의 융성기를 맞이했다.

또한 고려 후기 대문호 이규보가 황려, 즉 여주 사람이었고, 성리학 발전에 큰 영향을 미친 이색, 김구용, 이 집의 유적과 시문이 한 세대를 풍미한 곳도 여주 지방이었다. 조선 시대 여주를 일컫는 말로 '일 천녕, 이 삼밭골, 삼 모래실'이 있다. 첫째로 천녕현(현 금사면)의 남양 홍씨는 판서가 끊던 곳이 여주라고 할 정도로 벼슬을 많이 낸 성씨이며, 둘째로 삼밭골 민씨로 불리는 여흥 민씨는 조선 건국 초기부터 왕실의 외척으로 여주가 행정 단위인 목으로 승격되는 데 큰 힘이 되었다. 셋째로 모래실 해평 윤씨는 영의정과 대제학을 집중적으로 배출했다.

여주는 1401년 태종의 왕후인 원경왕후 민씨의 내향으로 여흥부로 승격되었으며, 1469년(예종 1년) 세종대왕릉의 천릉에 따라 천령현이 여흥부에 병합되어 목으로 승격되고 여주로 명칭을 변경했다. 또한 여주는 수운 교통이 무척 발달했는데, 남한강은 중부 내륙과 한양을 연결하는 수송로 였으며, 조선 시대 영남 지방과도 연결되는 교통로의 주축이었다.

여주를 관통하는 남한강을 일컫는 여강은 국가의 공식적인 수운 기능뿐만 아니라 한강 하류와 서해안의 해산물을 충청도와 강원도로, 강원도의 임산물을 한강 하류로 교역하는 남한강의 주요 지점이었다. 여주 일대

[여주] 남한강 자락의 천년 도시

신륵사 앞의 조포나루터　　　　　현재는 이포보로 바뀐 이포나루터

는 수로 교통이 편리하여 세곡선과 상선이 붐비는 상업 취락이 발달했고, 특히 이포 지역에서는 사상(私商)과 조운업자가 성장했다. 그리고 여주 남한강 일대에는 짐배들과 떼배들이 쉬어 가는 나루와 여각이 발달했다. 기록상으로 고려 시대는 4곳 조선 시대는 13곳이 있었다고 전해진다. 이포나루를 비롯해 신륵사 옆의 조포나루가 해방 이후까지 운행했다.

　이포나루는 삼국 시대부터 이포리와 막국수로 유명한 천서리를 연결하는 나루터였다. 조선 시대 4대 나루터였으며 『신동국여지승람』에 따르면 이곳에 관에서 운영하는 나루인 '진강도'가 설치되었다. 6·25전쟁 이후부터 이포대교 개통 시까지 버스를 운송할 만큼 번성했다. 현재 그 자취는 온데간데없고, 4대강 사업으로 조성된 이포보가 우람하게 서 있다. 또한 여주는 역대 임금의 왕비를 가장 많이 배출한 고장이다. 고려 시대와 조선 시대를 통틀어 총 11명의 왕비와 빈을 배출하였다. 여주에서 출생한 세 명의 왕비를 살펴보면 이방원의 부인이자 여장부로 알려진 원경왕후 민씨, 영조가 66세에 새 장가를 들었던 정순왕후 김씨, 일본에 의해 시해된 명성황후 민씨까지 전부 내력이 만만치 않다. 이처럼 여주가 가진 이야기와 역사의 깊이는 만만치 않다. 자, 이제 본격적으로 여주의 이야기를 만나 보도록 하자.

번성했던 한강 3대 포구 이포보와 삼국 시대의 성곽 파사성

경기도를 설명하는 여러 키워드 중 자연 지리를 이야기할 때면 한강은 빠지지 않는다. 그 한강 덕분에 수운은 물론 기름진 옥토를 만들었으며 고려, 조선을 거쳐 현재에 이르기까지 나라의 중심지로 거듭나게 한 일등 공신이다. 하지만 삼국 시대까지만 하더라도 이 일대를 차지하기 위한 삼국의 전쟁이 끊이지 않았다. 그때를 증언하듯 한강, 특히 남한강 변 일대에 수많은 성벽이 아직도 남아 있다. 여주 역시 마찬가지다. 남한강 변 이포나루가 가장 잘 보이는 파사산 꼭대기에 성벽을 쌓아 예나 지금이나 여주의 초입을 든든하게 지키고 있다.

여주에서 가장 북쪽에 위치한 파사성에 가는 경로 중에서는 양평의 남한강 변을 따라 내려가는 길이 가장 아름답다. 순간 1년 전 가을에 지나갔던 파주 임진강 가의 코스모스가 생각났다. 이런저런 상념에 잠기다 보니

[여주] 남한강 자락의 천년 도시

여주를 알리는 입간판이 등장했고, 어느새 근처 관광지를 가기 위한 차들로 북적였다. 이 일대는 막국수로 유명한 마을인 천서리막국수 촌은 물론 드라이브 명소와 자전거 일주 길로 유명한 **이포보**가 있다.

게다가 근처의 파사성도 SNS를 타고 전망 맛집이라는 소문이 나면서 그 풍경을 찍기 위한 출사지로 주목받고 있다. 화물차가 제법 주차되어 있는 파사성 주차장에 차를 대고 오솔길을 따라 정상을 향해 발걸음을 옮겼다. 설화에 의하면 신라 파사왕(재위 80~112년) 때 축성하여 파사성이라는 명칭이 생겼으며 산도 파사산이라 이름 짓게 되었다는데, 당시 신라의 국력으로 이곳까지 영향력이 닿긴 힘들지 않았을까 생각한다. 또 다른 설로

삼국의 치열한 전투가 펼쳐졌던 파사성

는 삼한 시대 소국 가운데 하나인 파사국의 옛터라 전해지나 명확한 근거는 없다. 삼국 시대부터 존재하던 파사성은 임진왜란 시기에 들어와 큰 전환점을 맞게 된다. 유성룡의 건의로 승군장 의엄이 승군을 동원하여 둘레 1,100보의 석성을 수축했으며, 조선 후기에 걸쳐 여러 차례 수리한 흔적이 지금도 남아 있다.

산길을 20분쯤 올랐을까? 고개 위로 제법 육중한 자태의 성벽이 덩그러니 모습을 드러냈다. 방금 전까지 울창한 나무숲이 시야를 가렸지만 정상부에 올라오니 가리는 것 없이 사방이 트여 있었다. 시야를 방해하는 것은 하늘 위에 떠 있는 강렬한 햇살뿐이다. 성벽 위에 올라 아래를 내려다보

파사성에서 바라보는 남한강의 모습

니 도도히 흐르는 남한강과 아름다운 금수강산이 병풍처럼 펼쳐진다. 과연 고려 말의 이색과 조선의 유성룡이 시로 남겼다는 경치가 이런 것이구나 하고 감탄이 절로 나온다. 사방이 훤히 내려다보이는 지점에 위치한 덕분에 파사성을 점령하는 것만으로 중부 내륙의 수운과 육로를 통제하는 효과를 낼 수 있었던 것이다.

파사성에는 이포보의 거대한 수문이 눈길을 끌고 있다. 예전 번성했던 나루터의 흔적은 오간 데 없고, 물은 예전처럼 흐르지 않고 막혀 있다. 그 사실을 아는지 모르는지 오직 자전거 여행객들만이 이곳을 빠르게 지나가고 있었다. 이포나루는 남한강에서 가장 큰 규모의 나루터로 예전엔 '배나루', '베개나루', '천양나루' 등으로 불렀다고 한다. 이 지역 주민들은 이 나루터를 이용해서 이천, 저 멀리 서울까지 갔다고 하니 얼마나 많은 사람으로 붐볐을지 상상이 되지 않는다. 1991년 천서리로 곧장 건너가는 이포대교가 건설되면서 이포나루는 역사의 뒤안길로 사라지고 말았다.

아무리 이포보 주변을 찾아봐도 그때 그 시절을 알려 주는 흔적조차 남아 있지 않다. 그 아쉬움을 달래려고 이포보 바로 옆의 당남리섬을 찾아 가 메밀꽃, 코스모스, 핑크 뮬리 등 가을을 알려 주는 꽃들을 마음껏 감상해 본다. 당남리섬은 여주시에서 남한강 변의 경관을 아름답고 쾌적하게 만들기 위한 농업 경관 단지로서, 계절마다 아름다운 꽃들의 향연을 즐길 수 있는 장소다. 그 맞은편에는 경기도에서 막국수로 가장 이름난 천서리막국수 촌이 있다. 원래는 이포나루를 지나는 뱃사공들의 쉼터였던 주막거리였지만, '강계봉진막국수'를 시작으로 '홍원막국수' 등 유명한 막국숫집

여주의 대표 명물, 천서리막국수

이 속속 생기면서 그 명성이 여주를 넘어 전국으로 퍼져가게 되었다.

당시 여주는 강원도에서 경기도로 들어가는 길목에 위치해 메밀을 들어오기 수월했다. 게다가 막국숫집을 최초로 열었던 주인이 이북 출신이라 고향의 음식을 바탕으로 천서리의 명물을 만들게 된 것이다. 막국수는 워낙 종류가 많기 때문에 이 음식만큼 고장마다 집마다 스타일이 천차만별인 음식도 없을 것이다. 양주 용암리막국수는 평양냉면 못지않게 메밀의 비율이 높은 게 특징이고, 최근에는 용인 고기리의 들기름막국수 스타일이 유행처럼 퍼져 어디서든 맛볼 수 있게 되었다.

이곳 천서리 강계봉진막국수는 비빔막국수가 화끈한 매운맛을 자랑하고, 동치미 육수가 베이스라 뼛속까지 시원함이 느껴진다는 점이 특징이다. 그 맛이 정말 좋기에 여주를 대표하는 음식을 꼽으라면 단연 천서리막국수가 첫 손에 꼽힌다. 어느덧 해는 서쪽으로 넘어가고 고운 자태의 보름달이 우리를 비추고 있었다. 여주의 정체성을 찾아 남한강을 거슬러 여주

[여주] 남한강 자락의 천년 도시

시내로 이동해 보도록 하자.

경기도에서 가장 아름다운 사찰, 신륵사

여행 작가로 활동한 지 어언 1년 반이 지나가면서 지인들에게 항상 받는 질문이 있다.

"경기도에서 어디가 가장 좋습니까?"

사실 경기도에는 바다, 산, 강, 평야 등의 경관이 두루 존재하고 도시마다 매력이 다르기에 어느 한 곳을 꼭 집어 말하기가 참 힘들다. 하지만 외국인을 대상으로 한다면 이야기가 달라진다. 그런 경우 나는 여주의 남한강 변, 특히 신륵사 주변을 으뜸으로 뽑고 싶다. 강변의 절벽 위 보금자리에 자리 잡은 신륵사의 풍경은 다른 어느 나라에서도 보기 힘든 장관이다. 신륵사 강헌루에 서서 유유히 흐르는 남한강을 바라보면 신선이 된 듯한 한가로움이 진하게 다가온다. 실제로 CNN에서 한국에서 가봐야 할 아름다운 50곳을 선정해서 발표했는데, 여기에 여주 신륵사가 속해 있었다.

여주 시내에서 다리만 건너면 바로 보일 정도로 편한 교통을 자랑하고, 산속에 자리 잡은 다른 사찰과 다른 특별한 입지 덕분에 예로부터 많은 문인이 이 절을 찾았다. 고려 말에서 조선 초에 걸쳐 이규보, 이색, 정도전, 권근, 서거정 등 수많은 명인이 신륵사에서 뱃놀이를 즐기고 아름다운 시를 남기면서 신륵사의 명성을 더해 갔다. 에펠탑을 제대로 보려면 에펠탑

신비함을 더해 주는 남한강의 연무

밖에서 봐야 하는 것처럼 신륵사를 가장 아름답게 보려면 강 반대편인 강변유원지로 가야 한다. 강변유원지는 캠핑장과 호텔 등 수많은 시설이 들어서 있고, 이 일대를 유람하는 황포돛배도 탈 수 있는 장소다. 여주에서 가장 큰 호텔인 썬밸리호텔 13층으로 올라가면 레스토랑이 있는데, 신륵사와 남한강 일대가 파노라마처럼 펼쳐지며 큰 감동을 선사한다.

특히 새벽에는 연무가 뿌옇게 펼쳐지며 한 치 앞도 제대로 보이지 않지만 그마저도 신비롭게 다가온다. 현재도 여주를 대표하는 관광지로 꾸준히 사랑받은 덕분에 신륵사로 들어가는 입구에는 거대한 관광 단지가 조성되어 있다. 하지만 수많은 상점이 좁은 골목에 번잡하게 배치되어 있어서 신륵사에 대한 기대를 깎아 먹는 듯한 느낌이 들었다. 정작 주목받아야 할 문화 시설인 여주박물관과 여주도서관은 관심 밖으로 밀려난 듯한 인

강변에 자리 잡은 고찰,
신륵사

상을 준다. 그럼에도 불구하고 매표소에서 표를 끊고 불이문 담장 안으로 들어가면 속세의 번뇌는 사라지고 다른 세계에 온 것 같은 고요함만 공기 중에 떠다닌다.

신륵사는 신라 진평왕 때 원효대사가 창건했다고 전해진다. 하지만 남아 있는 유물과 기록으로 볼 때 고려 시대 창건된 것이 아닐까 추측된다. 절 이름이 신륵(神勒)으로 정해진 설화가 하나 내려오니 들려주겠다.

고려 시대 건너편 마을에서 자주 용마가 나타났는데 매우 거칠고 사나워 누구도 다룰 수 없었다고 한다. 인당대사의 신력으로 고삐를 잡아 말이 순해져서 말을 다스린다는 뜻의 늑(勒) 자가 들어가 신륵사가 되었다는 것이다. 하지만 신륵사 삼층석탑 비문에 따르면 이색의 부친인 이곡이 절벽의 모양새가 굴레와 비슷하다 하여 신륵이라 했다고 한다. 이런 전설은 여주 앞에 흐르는 남한강을 통칭하는 여강과 연결된다. 여주의 옛 명칭인 황려를 따서 여강이 되었는데, 그 이름은 이 고을의 강가에서 두 마리의 말, 황마(黃馬)와 여마(驪馬)가 나와 황려로 정해졌다는 것이다.

여주 시내와 가까운 영월루 절벽 아래로 내려가면 마암이라 불리는 장소가 나오는데, 이곳도 이와 관련이 깊다. 각설하고, 다시 신륵사로 돌아가 보자. 이 절이 명성을 얻게 된 건 고려의 고승 나옹선사가 여기에서 열반하여 승탑이 세워지면서부터다. 신륵사는 조선 시대에 들어와 세종의 영릉을 여주로 천장하면서 원찰로 지정되었고, 점점 사세를 키워 갔다. 경기도에 있는 명찰(名刹) 대부분이 조선 왕실 원찰로 지정된 덕분에 지금까지 세를 유지하고 있다(화성 용주사, 강남 봉은사, 남양주 봉선사).

강가를 바라보며 차분히 흙길을 걷다 보니 어느새 신륵사의 중심 권역에 도달했다. 장엄하거나 웅장하진 않지만 전각들의 구성이 깔끔하고

조사전과 향나무의 전경   삼화상이 모셔진 조사전의 내부

정갈해 보였다. 구룡루라 불리는 누각을 뒤로하고 이동하니 대웅보전과 다층석탑이 우리를 맞아 줬다. 둘 다 규모는 크지 않지만 화려한 다포 양식의 지붕과 석탑에 새겨진 꽃무늬와 용무늬가 이 절의 기품을 더해 주는 듯했다.

사실 신륵사의 자랑거리는 대웅보전의 뒤편에 있다. 한 칸짜리 작은 건물이지만 화려한 다포 양식의 지붕과 함께 나옹화상의 제자인 무학대사가 스승을 추모하기 위해 심은 600년 넘은 향나무가 앞마당에 있어 기품을 더해 주고 있었다. 절에서 덕이 높은 승려를 모셔 놓은 조사당이라 불리는 건물로, 불단 중앙에는 지공 화상이 모셔져 있고 좌우로는 무학대사와 나옹 화상의 영정이 있다.

여기서 계단을 올라 언덕 위로 올라가야 신륵사에서 가장 중히 여기는

신륵사의 보물, 다층전탑   많은 시인이 찾았던 강월헌과 삼층석탑

보물을 만날 수 있다. 나옹선사가 신륵사에서 열반에 든 이후 3년에 걸친 공사 끝에 승탑과 이를 지키는 석등, 나옹선사를 그리는 비석이 한 영역에 모셔져 있다. 하나하나 나라의 보물로 지정된 소중한 문화재다. 이제 다시 신륵사 앞마당으로 돌아가 이번엔 신륵사에서 풍경이 가장 아름다운 장소로 이동해 보기로 하자.

신륵사에서 가장 강을 아름답게 바라볼 수 있는 절벽 위에 지어진 정자 강월헌은 나옹 화상의 당호에서 딴 이름이다. 나옹 선사가 신륵사에서 입적한 후 추모의 뜻을 담아 세워졌다고 한다. 이곳에서 사람들은 멀리서 굽이쳐 흘러오는 남한강 줄기를 바라보며 저마다 감탄을 금치 못하고 자리에서 좀처럼 떠나지 못한다.

강월헌이 있는 신륵사 강변의 절벽을 동대라고 일컫는데, 여기에는 정자뿐만 아니라 아담한 삼층석탑과 높게 치솟은 벽돌탑도 있어 이 구역의 가치를 더해 준다. 특히 벽돌로 쌓은 다층전탑은 절집의 랜드마크처럼 강 건너편의 이정표 역할을 했다고 한다.

신륵사 관람을 마치고 돌아오는 길에는 이포나루와 함께 여주의 큰 나루터였던 조포나루터 비석과 위령비가 눈에 띄었다. 1963년 신륵사 수학여행차 이 나루를 건너다 도선이 침몰되어 학생 49명이 익사하는 사건이 있었다고 한다. 이 사건 이후 1964년 여주대교가 개통되고 나루는 폐쇄되었다고 하는데 현재는 그 사실을 알려 주는 비석만 덩그러니 서 있었다. 수십 년 동안 우리는 얼마나 달라졌을까? 많은 이야기와 역사가 담긴 여주 신륵사였다.

조선 최고의 명당, 세종대왕의 영녕릉

여주를 대표하는 수많은 인물이 주마등처럼 스쳐 지나간다. 시대에 따라 원하는 인물상이 조금씩 달라지기 때문에 그 평가도 천차만별이다. 하지만 대한민국에서 감히 두 인물은 그 평가의 대상이 아니다. 지금도 광화문 광장에서 이 두 인물의 동상이 변함없이 내려다보고 있기 때문인지도 모른다. 한 분은 나라를 구한 구국의 영웅인 충무공 이순신이고, 다른 한 분은 한글을 창제한 세종대왕이다.

한반도 오천 년 역사상 가장 위대한 왕이라 일컬어지는 세종대왕의 능이 바로 이곳 여주에 있다. 조선의 국법이 쓰인 법전 『경국대전』에는 "능역은 도성에서 10리(약 4km) 이상, 100리(약 40km) 이하의 구역에 만들어야 한다."라는 규정이 있다. 여주는 이보다 훨씬 멀리 떨어져 있는데 왜, 어떻게 세종과 효종의 왕릉이 여주에 오게 된 것일까?

먼저 세종을 살펴보자. 세종은 살아생전에 아버지인 태종 이방원 곁에 묻히고 싶어 하여 태종의 왕릉인 헌릉 옆에 묏자리를 마련했다. 하지만 세종 재위 기간에 최양선이라는 풍수가가 "이곳은 후손이 끊어지고 장남을 잃는 무서운 자리입니다."라고 살벌한 주장을 펼쳤고, 실제로 그런 일이 벌어졌다. 그의 장남인 문종이 재위 기간 2년을 넘기지 못했고, 손자 단종조차 계유정난으로 왕위를 유지하지 못하고 쫓겨난 것이다. 무덤터가 불길하다고 생각한 그의 후손들은 지금의 자리로 이장했다. 효종 역시 마찬가지였다. 효종의 왕릉은 동구릉 경내에 있었으나 석물이 파손되는 문제가 지속적으로 발생하자 지금의 자리로 옮긴 것이다.

　세종대왕의 능, 즉 영릉은 천하제일의 명당이라 여겨진다. 지금의 자리로 이장된 후 조선의 국운이 100년이나 연장되었다면서 '영릉가백년'이란 말이 생겨났다. 또한 조선 후기 실학자 이중환이 자신의 저서 『택리지』에서 "영릉은 세종이 묻힌 곳인데, 용이 몸을 돌려 자룡으로 입수하고 신방에서 물을 얻어 진방으로 빠지니 모든 능 중에서 으뜸이다."라고 칭했을 정도니 과연 얼마나 대단한 곳이길래 하는 궁금증이 있었다. 세종 영릉과 효종 영릉은 언덕을 사이에 두고 위치해 있는데 대부분의 사람은 세종의 능을 찾기 위해 이곳을 방문한다. 사실 세종 영릉은 근래에 두 번의 큰 변화가 있었다. 1970년 성역화 사업이라는 미명 아래 동상과 기념관이 들어섰고, 재실 앞까지 주차장이 들어서서 조선왕릉 중 원형 훼손이 가장 심각했다.

　하지만 최근 몇 년 사이에 주차장은 저 멀리 뒤편으로 밀려나고, 새로

세종대왕과 소헌왕후의 합장릉,
영릉

지은 기념관이 그 맞은편에 자리하게 되었다. 재실은 새로 복원되었고, 구 재실은 책을 읽는 쉼터로 새롭게 거듭났다. 세종 영릉 입구에는 현대식 건 물로 지어진 '세종대왕 역사문화관'이 있다. 총 세 개의 전시실로 구성되어 있는데, 제1실 '민족의 성군 세종대왕'에서는 세종의 생애와 업적을 영상 과 자료들로 살펴볼 수 있으며, 제2실 '세계유산 조선왕릉'에서는 세종대 왕 영릉의 능침 공간이 고스란히 재현되어 있다. 제3실은 북벌의 기상 효 종대왕에 대해 다루는데, 북벌, 하멜표류기, 나선정벌 등 주요 사건을 흥미 롭게 접할 수 있다.

이제 오솔길을 따라 능역 안으로 천천히 걸어 들어가 보도록 하자. 길 가에는 억새풀이 제법 자란 게 보이고 신선한 공기가 코끝을 상쾌하게 자

천하제일의 명당으로 평가받은 영릉의 전경

도서관으로 탈바꿈한 구 재실

재실 내부에는 그 당시
능참봉의 복식을
엿볼 수 있다.

극한다. 어느덧 효종 영릉으로 가는 갈림길이 나오고, 세종대왕 동상을 중심으로 거대한 광장이 등장했다.

이 광장에는 세종 시절에 발명된 각종 과학 기기가 줄줄이 늘어서 있다. 이곳을 지나면 새롭게 복원된 재실이 눈앞에 나타난다. 한옥이라는 것은 시간이 오래될수록 그 품격이 높아지는 법인데 새집 느낌은 어쩔 수 없나 보다. 그래도 다른 왕릉의 재실들과 달리 적극적으로 활용법을 모색하고 있는 듯했다.

제실 마당으로 들어가면 다른 데서는 보기 드문 앵두나무가 보인다. 이 나무는 앵두를 좋아하는 세종을 위해 문종이 세자 시절 궁궐에 앵두나무를 심어 그 열매를 세종께 올렸다는 기록을 바탕으로 심었다고 한다. 각 건물 안에는 능 제향 복식, 제기 등을 엿볼 수 있어 왕실의 제향이 어떻게 이루어졌는지 대략적인 맥락을 알 수 있게 해놓았다.

영릉의 광장에는 세종 때 발명된 수많은 과학 기구가 전시되어 있다.

조선 최고의 성군, 세종대왕

　구 재실을 지나 홍살문으로 들어오면 정자각, 비각을 비롯해 멀리 능침이 내려다보이기 시작한다. 정사각형의 연지는 물론 능역의 전체적인 관리를 꽤나 신경 쓰고 있구나 하는 생각이 절로 들었다. 단지 이곳이 왕릉이라는 생각보다는 전체적으로 공원 같은 인상이 풍겼다. 능역을 끼고 뒤로 돌아가면 세종대왕릉 능침 위로 올라가는 길이 나온다. 이 길을 따라 올라가면 세종대왕릉 가까이 석물을 영접해 볼 수 있다. 세종대왕과 소헌왕후의 합장릉인 영릉은 전체적으로 깔끔한 느낌이다. 능침에서 밑을 바라보니 과연 천하명당이구나 하는 생각이 절로 들었다.

　이번엔 반대편 효종 영릉으로 넘어가 보자. 비슷한 조선왕릉이라 크게 기대는 하지 않았지만 언덕만 넘었을 뿐인데 분위기의 확연히 다른 분위기가 느껴졌다. 세종 영릉의 숲보다 훨씬 더 울창한 숲을 자랑하고 있었고, 재실 또한 조선왕릉 중 가장 보존 상태가 훌륭했다. 재실에는 최소 몇백 년

효종 영릉의 전경

조선왕릉 중
가장 보존상태가 좋은
효종 영릉의 재실

된 나무들이 저마다 자리를 잡고 이곳의 터줏대감 행세를 하고 있었다. 재실 영역에 자리한 회양목은 무려 천연기념물로 지정된 명물이다. 이 재실을 보기 위해서라도 이곳에 가봐야 한다. 효종 영릉은 왕과 왕비릉이 언덕 위아래로 조성된 동원상하릉(同原上下陵) 형식을 취하고 있다. 조용한 효종 영릉 앞에 서서 북벌 정책을 명분으로 삼았던 그에 대해 생각해 본다.

논란의 중심에 있는 송시열과 명성황후의 흔적을 따라가다

"학문은 마땅히 주자를 바탕으로 삼고, 사업은 효종께서 하고자 하시던 뜻(북벌)을 주로 삼으라."

송시열 선생이 죽기 전 수제자 권상하에게 남긴 말이었다. 조선 후기 내내 송시열 선생의 그림자는 그 어떤 인물보다 짙게 남아 있었다. 그의 사후 노론이 계속 집권하면서 해동 성인 송자라고 높여졌으며, 『조선왕조실록』에 3천 번 이상 언급되었던 인물, 송시열의 자취가 여주에도 남아 있다. 여주시청에서 남한강을 거슬러 올라가다 보면 강변 오른편에 내력이 있어 보이는 기와집 몇 채가 담장 밖으로 고개를 내밀고 있는 걸 볼 수 있다. 그곳이 송시열을 모시는 사당이자 서원의 역할을 하고 있는 대로사이다.

대로사는 다른 서원과 달리 교육을 담당하는 강당 부분과 신위를 모시는 사당 부분이 일직선으로 정연하게 배치되어 있지 않고, 사당 권역만 서쪽을 바라보고 있다. 이는 그 방향을 가리키는 곳이 효종이 묻힌 영릉이기 때문이다. 생전 송시열은 여주에 머무를 때마다 영릉을 바라보며 통곡하고 제자들에게 북벌에 대한 대의를 설파했다고 전해진

남한강 변에 자리 잡은 송시열의 대로사

여주를 대표하는 누각, 영월루

다. 실제 그의 본심이 어떠했을지는 잘 모르지만, 정조가 효종의 릉에 참배하러 왔다가 사연을 듣고 지금의 장소에 사액서원을 세운 것이다. 정조의 흔적은 수원화성뿐만 아니라 경기도 전역에 걸쳐 진하게 남아 있다. 왕이 직접 사액을 내린 덕분에 대로사는 흥선대원군의 서원 철폐에도 살아남은 47개의 서원 중 하나가 되었다.

송시열의 영정을 모신 사당은 굳게 문이 잠겨 있어 들어가 볼 수 없어 아쉬웠지만, 유유히 흐르는 남한강을 바라보는 강당 건물 하나의 존재만으로 이곳을 찾은 이유를 증명하기에 충분했다. 정조 시기의 명필인 황운조가 휘호 한 대로 '서원'이란 현판이 크게 달려 있었고, 강당에 앉아 시원한 강바람을 쐬며 강당에 걸린 현판들을 감상하는 것만 해도 역사를 따라

영월루에서 바라본 여주 시내

가는 듯한 재미를 주기 때문이다.

　강당에서 문을 나오면 대로사의 내력을 적은 비석이 눈에 띄는데, 여기서 대로(大老)는 조선 시대의 존칭으로서 송시열을 가리키는 말이라고 한다. 정조가 직접 비명과 비문을 짓고 직접 쓴 글씨를 세긴 것이라고 하니 여주에 간다면 시내에서 멀지 않은 곳에 자리한 대로사를 방문해 보길 추천한다.

　방향을 바꿔 여주 시내에서 강변유원지 방향으로 가다 보면 언덕 위에 자리 잡은 웅장한 누각이 있다. 여주팔경의 하나이자 '달을 맞이하는 누각'인 영월루이다. 물론 예전에는 지금의 여주시청 자리, 즉 여주목 관아의 정문에 있었지만 1924년 지금의 위치로 옮겨졌다.

이 일대는 근린공원으로 지정되어 있어서 여주 시민들에겐 산책을 즐기는 장소로 주로 쓰이지만, 보물로 지정된 창리, 하리 삼층석탑 등 만만치 않은 내력을 지닌 문화재가 곳곳에 숨겨져 있다. 하지만 단연 가장 인기 있는 장소는 정상부에 위치한 영월루다. 영월루에 올라서면 신륵사부터 흘러내려가는 남한강 줄기를 따라 들어서 있는 여주 시내의 모습이 아름답게 비친다. 하지만 그곳에 걸터앉아 음주가무를 즐기는 사람들 때문에 오래지 않아 그 감흥이 깨져 버렸다. 우리의 소중한 문화재인 만큼 그 품격을 유지시켜 주었으면 하는 바람이 있다.

누각 아래로 내려오면 남한강 변을 따라 기암절벽이 쭉 이어져 있다.

영월루 아래 자리 잡은 창리, 하리 삼층석탑

[여주] 남한강 자락의 천년 도시

길도 험하고 쉽게 눈에 띄는 위치가 아니라 사람들의 발길이 쉽게 닿지 않는 장소지만, 이곳에 여주의 지명이 유래되었다는 마암(馬巖)이 있다. 여흥 민씨의 시조가 여기서 태어났다는 전설이 전해져 내려온다.

여주를 이야기함에 있어서 여흥 민씨를 짚고 넘어가지 않을 수 없다. 이곳을 본관으로 하는 여흥 민씨는 시조인 민칭도가 북송에서 외교를 목적으로 고려로 건너왔다가 고려가 마음에 들어 왕으로부터 황려(여주)를 식읍으로 부여받고 정착했다고 전해진다. 고려 말

여흥 민씨와 관련된 마암

민제가 무인 집안이었던 이성계의 셋째 아들에게 시집을 보냈는데, 그 아들이 조선 3대 왕 태종이었고, 그 딸은 당대 여장부로 알려졌던 원경왕후 민씨다. 이후 여흥 민씨는 여러 차례 임금의 장인에 올랐는데 숙종의 왕후이자 장희빈의 라이벌인 인현왕후 민씨 그리고 조선 마지막 임금 순종의 순명효황후 민씨와 가장 유명한 명성황후 민씨를 포함해 총 네 명을 배출했다.

그 유명한 명성황후의 생가가 여주에 있어 많은 사람의 발길이 끊이지 않는다. 명성황후는 우리 근대 역사의 다사다난했던 현장 한복판에 서서 긍정적인 평가와 부정적인 평가가 시대에 따라 달라지는 대표적인 인물 가운데 하나다. 이화학당 등 여성 교육기관 설립에 큰 역할을 했고, 일본의

명성황후 생가와 탄강구리비

견제를 위해 러시아와 적극 접촉을 했다는 점 그리고 일본 낭인들에게 비극적인 죽음을 맞이했다는 사실이 부각되어 한동안 긍정적인 평가를 받았다. 하지만 사치를 심하게 했다는 점과 그녀를 포함한 민씨 일가의 부정부패로 인해 부정적인 부분에 주목하는 상황이다. 아무튼 넓은 부지에 생가를 비롯해 기념관, 민가마을, 감고당 등의 건물이 들어서 있는 명성황후 생가는 그 시절 역사를 더듬어 갈 수 있는 장소로 더할 나위 없다.

원래 명성황후 생가는 민유중의 묘막으로 지어진 작은 초가집이었는데, 민치록이 묘를 지키며 살다가 이곳에서 명성황후가 태어났다고 한다. 현재의 생가는 1990년에 새롭게 기와집으로 복원된 것이고, 그 옆엔 고종의 친필로 새겨진 비석 탄강구리비가 자리해 그 흔적을 전해 주고 있다. 생가 너머로 위엄 있게 자리한 '감고당'이 눈길을 끈다. '99칸 집'이라고도 부르는 이 가옥은 서울에 있던 한옥을 이건해 온 것으로, 인현왕후가 서인으로 강등되던 당시 머물렀고 명성황후가 황후가 되기 전 한양으로 올라와 이곳에 있었다고 한다. 현재 사랑채는 예절학교 등으로 쓰이고 있다. 이제 여주에 남아 있는 불교의 흔적을 쫓아가는 답사를 떠나 보도록 하겠다.

곳곳에 자리해 있는 국보와 보물, 고달사 터

천 년 동안의 찬란했던 역사를 뒤로하고, 스님들은 전부 떠나고 건물도 터만 남은 폐사지(廢寺止)로 가보려고 한다. 우리나라는 신라, 고려 시대를 거쳐 불교가 융성했던 만큼 도시의 중심부, 터가 좋은 계곡, 마을마다 규모가 큰 사찰이 곳곳에 자리 잡았다. 하지만 산 깊숙이 들어서 있는 산사를 제외하고는 수많은 병란과 방화, 조선 시대의 숭유억불 정책으로 많은 절이 폐허가 되었다. 현재 목조로 만든 건축물은 초석만 남은 채 모두 사라지고 그 자리에는 탑, 승탑, 당간지주 등 석조물만 덩그러니 남아 있

여주박물관에 전시된 원종대사탑비

고달사지의 전경

다. 천년 고도인 경주를 비롯해 부여, 익산 등 전국의 이름난 역사 도시마다 이름난 폐사지가 하나 이상 존재한다.

그럼 이곳 경기도에도 괜찮은 폐사지가 있을까? 우선 양주의 회암사지를 들 수 있겠다. 조선 왕실과 밀접하게 연관되어 당시 최대 규모를 자랑했던 회암사는 현재 폐허만 남았지만 그 당시 화려했던 모습을 짐작해 볼 수 있다. 여주에 자리 잡은 고달사지는 어떨까? 여주의 북쪽, 혜목산 아래 자리 잡은 고달사지는 고려 초기까지 작은 암자였지만, 원감 화상 현욱이 고달사에 주석하면서 점차 규모를 갖추기 시작했다. 그리고 국사의 예우를 받았던 원종대사 찬유가 입적 후 광종은 특별히 명을 내려 도봉원, 희양원과 함께 삼부동선원(三不動禪院)으로 삼으며 고려 3대 선종 사찰이 되었다.

　하지만 이 번창했던 사원이 언제 없어졌는지는 알 수 없다. 1799년에 쓰인 『범우고』에 고달사가 폐사되었다고 기록된 것으로 임진왜란을 전후한 시기가 아닐까 추측할 뿐이다. 한동안 절터 앞마당까지 민가가 들어차면서 예전의 영화를 짐작하기 어려웠지만, 이젠 깔끔하게 절터를 정비하고 위쪽엔 고달사를 계승하는 절도 새롭게 생겼다. 비록 터만 남았지만 고달사에 남은 석조 유물이 화려했던 예전의 기억을 간직하고 있다. 현재 이곳에는 국보로 지정된 고달사지 승탑을 비롯해 보물로 지정된 원종대사탑, 석조대좌 등이 있고, 쌍사자 석등은 국립중앙박물관에 전시되어 있다.

　현재 고달사는 초석만 남은 터가 대부분이지만 드문드문 서 있는 석물의 위엄을 보아하니 같은 경기도의 회암사지 못지않았던 위상을 가졌던

국보로 지정된 고달사지 승탑　　　보물로 지정된 원종대사 승탑

것으로 짐작할 수 있다. 금당 건물은 오래전 불타 없어졌지만, 남아 있는 불상 좌대의 연꽃무늬가 인상적이었다. 뿐만 아니라 위풍당당한 자태를 지닌 원종대사 탑비와 고달사지 석조도 이 절터에서 놓치지 말아야 할 유물이다. 하지만 이 절터가 보유한 가장 큰 보물은 서쪽 숲속에 자리한 2기의 승탑이다.

숲길을 따라 10분 동안 걷다 보면 산비탈에 자리 잡은 원종대사 승탑을 마주하게 된다. 장대한 규모는 물론 기단부의 용 조각이 무척 화려하게 느껴지는 걸작이다. 여기서 계단을 따라 조금 더 오르다 보면 고달사 최고의 보물이자 국보 4호로 지정된 고달사지 승탑이 나온다.

조금 전에 봤던 원종대사 승탑도 대단했지만 예술에 대한 심미안이 부족한 사람의 눈으로 봐도 차이가 확연하게 느껴진다. 전체적인 균형과 조화, 디테일의 차이가 뚜렷해 보인다. 고달사지 승탑은 현재 원감 대사 현욱의 승탑이라 추측하지만 확실하진 않다. 국보와 보물로 지정된 승탑의 차이가 어떤 것인지 비교해 보는 재미가 있다. 또한 원주나 충주에 있는 남한강 변의 다른 폐사지들과 함께 연관해 보는 것도 좋을 듯하다.

이제 고달사지를 떠나 불교 조각 전문 박물관으로 유명한 **목아박물관**으로 이동해 볼 차례다. 여주 시내 방면으로 내려오는 길에 골프장을 심심치 않게 발견할 수 있다. 서울에서 적당히 떨어져 있으며, 물 좋은 경치에 아늑한 경관을 자랑하는 여주에 골프장이 대거 들어오는 것은 당연한 수순이라 볼 수 있다. 허나 이로 인해 여주의 옛 자취가 점점 사라지지 않을까 하는 우려의 목소리 또한 나오고 있는 것이 사실이다. 남한강을 끼고 있는 여주의 아름다움이 부디 오래가길 바라는 마음뿐이다. 안타까움도 잠시 어느새 독특한 외관을 지니고 있는 목아박물관에 도착했다.

무형문화재로 지정된 목아 박찬수 장인이 수집하고 제작한 불교 관련 조각들을 전시하고 있는 박물관인데, 야외에 전시된 조각품부터 어디서도 쉽게 보기 힘든 이색적인 것들이었다. 너그럽고 인자한 부처부터, 성모 마리아와 장승에서 착안해 현대적으로 해석한 부처상까지 야외 정원만 둘러봐도 입장료 값을 톡톡히 할 만한 장소라고 본다. 본관 역시 전통 한옥 양식에 인도 석굴과 여러 문화권의 요소가 차용된 독특한 건축물이었다.

목아박물관의 독특한 부처상

목아박물관, 오백나한

3층으로 올라가 밑으로 내려오는 방식으로 관람을 하는 구조인데, 3층
에서는 주로 박찬수 장인의 조각품을 만나게 된다. 국보 금동미륵반가사유
상 모작은 물론 부처의 화신, 12지신상 등 다양한 목조 조각 등을 한자리에
서 볼 수 있는 흔치 않은 장소다. 특히 목조에 색감이 입혀진 모습은 다른
사찰이나 박물관에서 쉽게 보지 못하는 것들이라 경외감마저 들었다.

3층이 조각이라면 2층은 불교 회화의 진수를 한자리에서 볼 수 있는
장소다. 대방광불 화엄경, 예념미타도량참법, 묘법연화경 등 보물로 지정
된 문화재는 물론, 탱화와 함께 스토리별로 정리되어 있어 불교를 잘 모르
는 사람이라도 쉽게 이해할 수 있었다. 1층은 체험관은 물론 오백나한을
전시해 놓은 '나한전'이 이 박물관의 또 다른 명물이라 할 만했다.

아름다운 풍경을 자랑하는 황학산수목원

　이제 박물관을 나와 황학산수목원으로 가서 여주 답사의 마지막 대미
를 장식하려 한다. 습지와 잔디밭이 쭉 펼쳐진 아름다운 숲을 거닐며 그동
안 쌓인 여독을 풀어 보는 시간을 가졌다. 이곳에는 통일 신라 시대 최대의
고분군 중 하나인 매향리 고분이 산림박물관 뒤편에 자리 잡고 있어 자연
을 즐기는 답사 여행으로 제격이다. 계절의 향기가 물씬 풍기는 여주를 방
문해 보는 게 어떨까?

[이천]

경기도의
풍요로운 고장

경기도의
풍요로운 고장

외교의 달인 서희와 이천 서씨 이야기

하얀 연기가 뭉실뭉실 피어오르는 갓 지은 쌀밥을 먹을 때 우리는 행복을 느낀다. 물이 적지도 많지도 않은 알맞은 찰기의 고슬고슬한 쌀밥만 있다면 특별한 반찬이 필요 없다. 점점 면과 빵을 식사 대용으로 해결하는 일이 늘어나고 있지만 아직까지 우리 밥상의 주인공은 밥이다. 한국에서 유일하게 자급자족이 가능한 농업이 바로 쌀농사다. 전국 지자체의 웬만한 곳, 거의 모든 시와 군에서 쌀이 생산되고 있다. 심지어 서울 김포공항 활주로 너머에도 막걸리를 위한 쌀이 나온다고 하니 우리나라에서 쌀의 위상은 다른 어떤 작물보다 크다고 할 수 있다.

하지만 과연 우리가 쌀에 대해 얼마나 이해를 하고 있을지는 의문이다. 쌀은 품종 또는 도정 정도에 따라 맛이 크게 달라진다. 볶음밥 같은 경우 쌀알이 크고 찰기가 적은 신동진 품종을 써야 그 진가가 드러난다. 하지만 쌀에 대해 잘 모르더라도 이천 쌀이 유명하다는 정도는 알고 있을 것이다.

임금님의 수라상에 올라가는 진상미로 이름을 날려 전국에서 가장 고급진 쌀의 대명사가 된 이천 쌀은 찰기는 물론 윤기마저 흘러 일반 쌀보다 비싸게 판매되고 있다. 과연 이천에는 쌀 말고 어떤 또 다른 이야기가 있을까?

2000년대 들어 인근 도시인 광주, 여주와 더불어 도자기로 조금 유명세를 얻긴 했다. 이천 테르메덴을 비롯해 여러 온천, 테마파크 시설이 있어 근교 온천 여행지로 알고 있는 사람들도 있을 것이다. 그러나 그 이상으로 이천에 대해 알고 있는 사람은 별로 없을 것 같다. 이제부터 경기 남부의 풍요로운 고장으로 새롭게 거듭나고 있는 이천에 대해 함께 알아보도록 하자.

경기도의 동남부에 위치해 있고, 충청북도 음성군과 경계를 맞닿아 있는 이천은 고려를 세운 왕건과 그 인연이 거슬러 올라간다. 당시 왕건은 신라를 합병하고, 후백제를 정벌하기 위해 대군을 이끌고 남쪽으로 가고 있

태조 왕건을 만나는
서목과 서필

었지만, 많은 비가 내린 후 물이 불어 이천의 복하천에서 한동안 어려움을 겪었다고 전해진다.

하지만 한 호족의 도움으로 무사히 건넌 뒤, 큰 내를 건너 이로웠다는 뜻의 이섭대천(利涉大川)이라는 고사성어에서 앞뒤 글자를 따와 이천이라는 도시명을 내리면서 현재까지 그 이름이 전해져 온다. 그 호족은 외교담판으로 유명한 서희의 당숙, 서목이다. 그렇다. 이천은 서희의 고향으로 알려져 있는 도시다. 고장마다 이름난 인물은 한두 명 있기 마련이지만 이천시의 서희에 대한 사랑은 정말 대단하다. 도로 이름은 물론이요, 시내 중심가와 사람들이 많이 찾는 설봉공원의 한 구역에도 서희의 동상이 서 있다. 게다가 서희가 태어났다고 전해지는 효양산 자락에는 서희테마파크가 자리해 있다.

이천의 역사를 알고, 그 맥을 짚어 보기 위해 이천 여행의 출발지로 서희테마파크를 먼저 가보려고 한다. 서희테마파크는 조형물로 형상화된 서희의 일대기를 두루 살피는 '서희역사산책로'와 서희와 관련된 자료가 전시되어 있는 '서희역사관'으로 구성되어 있다. 밑에서부터 시대의 흐름에 따라 조형물을 둘러보는 재미가 있는데, 그 시작은 서희의 할아버지인 서신일부터다. 서신일은 신라 말 고려 초 이천 지역의 호족으로, 이천 서씨의 시조라 불리는 인물이다. 그는 신라 효공왕 당시 벼슬이 아간 대부에 이르렀으나 국운이 다한 것을 알고 이천의 효양산에 은거하면서 후진을 양성하고 있었다고 전해진다.

하지만 그에게 남다른 걱정거리가 있었으니 여든이 넘도록 자식을 보

[이천] 경기도의 풍요로운 고장

북송에서 외교 관계를 회복시키고 온 서희 　　서희에 대한 자료가 전시되어 있는 서희기념관

지 못했던 것이다. 그러던 어느 날 서신일은 밭에 나가 일을 하다가 사냥꾼
에게 쫓기는 아기 사슴을 풀 더미 속에 숨겨 목숨을 구해 주었다. 그날 밤
꿈에 산신령이 나타나 구해 준 사슴이 자신의 아들이라 말하고는 곧 나라
에 큰 인물이 태어날 것이며 자자손손 크게 번성할 거라 전해 준 후 홀연히
사라졌다. 과연 산신령의 말대로 열 달 후 아들이 태어났는데 그가 서희의
아버지인 정민공 서필이다. 천수를 다한 서신일이 세상을 떠났을 때, 사슴
이 상주의 옷을 물고 효양산의 정상부로 묏자리를 안내했다. 지금도 이천
서씨 시조묘는 산 뒤편에 남아 있고, 여전히 그 위세가 당당하다.

　　이천 서씨는 왕건에게 도움을 준 이후 본격적으로 중앙 정계에 진출해
서필 때부터 재상 자리에 오르게 된다. 서필이 벼슬자리에 오른 시기는 고
려 왕 중에서도 가장 무서운 권력을 휘두른 4대 왕 광종 때였는데, 하루가

다르게 왕자와 귀족들은 숙청되기를 일삼아 아무도 그에게 바른 소리를 하지 못했다고 한다. 하지만 서필만이 광종에게 직언을 올릴 수 있었다고 하는데 이에 대한 여러 일화 중 한 가지만 말해 본다. 호족을 길들이기 위해 귀화인의 집을 마련한다는 핑계로 호족에게서 강제로 집을 빼앗자 서필은 자신의 집을 바치겠다고 이야기하고는 "귀화인들이 오니 재상의 집은 모조리 사라지고 있습니다. 제 집은 누추하지만 가져가시고 저는 은퇴할 때 봉급을 모아 작은 집을 사서 늙겠습니다."라고 말하니 광종은 서필의 뜻을 깨닫고 그 일을 거두었다고 한다.

서필이 이렇게 강직한 신하였으니 당연히 그의 아들 서희도 훌륭하게 자랐을 것이다. 서희는 단순히 거란(요나라)과의 외교담판으로 알려져 있지만, 982년 북송으로 가서 단절된 국교를 회복하고 돌아왔다. 이때 송태조는 서희의 품격을 보고 감탄하여 '검교 병부상서'라는 정3품 벼슬을 주었다고 한다. 고려 초기 북방 정세는 꽤 복잡했다. 거란이 북방에서 나라를 건국한 후 발해를 멸망시켜 세력이 커지게 되었고, 결국 중원의 송나라와 전연의 맹이라는 조약을 맺고 기세등등한 상황이 되었다. 이러한 배경 속에 후방의 고려가 언제든 송과 연합을 맺고 칠 수 있다는 우려감이 점점 커져 결국 거란은 993년(고려 성종 12년)에 첫 공격을 결행하게 되었다.

이러한 거란의 침입으로 고려 조정이 혼란에 빠진 상황에서 서희는 침입한 거란의 장수 소손녕의 의도를 읽고는 직접 담판을 지으러 간다. 마치 현대 외교전을 방불케 하는 만큼 양측의 기싸움은 대단했고, 서희의 "요나라와 교류를 못한 건 여진족이 가로막고 있어서 그러하오. 여진을 몰아내

요나라 장수 소손녕과
담판 짓는 서희

고 그 땅을 우리한테 준다면야 어찌하여 요나라와 교류를 아니하겠소?"라
는 말 한마디로 압록강 변의 강동 6주를 손에 넣는 쾌거를 이뤘다. 서희역
사관에는 이러한 과정들이 상세히 나와 있다. 우리가 가진 패를 끝까지 숨
기면서 상대방이 가진 패를 아는 것이 요즘 외교의 핵심이다. 명분은 물론
실익까지 취하는 서희 같은 사람이 요즘 절실하다. 각설하고 서희는 1차
여요전쟁이 끝난 후 오래지 않아 죽었지만, 아들 서눌도 재상을 지내면서
3대에 걸쳐 높은 벼슬을 지내게 되었다.

　이천을 대표하는 인물인 서희에 대해 좀 더 깊이 이해했으니, 이천 서
씨가 이천의 역사에서 빠질 수 없는 이유를 알았을 것이다. 이제 서희테마
파크를 시작으로 본격적인 이천 여행을 해보도록 하자.

임금님이 드셨다는 진상미 이천 쌀과
선비 정신이 깃들어 있는 산수유마을

　이천의 첫인상은 포근한 어머니의 품에 들어온 것 같은 따뜻한 온기가 도시 전체에 가득 풍기는 느낌이었다. 아마도 전체적으로 구릉지가 많고 넓게 펼쳐진 논이 마음을 푸근하게 만들었는지도 모른다. '이천' 하면 가장 먼저 떠오르는 건 아무래도 쌀일 것이다. 특히 이천 쌀은 '임금님이 먹은 쌀'이라는 사실 하나 만으로 스토리텔링이 각인되어 그 품질로는 대한민국 으뜸으로 꼽힌다(쌀 생산량에서는 호남이 위다).

　이천 지역 자체가 경기도 내륙에 있는 분지 지형으로 일조량과 강우량이 충분하고, 밤낮의 일교차가 크기 때문에 벼농사로 더없이 좋은 환경이라고 한다. 그래서 밥맛을 결정짓는 요소인 찰기 및 질감에 영향을 줘 전국 평균보다 단백질은 0.8%, 당질은 1.7% 낮아 밥맛이 뛰어난 것이다.

　이천 쌀이 임금님에게 진상하게 된 이유에는 여러 설이 있다. 양녕대군이 이천으로 귀양을 왔는데 그곳의 쌀이 정말 훌륭해서 세종에게 보내서 진상미로 자리 잡았다는 설이 있고, 또 성종이 세종 능에 성묘하고 환궁 시 이천에 머물던 중 이천 쌀로 밥을 지어 진상했는데 맛이 좋아 자주 진상미로 올리게 되었다는 설도 있다.

　『동국여지승람』에도 이천을 땅이 넓고 기름진 곳으로 밥 맛 좋은 자채 쌀을 생산하여 임금님께 진상하는 쌀의 명산지로 기록되어 있다고 하니 근래에 유명해진 건 아닌 듯싶다. 이천에서 이천 쌀을 즐기는 가장 쉬운 방법은 이천의 곳곳마다 모여 있는 쌀밥집에 가서 이천 쌀밥을 즐기는 것이다. 쌀밥집은 대부분 차로 쉽게 접근할 수 있는 길가에 모여 있고, 넓은 주차장과 화려한 외관을 지니며 길가는 행락객들의 손길을 붙잡고 유혹한다.

이천 시내로 들어오는 초입 신둔면 지역에는 수많은 이천 쌀밥집이 모여 있는 도예촌 쌀밥거리가 있다. 이천으로 들어오는 사람들은 이천 쌀에 대한 기대감으로 들리고, 이천을 나가는 사람들은 그 아쉬움으로 먹고 가자는 이유로 식당을 방문한다. 그래서 쌀밥거리는 주말마다 수많은 인파의 행렬로 붐빈다. 과연 이천 쌀로 밥을 지은 정식은 얼마나 맛있을지 기대를 갖고 쌀밥거리에서도 가장 유명한 식당으로 들어갔다. 넓은 실내만큼이나 깔끔해 보이는 첫인상을 주는 이 식당은 주문한 지 5분도 채 지나지 않아 푸짐한 밑반찬과 돌솥 밥에 가득 쌀밥이 담긴 정식이 나왔다.

돌솥에 담긴 밥을 퍼서 다른 그릇에 옮긴 후 숭늉 물을 붓고 구운 생선을 시작으로 이천 쌀밥 정식을 골고루 맛보았다. 허기졌던 터라 확실히 밥맛이 좋았다. 그러나 풀어졌던 이성의 끈을 붙잡고 한 입 두 입 먹어 볼수록 머릿속에 의문이 더 해져 갔다. 다른 데서 먹었던 한정식집과 맛의 차이가 거의 느껴지지 않았다. 밥 자체는 찰기가 있고 훌륭했지만 여느 한정식집에서

이천을 대표하는 이천 쌀밥

볼 수 있는 생선, 나물, 고기, 김 등 구성 자체가 특별하지는 않았다.

예전 강진이나 해남에서 먹었던 한정식은 그 지역의 특성을 살린 밑반찬과 향토색이 느껴지는 음식들로 가득해 두고두고 생각이 날 정도였다. 하지만 이천의 쌀밥 정식은 내륙 지방의 특성을 살리지 않는 뜬금없는 생선과 양념 맛이 강하게 나는 반찬으로 인해 정작 훌륭한 이천의 밥맛을 살리지 못했다. 물론 전국 각지에서 모이는 사람들로 인해 사람들이 보편적으로 선호하는 구성을 선택한 것은 이해하지만, 이천 쌀의 맛을 더욱더 살릴 수 있는 방향으로 메뉴 구성을 다시 한번 해보는 것도 좋을 것 같다는 생각이 들었다. 여러 가지 과제만 남긴 채 쌀밥집을 나와 본격적으로 이천을 돌아보기 시작했다.

먼저 가볼 곳은 이천 북쪽에 위치한 이천 산수유마을이다. 막 가을로 접어드는 시기에 방문한 지라 노란 산수유꽃이 활짝 피지도 않았고, 산수유 열매가 빨갛게 익지도 않아 기대에는 살짝 못 미쳤다. 물론 봄과 가을에 방문하여 노란 산수유꽃과 빨간 산수유 열매가 가득하다면 좋겠지만, 그게 아니더라도 이곳에 가야 할 이유가 있다. 역사의 향기가 남아 있는 장소와 더불어 이곳에서만 볼 수 있는 기이한 풍경까지 있기 때문이다. 산유수마을에 가기 위해서는 신둔면에서 동북쪽으로 방향을 틀어 산길을 따라 이동해야 한다. 이천에서 가장 높은 산인 원적산(563m) 자락에 있기에 너른 구릉지가 많은 이천에서 좀처럼 보기 드문 산지대이기도 하다.

산수유마을에 가다 보면 두산 베어스의 2군 구장인 베어스파크를 지나게 된다. 서울을 대표하는 두 야구팀인 엘지 트윈스와 두산 베어스는 같은 잠실구장을 홈으로 쓰는데, 우연의 일치인지 몰라도 2군 구장과 숙소 시설을 둘 다 이천에 두고 있다. 이천구장을 육성 시설로 활용했기 때문인지는 몰라도 유망주들을 끊임없이 배출하고 있다. 아마도 이천의 좋은 기운을 잔뜩 받아간 것인지도 모르겠다.

고개를 넘자마자 너른 터가 나오고 입구에는 산수유마을의 주차장 겸 홍보 시설로 쓰이는 거대한 산수유 사랑채가 우리를 맞아 준다. 사랑채 직원의 추천으로 '육괴정'이란 곳을 먼저 가보게 되었다.

원적산 자락 양지바른 곳에 자리 잡고 있는 산수유마을은 산자락을 따라 둘레길 코스로 이루어져 있었다. 짧게는 50분에서 길게는 두 시간까지 난이도에 따라 다양한 코스가 있는데, 오래 걷는 것을 선호하지 않는 사

산수유마을에 자리 잡은 육괴정

육괴정 앞의 연못, 남당

람이라면 육괴정에서 시작하는 '연인의 길'만 걸어도 충분할 듯싶다.

마을 깊숙한 곳에 자리한 육괴정은 570년의 수령을 자랑하는 거대한 느티나무가 그 곁을 지키고 있고, 사각형으로 조그마한 규모의 연못이 인상적인 기와집이다. 조선 중기 중종 임금이 다스릴 때, 기묘사화로 세상이 어지러워지고 엄용순이라는 사람이 이곳으로 낙향을 와서 건립했다고 한다. 처음에는 초가집이었으나 기와를 얹으면서 지금의 사당의 형태로 변했다.

'육괴정'이라는 이름은 당대 이곳의 여섯 선비가 사회와 학문을 논하며 우의를 기르고자 여섯 그루의 느티나무를 심었다고 해서 그 명칭이 지어지게 된 것이라고 한다. 비록 산수유 열매가 없어 그 화려한 자태를 직접 보지 못했지만, 푸른 느티나무를 우러러보며 그 세월의 유구함을 느낄 수 있었다. 산수유꽃이 환하게 필 때 다시 찾을 것을 기약하며 다음 장소로 가보기로 하자.

신비의 나무 이천 반룡송과
도자기 장인들이 모여 만든 마을 예스파크

　산수유마을과 작별을 고하고, 기이한 나무가 근처에 있다는 이야기를 듣고는 그곳을 찾아 가기로 했다. 여주 남한강 변 이포 쪽으로 차머리를 돌려 나아가다 보면, 백사면사무소에 닿기 직전 이천 반룡송이라는 표지판이 보인다. 천연기념물 제381호로 지정된 나무라고 해서 깊은 산속 어딘가에 보물처럼 숨겨져 있을 줄 알았는데, 주위에는 이제 막 수확을 끝낸 텅 빈 논두렁만 눈에 띄었다. 일단 도로변에 마련되어 있는 주차장에 차를 대고

반룡송은 가지가 사방에 뻗어 있다.

독특한 형상의 반룡송

나서 빗물이 꽤나 고여 있는 흙길을 따라 그 신비의 나무의 자태를 직접 친견하려 한 발 한 발 나아갔다.

끝나지 않을 것만 같았던 긴 여름은 어느덧 종말을 고했고, 제법 선선한 공기가 온몸에서 느껴진다. 하늘은 더 없이 맑고 푸르렀으며 마음은 더욱 포근해지는 듯하다. 거름 냄새가 풀풀 풍기는 흙길을 10여 분 걸었을까? 길 오른편에 심상치 않은 기운을 풍기는 나지막한 나무가 보이기 시작했다. 그곳으로 들어가는 입구에는 무속인들의 무속 행위를 금지하는 팻말이 걸려 있어 이 나무의 신비함이 자자했다는 것을 어느 정도 짐작해 볼 수 있었다. 들어가는 입구에는 소들의 배설물로 인한 파리 떼로 다소 불편함을 겪게 된다.

이윽고 가지가 사방에 뻗어 하나의 소나무가 아니라 마치 숲처럼 보이는 반룡송에 다다랐다. 어산마을의 광활한 논밭 한가운데 자리 잡았지만 겉에서 보았을 땐 도저히 하나의 소나무라 믿기 힘들 정도의 생김새를 지녔다. 850년의 수령을 지닌 반룡송은 가까이 다가올수록 그 진가가 더욱 드러난다. 높이는 약 4m로, 오래된 고목 치곤 두드러지는 높이는 아니지만 하나의 몸통에서 부챗살을 펴듯 사방으로 뻗어 나간 나뭇가지의 위용이 정말 대단했다. 그 뻗은 모양새도 용이 똬리를 튼 것처럼 휘감기는 듯하다. 그 광경에 한동안 넋을 잃어 눈을 뗄 수가 없었다. 나무껍질이 용의 비늘 같은 빨간색이고, 그 모습이 용이 하늘로 비상하기 직전 땅에 웅크리고 있는 형상이라 반룡송이라 명칭이 붙여졌고, 만 년 이상 살아갈 소나무라 해서 '만년송'이라 불리기도 한다.

기이함을 넘어 신비함을 전해 줄 것만 같은 반룡송은 오랜 세월만큼이나 많은 이야기를 품고 있다. 신라 말기 풍수지리로 명성을 날린 도선대사는 전국 팔도의 명당을 두루 찾아다니며 이천과 함흥, 계룡산 등지에 나무를 심었다고 전해지는데, 함흥에는 조선을 세운 이성계가 태어났고, 계룡산에는 정감록의 저자 정감이 나타났다. 반룡송은 도선이 심은 나무 중 유일하게 살아남았다고 하고, 그 영험한 기운으로 인해 최근까지 반룡송 앞에서 굿을 하는 등 무속 행위가 성행했었다. 수백 년 동안 다른 나무들은 위로 성장을 거듭하는 동안 반룡송은 옆으로 성장하는 길을 택하면서 그 존재감을 세상에 널리 알리고 있다. 모두에게 시사점을 안겨 주는 이천의 반룡송이다.

쌀과 더불어 이천의 상징적인 존재는 무엇일까? 나중에 소개할 온천도 있겠지만 최근 이천의 도자기가 그 명성을 세간에 널리 알리고 있다. 경기도는 서울과 가까운 지리적 요인 덕분에 임금과 관청에 공급할 도자기를 만드는 공방이 광주를 중심으로 여기저기 생겨나기 시작했다. 광주와 근접한 이천, 여주까지 널리 퍼지기 시작하며 현재까지 명성을 이어 가고 있는 것이다. 본래는 광주에 관요도 설치되는 등 이쪽 지방의 도자기가 명성이 높았지만, 점차 이천 신둔면 쪽에 도자기 장인들이 모여들었고, 도자기를 굽는 흙과 땔나무 등을 쉽게 구할 수 있다는 점도 만만치 않은 요소로 작용했다. 이천의 신둔면 지역의 도예촌의 명성이 지금처럼 높아진 계기는, 이천 신둔면 도예촌을 중심으로 열린 '세계도자기엑스포'였다.

이천의 도자기를 제대로 알아보고 싶으면 가야 할 곳이 있다. 신둔면 지역에 200여 개의 예술 공방이 모여 하나의 마을을 이루고 있는 이천 도자예술마을, 예스파크가 바로 그곳이다. 곁에서 보면 경기도의 어느 한적한 교외 주택 단지를 보는 듯한 구성이지만, 건물마다 다양한 예술 공방과 체험 시설이 들어서 있어 한국 현대 도자기의 흐름을 오밀조밀하게 파악할 수 있다. 그곳에는 대대로 전해져 오는 장인들도 있지만 우리의 도자기를 현대적으로 재해석해서 실생활에도 쓰일 수

예스파크에는 도자기 공방이 집중적으로 몰려 있다.

걷기 편한 보행로가
조성되어 있는
예스파크

있는 생활용품을 만드는 젊은 사람들의 공방들도 눈에 띈다.

예스파크는 웬만한 마을 두 개를 합쳐 놓은 것만큼 규모가 크기 때문에 걸어서 돌아보기에는 힘들 수 있다. 그럴 땐 카페거리를 비롯해 마을 곳곳에 자리하고 있는 카페에 가서 잠시 휴식을 취하는 것도 좋다. 카페 앞에 펼쳐지는 아름다운 마을의 풍경은 덤이다. 예술인들이 한데 모이니 새로운 부가가치를 창출하고 있는 모습이 곳곳에서 눈에 띈다. 사부자길, 가마마을, 별마을, 회랑마을 등 예스파크를 구성하고 있는 다양한 마을의 거리를 걷다 보면, 여러 공방은 물론이고 길거리에 열린 플리 마켓도 볼 수 있다. 매년 9~10월이면 이천의 설봉공원에서는 도자기축제도 열린다고 하니 그 시기쯤 함께 방문해 보는 것도 좋을 것 같다.

미처 몰랐던 이천 도심의 매력

이천에는 인근 도시인 여주의 신륵사나 광주의 남한산성처럼 전국적인 인지도를 지닌 명소는 없지만, 수도권을 대표하는 온천이 있어 수많은 관광객을 불러 모으고 있다. 현재는 이천의 온천 중 근교에 있는 테르메덴을 찾는 사람들이 가장 많겠지만, 원래 이천 온천은 시내 한복판인 안흥동에 자리해 있었다. 시내 중심부에서 동남쪽으로 조금 떨어져 있는 안흥동이지만 점차 주상복합 아파트 단지로 변모하는 모습이 안타깝다. 그나마 이천 설봉온천랜드와 미란다호텔이 이천 온천의 명성을 지속적으로 이어 가고 있어 그중 미란다호텔에 짐을 풀고 이천 시내를 천천히 산책해 보려고 한다.

미란다호텔은 이천을 대표하는 호텔 중 하나였지만 현재는 쇠락을 면치 못하고 있는 듯했다. 하지만 이천의 온천은 조선 세종 때부터 '온천 배

이천 도심에 자리 잡은 미란다호텔

[이천] 경기도의 풍요로운 고장

미'라고 불렸고, 세종과 세조가 이 지역의 온천을 찾아 즐겼다는 기록도 있을 만큼 유명했다. 이천 온천이 본격적으로 개발되었던 시기는 120년 전, 구한말 때다. 한 농부가 이곳에서 용출되는 더운 샘물을 기이하게 여겨 그 물로 씻자 그가 가지고 있던 눈병이 완치된 것을 계기로 전국적으로 명성이 알려졌다고 한다. 현재 팬데믹 상황으로 인해 대중탕을 마음껏 이용하기에는 마음이 편치 않지만, 객실마다 온천수가 공급된다고 하니 방문을 한번 고려해 보는 것도 좋을 듯하다.

호텔이 조금 낡긴 했지만 이천 시내와 멀지 않은 위치에 자리해 있어 마실 가듯 가볍게 시내를 한 바퀴 돌아보기 좋다. 미란다호텔을 나와 이천 도심의 매력을 한 꺼풀씩 벗겨 보려고 한다. 호텔의 담을 돌아 시내 방향으로 조금씩 걷다 보면 버들나무가 아름답게 흩날리는 안흥지라는 연못을 만나게 된다.

안흥지는 예나 지금이나 이천 시민들의 휴식 공간으로 사랑받고 있는데, 그 역사는 통일 신라 시대 이전으로 추측된다. 안흥지가 본격적으로 명성을 날리게 된 계기는 연못 중앙에 있는 '애련정'이란 정자 때문이다. 애련정은 1428년(세종 10년)에 처음 세워졌고, 1466년(세조 12년) 이천 부사 이세보가 다시 중건했다고 한다.

애련정이라는 명칭은 당대를 풍미한 신숙주가 지었다고 전해진다. 이 애련정은 유난히 임금의 방문이 잦았던 곳으로 유명한데, 이곳이 세종대왕의 영릉으로 가는 길목에 있기 때문이다. 『조선왕조실록』 기록에 따르면 중종이 이곳에서 노인들을 위한 잔치를 베풀었고, 숙종, 영조, 정조 등의

수많은 일화가 전해지는
안흥지의 애련정

왕이 친히 방문했다고 한다.

안흥지에서 다리를 건너면 곧장 애련정으로 이어진다. 안흥지는 규모가 크진 않지만 물가에 그윽하게 비친 나무들의 모습, 애련정의 고운 자태들이 어울려 가히 임금들이 반할 만한 풍경이구나 하는 생각이 들었다. 애련정은 오랜 세월 동안 많은 문인의 사랑을 받아 왔다. 곳곳에 유명 시인들의 글귀가 새겨져 있는데, 서거정, 월산대군 등 그 이름도 쟁쟁하다.

하지만 애련정은 1907년 정미의병 당시 일본군이 이천 시내의 480가구를 불태울 때 함께 소실되었다. 현재의 애련정은 이천시에서 안흥지를 시민공원으로 개발하면서 새롭게 복원한 것이다. 가슴 아픈 일이었지만 복원을 계기로 예전처럼 사람들로 붐비게 되었고, 이젠 이천 9경 중 하나로도 꼽힌다. 안흥지는 경관이 주는 아름다움뿐만 아니라 애련정에 깃들어 있는 수많은 이야기로 인해 더욱 빛이 나는 것 같다. 안흥지 둘레길에서 애련정으로 통하는 남쪽 다리 입구에는 '애련정 시비'가 있는데, 이는 두 개의 판석 위에 월산대군, 서거정, 조위 등 조선 시대의 유명한 문인들이 애련정에 관해 지었던 시들을 모아 놓은 비석이다.

안흥지와 애련정의 아름다움을 다 봤다면 언덕 위에 있는 이천 온천공원을 살펴볼 차례다. 공원의 전망대로 올라가는 길에는 조각 작품 40여 점과 함께 편안한 산책로가 조성되어 있다. 온천공원이라는 명칭답게 정상부에는 시민들이 편안하게 휴식을 취할 수 있도록 족욕탕이 설치되어 있었다. 온천공원의 정상에 올라 주변을 바라보니 설봉산 등 나지막한 산으로 둘러싸인 이천 시내가 포근해 보였다. 크지 않은 이천 시내를 천천히 둘러보며 하루를 마무리 지으려고 한다.

이천 종합터미널부터 본격적으로 시작되는 이천의 번화가는 다른 대도시처럼 화려하진 않지만 도시의 규모에 비해 제법 번화한 느낌이었다. '중앙로 문화의거리'라 불리는 보행 길을 걷다 보면 이천의 많은 젊은이가 데이트를 즐기는 등 청춘의 꽃들이 여기저기 활짝 피어 있다.

중앙 번화가에는 어지간한 프랜차이즈들이 몰려 있어 크게 눈길이 가지 않지만, 뒷골목으로 조금만 더 걷다 보면 수십 년 동안 역사를 이어 가고 있는 오래된 노포들을 어렵지 않게 찾아볼 수 있다. 그중 이천을 대표하는 식당이라 할 수 있는 제일갈비로 먼저 발길을 돌렸다. 물갈비로 유명한 제일갈비는 입구에서부터 제법 오래된 노포의 분위기가 풍긴다.

이곳의 물갈비는 먹는 방식이 조금 특이하다. 가장자리가 동그랗게 파인 불판에 양념을 한 돼지갈비를 올려놓고 따로 제공된 육수를 부어 가며

육수를 부어 가며 구워 먹는 물갈비

구워 먹는다. 육수를 부어 가면서 먹는 음식이라 그런지 확실히 일반 갈비보단 조리 시간이 오래 걸린다. 하지만 매콤하면서도 달달한 맛이 잘 스며든 갈비의 맛이 정말 일품이다. 여기서 끝이 아니다. 반찬으로 함께 나온 콩나물을 함께 넣어 육수에 졸여서 먹는다면 마치 갈비찜을 먹는 듯한 느낌이 들어 아예 새로운 종류의 음식을 먹는 듯한 기분이었다. 수원 등 경기도 중남부 일대에서 물갈비집을 발견할 수 있다고 하지만 제일갈비의 맛은 어디서도 따라 할 수 없는 독특한 스타일인 것 같다.

배부르게 식사를 마친 후 이번에는 이천을 대표하는 오래된 빵집인 태극당으로 이동해 보기로 한다. 40년의 역사를 자랑하는 태극당은 서울 장충동에 있는 동명의 빵집과 전혀 관계없는 곳이다. 이천 태극당의 다양한 빵을 하나하나 맛보니 확실히 파리○○○나 뚜레○○ 같은 기존 프렌차이즈 빵집과는 차별화된, 깊은 빵의 풍미가 느껴졌다. 이천은 쌀과 도자기 말고도 다양한 매력이 존재하는 사실을 걸으며 깨달았다. 내일은 이천의 어떤 장소로 우리를 안내할지 자못 궁금해진다.

이천을 대표하는 명산 설봉산과 가구 공장의 변신, 시몬스테라스

　어젯밤에 즐겼던 온천 덕분일까? 평소 같으면 여독으로 피폐해졌을 몸이 웬일로 개운하다. 이번엔 조금 더 난이도를 높여 이천을 대표하는 명산 설봉산을 오르면서 알아가 보기로 한다. 하지만 그전에, 전날 미처 방문하지 못한 시내 한복판에 숨겨져 있는 문화재 하나를 찾아 가보기로 하자.

　이천의 중리동 행정복지센터 한복판에 자리한 중리 삼층석탑이 바로 그것이다. 원래 이천의 야산에 무너진 채로 흩어져 있던 것을 1972년에 지금의 자리로 옮겨 복원했다고 한다. 국보나 보물급의 탑처럼 화려한 모습은 아니지만 백제와 신라의 양식을 섞어 만든 고려 전기의 석탑으로 당당한 자태를 자랑하고 있었다. 천 년의 역사를 가진 문화재를 중리동 주민들은 늘 곁에 두고 있다는 사실이, 이 동네의 역사가 만만치 않음을 보여주고 있는지도 모른다.

중리동 행정복지센터 맞은편에 있는
중리 삼층석탑

　중리동 행정복지센터 맞은편 로터리에는 서희의 동상이 늠름한 자태로 서 있었다. 이천에서 서희의 존재감이 꽤 큰 것 같았다. 이천에서 가장 유명한 산이라고 할 수 있는 설봉산은 도심에서 멀지 않아 많은 시민으로 북새통을 이루고 있었다. 설봉산으로 들어가는 입구에는 설봉저수지와 조각공원, 박물관, 미술관 등이 모여 있어, 굳이 산행이 아니더라도 충분히 하루를 보낼 만한 명소들이 널려 있다. 하지만 설봉산을 오르지 않고서는 그 산이 담고 있는 역사와 문화를 온전히 살필 수 없는 노릇이기에 다시 한번 힘을 내어 400m에 가까운 산을 올라가 보기로 한다.

설봉산은 이천에서도 가장 높은 산은 아니지만 이천으로 가는 중요한 요충지면서 이천 평야를 얻을 수 있게 되는 주요 지점이었다. 덕분에 삼국 시대부터 치열한 전쟁의 흔적이 산으로 가는 곳곳에 남아 있었다. 특히 산 능선에 자리한 설봉산성은 예전 그때를 돌이켜 볼 수 있는 유적이다. 꽤 힘

설봉산 능선에 자리 잡은 설봉산성

든 등산길을 40분 정도 오르다 보면 예전의 자취가 그대로 남아 있는 설봉
산성의 성벽을 만날 수 있다.

　설봉산성은 '관고리성지' 또는 '무안산성'이라고 불리며, 북쪽과 남쪽
은 물론 주변 지역을 넓게 조망할 수 있는 전략적 요충지다. 단국대학교에
서 발굴 조사를 실시한 결과, 백제 토기가 다수 출토되어 백제 석성일 가능
성도 있다고 한다. 그뿐만 아니라 통일 신라 시대의 기와, 토기, 철기류 등
수많은 유물이 끊임없이 발굴되었다. 9세기 중엽까지는 성의 기능을 유지
했다고 하니 계속해서 중요한 요충지였음을 짐작케 해준다.

　이제 산은 능선 길로 이어진다. 설봉산은 수많은 봉우리가 병풍처럼 둘
러쳐 있으므로 능선을 넘을 때마다 오르락내리락을 반복해야 해서 마냥
쉬운 산은 아니다. 첫 봉우리인 성화봉에서는 그 당시 봉화를 올렸던 봉화
대도 만날 수 있고, 사직단과 산성에서 장수가 지휘를 했었던 남장대지터
등 다양한 문화 유적을 만날 수 있는 설봉산은 이천을 대표하는 산이라 할
만하다. 어느새 연자봉, 서희봉을 거쳐 어느새 설봉산 정상인 희망봉까지
다다랐다. 생각보다 시야가 확 트여 있지 않았지만 정상에 서 있다는 사실
하나만으로 뿌듯함이 가슴속에서 밀려오는 듯했다. 이제 설봉산을 내려가
면서 다른 이천의 문화재들을 찾아볼 시간이다.

　설봉산 중턱에 자리 잡은 **영월암**에는 이천의 보물이 당당히 자리하고
있다. 적당한 규모의 영월암은 의상대사가 창건했다고 전해지고 있고, 고
려 시대 나옹 선사가 거쳐 갔던 절로 알려져 있다. 특히 수령이 600년이 넘
은 은행나무는 나옹선사가 꽂은 지팡이가 자랐다는 설화로 유명하다. 이

의상대사가 창건했다고 알려진 영월암

천의 대표적인 고찰로 자리 잡은 영월암도 1907년 이천에서 의병이 크게 일어났을 때 일본군의 방화로 소실되었던 아픈 역사를 지니고 있었다. 대웅전 뒤편 계단을 오르다 보면 고려 시대 지방 호족이 조성했다고 하는 보물 제822호 '마애여래입상'을 만나게 된다. 현재는 보수 공사 중이라 그 아름다움을 제대로 살피기 어려웠지만, 고려 시대 특유의 개성 넘치고 호방한 자태를 엿볼 수 있었다.

그 밖에도 설봉산 기슭에는 화가 월전 장우성을 기리는 월전미술관, 설봉서원, 관고리 오층 석탑, 이천 시립미술관까지 수많은 문화재와 문화 시설을 만날 수 있으니 시간을 여유롭게 잡고 돌아봐야 할 곳이다. 아름다운

무우정에 올라 바라본 자채방아마을의 전경

설봉저수지 호숫가에서의 가벼운 발걸음을 마지막으로 이천 시내를 떠나
다른 장소로 이동했다.

　이천의 남부 장호원 쪽으로 내려가다 보면 꽤 넓은 논밭 한가운데 자채
방아마을이라고 불리는 곳이 있다. 지금이야 평범한 농촌 마을에 불과하
지만 양녕대군이 이천 유배 생활 당시 머물렀던 곳이라 한다. 이곳에서 생
산되는 자채쌀은 이천을 중심으로 인접해 있는 일부 지역에서만 재배되었
던 양질의 올벼라는 뜻으로 맛과 품질이 뛰어나 양녕대군이 세종에게 진
상하게 되었고 그래서 이천 쌀이 진상미의 대명사가 되었다는 설도 있을
정도다.

무우정

자채방아마을에는 양녕대군의 유적지로 유추되는 무정, 양샘, 군들 등이 있다. 마을 한복판에 양녕대군기념관이 있었지만 찾는 사람 없이 방치되어 있었다. 마을을 한 바퀴 둘러본 후 마을 뒤편 언덕에 솟아 있는 무우정에 올라가 넓게 펼쳐진 이천의 들판을 바라봤다. 푸른색 들판을 바라보니 마음이 편해지고 호방한 기운이 솟아올랐다. 세자의 위치에서 쫓겨나 원 없이 자기 인생을 즐기며 살았던 양녕대군의 마음은 어떠했을까? 분위기를 바꿔 요즘 이천 여행의 필수 코스로 자리매김한 **시몬스테라스로** 마지막 발걸음을 이어 가본다.

이천은 영동고속도로와 중부고속도로가 지나가는 교차점에 있다. 덕분에 그 길을 따라 거대한 물류 창고들을 심심치 않게 마주하게 된다. 물류가 중요한 가구 공장들이 자연스레 이천에 들어오게 되었고, 그중 하나가 우리가 알고 있는 유명한 침대 브랜드 '시몬스'의 침대 공장이다. '흔들리지 않는 편안함'으로 익히 잘 알려져 있는 브랜드이긴 해도 왜 굳이 여기서 공장을 왜 소개하나 의문을 표하는 독자들도 있을 것이다. 하지만 단순히

[이천] 경기도의 풍요로운 고장

이천의 새로운 명소가 된 시몬스테라스

시몬스테라스에서는
침대와 관련된 전시를 엿볼 수 있다.

물건을 생산하는 옛 공장을 카페와 박물관 쇼룸으로 개조하고 현재 생산
이 이뤄지고 있는 공장을 잔디밭 뒤로 펼쳐 놓게 함으로써 사진이 잘 받는
새로운 명소가 되었다. 시몬스테라스를 마지막으로 이천을 마무리 지으려
고 한다. 우리가 그동안 이천 쌀로만 알고 있던 이천이지만 정작 쌀의 매력
보단 도시 자체가 가지고 있는 매력이 있어 오랫동안 머물고 싶은 도시였
다. 다음 경기도의 고장에는 어떤 장소가 우리를 기다릴지 벌써부터 궁금
해진다.

[평택]

드라마틱한 역사와
설화가 풍부한 고장

드라마틱한 역사와
설화가 풍부한 고장

이색적인 송탄의 명물 세 가지

이번에 소개할 경기도의 도시는 해외 주둔 미군기지 중 가장 큰 규모가 위치한 곳, 장차 중국과 교류 허브가 될 평택항이 있어 날로 붐비는 도시다. 천안 바로 위에 위치한 경기도 남부의 거점이자 평평한 땅에 연못밖에 없어 평택(平澤)이란 명칭이 붙여진 이 고장을 소개할까 한다. 원래는 옆 동네 안성의 번화함에 못 미치는 한가한 마을이었지만, 근대의 격변기에 놓인 경부선 철로가 안성 대신 평택을 거쳐 가게 되면서 두 도시의 운명은 바뀌고 말았다.

현재 안성은 경기도에서 제법 한갓진 도시로 남아 있지만, 예전에는 강경, 대구와 함께 조선 시대 3대 장터로 불릴 정도로 번화한 상업 도시였다. 반면 평택은 남부 경기 지역의 교통 허브로 자리 잡으며 미국과 중국에서 건너오는 문화를 가장 먼저 흡수하는 도시 중 하나가 되었다. 송탄에 위치한 오산 공군기지와 팽성에 있는 캠프 험프리스 그리고 평택항은 그 물결을 받아들이는 전진기지다. 하지만 신라 시대에는 평택을 거쳐 당나라로 향하는 주요 경로의 하나였던 만큼, 지금에 이르게 된 것이 결코 우연은 아닌 듯싶다. 지금은 경기도의 당당한 한 도시로 남아 있지만 평택의 역사는 꽤나 복잡했다. 조선 시대 평택은 진위(송탄), 평택, 수원군(안중)으로 각각 나뉘어 각기 다른 역사를 지니고 있었는데, 지금의 평택 대부분 지역이 경기도가 아닌 충청도에 속해 있었다.

조선 시대 연산군이 무분별한 금표(민간인 출입 지역)의 확장으로 경기도의 관할 구역이 축소되자 평택을 충청도에서 경기도로 처음 편입하게 되었다. 하지만 이후에도 평택은 경기도와 충청도를 옮겨 다니며 오랫동안 방황했다. 1914년 일제강점기에 와서야 송탄, 안중, 평택 지역으로 나누어져 있던 행정 구역이 통합되었고 현재까지 평택의 행정 구역은 경기도다.

이런 역사가 남아 있어서 그런 것일까? 평택의 지리와 사람들은 제법 충청도를 닮아 있다. 수원, 화성 땅을 지나 오산을 거쳐 평택으로 내려오는 길은 별다른 특색이 없지만 평택 땅에 들어서자마자 그 많던 산은 오간 데 없고, 평평한 들판과 구릉 지대가 연이어 이어져 있었다. 그래서 그런 것인지는 모르겠지만 이 고장의 사람들도 제법 인심이 넉넉해 보인다. 이 들판에서 생산된 평택 쌀은 이천, 김포와 함께 경기미로 인정받고 있다. 또한 평택은 경기도에서 배의 수확량이 가장 높은 곳이기도 하다. 각설하고 본격적으로 여러분들과 함께 평택 답사를 떠나 보도록 하자.

평택에서 가장 먼저 가볼 곳은 가장 북쪽에 위치한 송탄이다. 우리에겐 미군기지와 부대찌개로 알려진 고장이지만, 이 주변에는 원균장군묘, 정도전 사당, 만기사 등 역사적 자취가 제법 남아 있다. 하지만 먼저 송탄을 대표하는 곳으로 이동해 그 매력을 샅샅이 살펴보도록 하자.

송탄은 현재 평택에 속해 있지만 상당 기간 동안 독자적인 행정 구역으로 남아 있었다. 1995년까지 송탄시로 분리되었지만, 1995년 도농복합시의 탄생과 맞물려 다시 합쳐지게 되었다. 하지만 현재까지도 평택과 송탄 사이에는 지역감정이 심상치 않게 존재한다. 구 송탄시청에 자리 잡은 평택시청 송탄출장소가 이 자존심을 드러내는 하나의 예가 아닐까 싶다. 그럼 송탄을 대표하는 키워드는 무엇일까?

한때는 의정부 부대찌개의 아류로 여겨졌지만 이제는 당당하게 자리 잡은 '송탄 부대찌개'가 바로 그것이다. 의정부 부대찌개가 김치 베이스

평택 송탄의 명물
송탄 부대찌개

의 깔끔한 맛이 특징이라면, 송탄 부대찌개는 치즈, 사골, 소시지가 풍부하게 들어가 좀 더 걸쭉한 맛이 느껴지는 것이 특징이다.

소뼈를 우려낸 국물을 베이스로 하여, 대파와 마늘의 알싸함에 치즈와 다양한 종류의 햄 그리고 쇠고기민스(여러 개의 작은 조각으로 얇게 썬 쇠고기)에서 나오는 감칠맛이 어우러져 복합적인 풍미를 자아낸다. 젊은 사람들이나 외국인들은 송탄 부대찌개를 좀 더 선호한다고 한다. 물론 깔끔한 맛을 추구하는 사람이라면 의정부가 더 괜찮을지 모른다. 전국의 유명한 부대찌개거리 대부분이 미군부대에서 나왔던 부산물인 햄과 소시지를 이용

오산 공군기지 정문에 위치한 평택의 이태원, 송탄관광특구

해 생겨난 것처럼 송탄식 부대찌개도 오산 공군기지 덕분에 탄생했다.

　　송탄 부대찌개를 대표하는 두 집을 꼽자면 최네집과 김네집을 들 수 있다. 1960년대부터 송탄을 대표하는 두 부대찌개 집은 의정부와 다른, 진하고 걸쭉한 특성 덕분에 오늘날 송탄식 부대찌개의 명성을 만들게 해주었다. 푸짐함은 기본이고, 라면 사리까지 곁들여 먹으니 어느새 흔적도 없이 사라졌다. 공군기지 정문에서 송탄역까지 이어지는 송탄관광특구는 '리틀 이태원'이라 불릴 정도로 이색적인 분위기를 자아낸다. 마침 저녁 6시로 넘어가는 시간이라 미군들이 퇴근하며 근처 펍이나 식당에서 삼삼오오 즐거운 시간을 보내는 광경을 찾아볼 수 있었다.

송탄의 명물 수제버거

이곳의 두 번째 명물은 '수제버거'다. 미군부대 앞에서 노점을 깔아 장사를 시작한 게 입소문이 나면서 송탄의 명물로 자리 잡게 되었다고 한다. 겉모양만 봐서는 솔직히 그리 맛있어 보이진 않았는데, 의외로 맛은 괜찮았다. 두툼하게 다진 소고기, 양상추, 오이, 양파 그리고 계란프라이까지 합세해 이 버거의 맛을 한층 더 풍부하게 만들어 준다. 미스리, 미스진, 송쓰 등 다양한 버거집을 돌아다니는, 일명 '버거투어'를 즐기는 사람들도 많다고 한다.

송탄의 세 번째 명물은 '짬뽕'이다. 1호선이 지나가는 부천, 인천 등은 중국에서 건너온 화교들이 많아 유명한 중국집이 많은 것처럼 송탄 지역에도 맛있는 중국집이 두루 분포되어 있다. 대표적으로 우리가 홍대 초마로 알고 있는 송탄의 영빈루는 물론 홍태루, 쌍흥원, 태화루, 인화루 등 명성이 널리 알려진 중국집이 많다.

고추가 올라가 있어 칼칼함이 더욱 강하게 느껴지는 고추짬뽕은 이 집들의 명물이니 매운맛을 좋아하는 사람들이라면 꼭 찾아 가서 먹어 보면 좋겠다. 이제 송탄의 역사를 담고 있는 문화재를 찾아 가 예전 자취를 함께 더듬어 가보도록 하자.

송탄에는 맛있는 중국집이 두루 분포한다.

[평택] 드라마틱한 역사와 설화가 풍부한 고장

논란의 인물 원균의 묘와 조선의 설계자 정도전의 사당

평택의 북부를 차지하는 송탄은 면적을 따져 봐도 넓은 편이 아니지만 우리가 이름은 들어 봤을 만한 인물들의 흔적이 꽤나 남아 있다. 그중 먼저 가볼 곳은 꾸준히 논란의 중심에 서 있는 원균 장군의 묘다. 우리나라에는 세종대왕과 이순신 장군처럼 남녀노소 할 것 없이 사랑받는 위인들도 많지만, 원균 장군처럼 그렇지 않은 인물들도 존재한다. 근래에 원균 장군의 옹호론이 등장하면서 한동안 세간이 들썩였지만 이 또한 다시 논란이 되면서 세상이 시끌벅적했었다. 그 원균 장군의 묘가 송탄에서 멀지 않은 곳에 위치한다.

송탄 시내를 벗어나 외곽으로 향하는 길은 도심에서는 상상도 하지 못했던 너른 들판이 싱그럽게 펼쳐져 있다. 산과 강이 듬성듬성 보이는 김포, 여주, 이천의 평야와 다르게 여유 있고 느긋한 모습이 마치 충청도 내포평야 한복판에 와 있는 듯했다. 현재 송탄의 동쪽은 브레인시티 개발로 인해 다소 어수선한 모습을 보이는 와중에 그 초입부터 원균장군묘를 알리는 입간판이 곳곳에서 눈에 띄었다. 우리에겐 패장으로 알려진 원균이지만 이 지역에서는 적어도 동네를 대표하는 인물 중 하나로 자리 잡은 듯했다. 멀리 입구에서부터 저수지와 사당 그리고 위엄을 갖추고 있는 원균의 묘가 보이기 시작했다.

원균을 비롯한 원주 원씨 가문의 선산인 덕암산은 평택 남부에 있던 고을인 영신현의 진산이다. 예로부터 '원씨 천년, 석씨 천년, 소씨 천년'이란 말이 있을 만큼 전통 있는 명문거족들이 터전을 잡았다. 원균은 원주 원씨가 오랫동안 터를 잡은 도일동 계곡에서 1540년 경상도 병마절도사를 지냈던 원준량의 장남으로 태어났다. 집안 자체가 잔뼈 굵은 무인 집안이라 원균도 자연스럽게 무과에 응시하여 무인 생활을 시작했다. 아버지 원준량의 입김 덕분에 무과에서 부정으로 급제했다는 의혹과 여진족 토벌에 활약했다는 설이 있지만 둘 다 확실치는 않다. 하나 전공이 아예 없진 않았을 것으로 추정되며 승진 속도도 빨랐다.

원균은 과거에 급제한 지 12년 만에 경상 우수사에 오르면서 출세 가도를 달리게 된다. 중간에 인사 고과 점수가 낮아 탄핵하여 파직되는 수모를 겪지만, 임진왜란이 일어나기 3개월 전 조선 최대의 수군기지인 경상 우수영을 담당하는 경상 우수군절도사에 임명된다. 원균의 임진왜란 초기 행적은 여러 가지 논란이 많았지만, 전라 좌수사인 이순신에게 구원을 요청하며 이순신, 이억기와 함께 옥포해전에서 승리를 거둔다. 이는 임진왜란 당시 조선군의 최초 승전이었으며 가장 중요했던 제해권 장악의 시작이었다. 이대로 이순신, 원균이 손을 잡아 함께 힘을 모았으면 좋았겠지만, 안타깝게도 둘 사이의 반목은 점차 심해지게 된다.

정유재란이 발발하고 이순신이 파직된 후 원균은 삼도 수군통제사로 임명된다. 그는 이순신에 이어 부산포로 출진하려는 조정의 압력을 지속적으로 받게 되었고, 한산도에서 160척을 끌고 출격했지만 가덕도에서 적의 기습을 받아 병사 400명을 잃었다. 원균은 함대를 철수하여 칠천량(거제도 부근)에서 휴식을 취하고 있었는데, 도도 다카토라(藤堂高虎), 와키자카 야스

원균장군묘는 비교적 넓은 부지에 조성되어 있다.

원균장군묘에는 그의 신발과 담뱃대를 묻었다고 한다.

하루(脇坂安治) 등 왜군의 수군이 기습하여 조선 수군 대부분을 잃고 마는 큰 패배를 당했고, 그 자신도 목숨을 건사하지 못했다. 한동안 조선 수군은 회복하기 어려운 상태로 이어 가게 되면서 이순신이 백의종군하며 명량해전을 맞게 된다. 이처럼 그는 큰 전투를 패배하게 만든 패장으로 역사에 남게 되었다.

하지만 임란이 끝난 후 원균은 이순신, 권율과 함께 선무 1등 공신으로

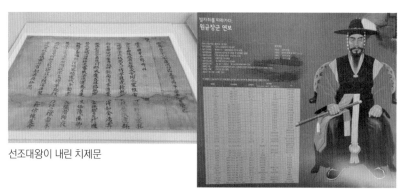

선조대왕이 내린 치제문

원릉군기념관엔 원균 장군과 관련된 자료가
전시되어 있다.

책록(策錄)되고 원릉군에 봉해졌다. 그리고 현재 원균장군묘 주변으로 생가
터, 사당, 묘 등 원균 장군과 관련된 것들이 모여 있는 '원균길'이라는 산책
로가 조성되어 있고, 평택시와 원주 원씨 종친회에서 이 일대를 잘 가꾼 흔
적이 곳곳에 보인다.

저수지 너머 보이는 원균장군묘는 실제 유해가 아니라 장군이 아끼던
애마가 그의 신발과 담뱃대를 물고 온 것을 묻었다고 한다. 그리고 묘 아래
에 그 애마의 무덤(의마총)도 조그맣게 조성되어 있다. 원균 장군 묘역에 올
라 아래를 바라보니 경치가 정말 훌륭했다. 확실히 원균 장군은 후손들을
잘 두었기에 그의 유품이나마 좋은 터에 묻히는구나 하는 생각이 들었다.

무덤가를 내려오면 보물로 지정된 원균 장군의 『선무공신 교서』와 임
진왜란 당시 쓰였던 무기, 장군의 연보를 대략적으로 살펴볼 수 있는 원릉
군기념관이 있다. 전시는 비교적 충실했으나 원균 장군에 대한 변명 위주
로 내용이 전개되는 듯해 조금 괴리감이 느껴졌다. 그래도 그 시대와 임진

정도전 저작을 집약한 『삼봉집』 목판   정도전의 사당, 문헌사

왜란에 대한 이해를 돕기에는 충분했던 장소다.

　다음으로 가볼 장소는 조선왕조의 기틀을 닦은 삼봉 정도전의 사당이다. 우리나라에서 가장 사극 소재로 빈번해 쓰이는 소재가 여말선초 시기인데, 극변하는 시대 속에서 삼봉 선생은 국가의 새로운 비전을 제시하면서 결국 조선이라는 국가를 건국하기에 이르렀다. 그는 조선의 제도는 물론 한양의 도시 설계에도 큰 관여를 했다. 경복궁을 비롯해 근정전, 사정전, 교태전 등 주요 전각의 이름은 물론이고, 숭례문, 흥인지문 등 한양의 주요 명칭은 전부 삼봉 선생이 붙였다고 해도 과언이 아니다.

　하지만 삼봉 정도전은 왕자의 난이 일어나자마자 이방원에 의해 죽임을 당했고, 500년이 넘는 세월 동안 폄훼를 당하는 수모를 겪었다. 조선 말, 1865년(고종 2년)에 와서야 그가 세웠던 경복궁을 다시 중건하면서 그의 훈작을 회복시켰고, 문헌이라는 시호를 내리면서 모든 오명이 벗겨졌다. 정도전의 사당인 문헌사는 그의 아들 정진의 사당인 희절사와 한 구역에 위치한다. 현재 문이 굳게 잠겨 있어서 들어가진 못했지만, 그 옆에 자리한 삼봉기념관은 그 아쉬움을 달래기에 충분했다. 삼봉기념관에서는 정도전의 저술을 집약한 『삼봉집』목판을 실물로 직접 볼 수 있기 때문이다.

『삼봉집』은 삼봉 선생의 업적을 높이 평가한 정조의 명으로 집약된 것으로, 그 목판은 총 228판으로 구성되어 있고 교과서에서만 배웠던 『불씨잡변』,『조선경국전』의 내용이 전부 담겨 있다고 하니 그것 하나만으로 이곳에 온 이유는 충분했다. 송탄 지역의 다사다난했던 인물의 흔적을 따라가 보니 앞으로 갈 평택의 이야기가 무척 풍성할 것 같아 기대가 된다.

평택 시민들의 일상에 자리하는 문화재들

전날 송탄을 대표하는 수많은 음식과 만만치 않았던 여정 덕택에 속이 더부룩하고 몸이 찌뿌둥하다. 오늘은 평택의 도심과 예전 평택의 중심지였던 팽성 주변을 돌아보기 전에 속을 든든히 채울 겸 이곳을 대표하는 국밥집인 파주옥에서 그 첫 여정을 시작하려고 한다.

50년 이상 평택역 앞에서 곰탕을 팔며 현풍할매곰탕, 포항 장기식당과 함께 3대 곰탕으로 손꼽힐 만큼 명성이 대단한 식당이다. 현재 파주옥은 본점뿐만 아니라 평택, 오산 일대에 지점이 들어설 만큼 이 고장 사람들의 사랑을 받고 있다. 주차가 힘든 본점 대신 비산점을 갈까 하다가 그 식당의

3대 곰탕으로 알려진 평택 파주옥

소뼈를 진하게 우려낸
파주옥 곰탕

맛뿐만 아니라 분위기까지 제대로 즐기기 위해 불편함을 감수하고 가기로 했다.

낡은 외관도 그렇고 들어차 있는 손님들도 대부분 어르신인 것을 보니 이 식당의 역사가 허언이 아니라는 것은 알겠다. 주문하자마자 곧바로 나온 곰탕은 나주곰탕과 달리 맑은 국물이 아니라 소뼈를 진하게 우려낸 하얀 국물이었다. 맛은 생각보다 투박했고 그렇다고 이 집만의 독특한 점이 느껴진 것도 아니었지만, 모처럼 속을 든든하게 채웠으니 나름대로 평택의 역사를 몸으로 체험한 듯하다.

이제 본격적으로 평택 시내 일대를 둘러보려고 한다. 이 동네는 사실 평택역이 들어서기 전까지는 '소사'라고 불리는 넓은 들판과 평평한 대지가 이어져 있던 조그마한 마을이었고, 조선 시대까지만 하더라도 지금의 팽성읍 일대가 관아도 있던 중심지였다.

평택 시민의 산책 장소, 배다리저수지

　현재 평택 시민들의 산책 장소로 사랑받는 배다리저수지에는 예전 평
택의 기억을 떠올리게 할 수 있는 조형물이 있다. 수변공원의 덱 로드를 걷
다 보면 바닥에 나무배들이 연이어 이어져 있는 것을 볼 수 있는데, 이 조
형물이 예전 이곳이 어떤 곳이었는지를 알려 주는 증거다.

　과거 이 일대는 바닷물이 들어찼던 동네로, 지금의 남쪽에 위치한 안성
천이 예전에는 이 일대로 흐르고 있었다고 한다. 그 강을 건너기 위해 배를
엮어 배다리를 만들어서 이곳의 지명이 굳어진 것이다. 현재는 도서관과

대동법시행 기념비

상가들이 들어서 있어 옛날의 자취는 찾아보기 힘들었지만, 이처럼 지명과 조형물을 통해 과거를 유추하는 재미를 곳곳에서 찾아볼 수 있었다.

배다리저수지에서 멀지 않은 장소에 뜻깊은 문화재가 하나 있어 가보지 않을 수 없었다. 조선 시대 가장 큰 개혁으로 일컬어지는 대동법시행 기념비가 원소사 마을 한복판에 있기 때문이다. 대동법은 쉽게 말해서 쌀로 세금을 바치게 한 납세 제도다. 조선의 공물 제도에서는 각 지방에서 생산되는 특산물을 내게 했는데, 생산에 차질이 생기거나 자연재해로 인해 피해를 본 경우에도 반드시 바치게 해 백성들의 고초가 이만저만이 아니었다. 특히 이런 폐단을 이용한 상인과 관리들은 이를 대신해 공물을 나라에 바치고, 그 대가를 몇 배씩 가중하여 받아내는 방납 때문에 점차 문제가 되었다.

    중간 관리와 상인들의 이익만 늘어갔고, 백성들은 물론이고 정부의 수입도 날이 갈수록 줄어들었다. 이를 개혁하기 위해 율곡 이이 등이 나섰으나 실행되지 못했다. 그러다가 임진왜란을 계기로 군량이 부족해지자 정부에서는 일시적으로 세금을 미곡으로 납부하도록 독려했다. 그것을 계기로 경기도에서 시작된 대동법은 김육의 주도로 점차 충청, 호남, 영남 등 전국으로 확대되었다. 당시 평택은 충청도로 넘어가는 길목에 있었고, 김육이 충청도관찰사로 있을 때 시행을 건의했기 때문에 그 인연으로 이 비석이 건립되게 된 것이다. 대동법시행 기념비를 통해 교과서에서 봤던 역사적인 사실을 되새길 수 있는 뜻깊은 장소였다.

고을 수령이 망궐례를 행했던 팽성읍객사

이제 평택 시내를 벗어나 예전 평택의 중심지인 팽성읍으로 이동해 본다. 고려 시대부터 불렀던 평택의 지명인 팽성을 그대로 이어받은 곳으로, 흡사 초한지에 나왔던 초패왕 항우의 본거지와 이름이 같아 무슨 연관이 있었을까 궁금해진다. 평택 시내에서 남쪽으로 차로 20분 정도 떨어져 있는 팽성은 전반적으로 한적함이 묻어 나오는 조용한 동네 같았다. 그 중심에는 향교와 객사가 남아 있어 과거의 모습을 증언해 주고 있었다. 주택가를 거슬러 올라가다 보면 골목의 끝자락에 제법 위엄을 갖춘 기와집이 눈앞에 보이기 시작한다. 바로 관리의 숙박 시설 또는 고을 수령이 망궐례를 행했던 **팽성읍객사**가 바로 그곳이다.

팽성의 언덕에 자리 잡은 농성

현재는 문이 닫혀 있지만 연극 또는 '임금님을 만나러 가는 길' 등의 행사를 개최하며 평택 시민의 사랑을 받았던 문화재다. 그 아쉬움을 뒤로하고 팽성읍을 바라보는 언덕에 세워진 성(城)인 농성을 향해 가보기로 하자.

보통 성이라고 하면 적을 막거나 위엄을 드러내기 위해 쌓은 것일 텐데, 농성은 돌이 아니라 흙으로 쌓은 토성이라 그런지 위압감보단 동산에 온 듯한 푸근함이 느껴졌다. 안성천과 아산만이 합쳐지는 평야 지대에 우뚝 솟아 있었고, 주변에 높은 산들이 보이지 않아 일대가 훤하게 내려다보인다. 성은 전체적으로 타원형이고 둘레는 약 300m, 동쪽과 서쪽에 문 터가 남아 있었다.

이 성을 쌓은 이유가 정확히 밝혀지진 않았고, 삼국 시대 때 도적을 막기 위해 세워졌다는 설, 평택 임씨의 시조인 임팔급이 축조하여 생활 근거지로 사용했다는 설, 고려 시대 때 서해안으로 침입했던 왜구를 막기 위해 세웠다는 설 등 다양한 이야기가 있으나 전부 확실치는 않다. 현재 농성의 내부는 공원처럼 조성되어 근교 주민들의 나들이 장소로 활용되고 있다. 평택의 문화재를 두루 살펴보니 평택 시민들의 삶과 함께 전반적으로 녹아들었던 모습이 참 인상적이었다. 다음은 평택의 불교 문화재를 알아보는 시간을 가지려고 한다.

'원효대사 해골물' 그 장소, 평택 수도사

　발이 닿는 마을마다 시대를 대표했던 인물들의 이야기가 담겨 있고, 너른 들판은 앞으로 뻗어 나갈 도시의 미래를 한없이 보여 주는 듯하다. 평택에는 여주의 신륵사나 화성의 용주사처럼 명성을 떨치고 있는 명찰은 없지만, 천 년 이상의 역사와 보물을 간직한 사찰이 몇 군데 있다. 먼저 평택 진위면 무봉산 자락에 위치한 만기사는 전통 사찰에서 보기 드문 노란색 단청 덕분에 한국보단 중국에 있을 법한 인상을 강하게 가져다준다.

　만기사가 위치한 무봉산은 산이 거의 없는 평택에서 가장 높은 산

세조가 친히 방문했다고 알려진 만기사의 전경

독특한 외관의 만기사

(208m)이고, 청소년들에게는 수련원으로 유명하다. 하지만 고려 태조 25년(924년)에 창건했다고 전해지고, 조선 세조 당시 왕명으로 중수했을 정도로 만만치 않은 내력을 지니고 있다. 현재의 만기사는 1979년 실화로 요사채가 전소하자 원경스님이 이듬해 더욱 크게 확장해 지금의 모습을 갖추게 된 것이다.

만기사는 조선 임금 중 불교를 가장 신봉했던 세조가 친히 방문했다고 한다. 세조가 이 절에 들러 물을 마셨는데, 물맛이 좋아 샘 이름을 '감로천'이라고 명명했다는 설화가 남아 있다. 임금이 마신 물이라고 해서 마을 사

람들은 이 우물을 '어정'이라
고 불러 왔다고 한다. 그러나
만기사의 가장 소중한 보물은
대웅전에 모셔진 고려 시대의
'철조여래좌상'이라고 할 수
있다. 붉은 단풍이 화사하게
피어 있는 만기사였지만 아무
래도 노란색 단청은 우리나라
의 자연과는 어울리지 않는
듯했다.

소와 관련된 전설이 담겨 있는 심복사

　　다음으로 소개할 곳에 가
기 전 팽성 근교에 있는 홍학
사 비각을 잠시 눈여겨보고 지나가자. 병자호란 당시 척화론을 끝까지 주
장하다가 청나라로 끌려가 죽임을 당한 삼학사의 한 분인 홍익한의 비석
과 묘가 있는 곳이다. 여기서 멀지 않은 곳에 최대의 미군기지인 캠프 험프
리스(Camp Humphreys)가 위치하고 있다. 여기서 평택국제대교를 건너면
송탄, 팽성과 함께 평택을 형성하고 있는 서부 지역의 안중읍이 나타난다.
서부 해안가에 근접한 안중 지역은 다른 지역에 비해 소외받았던 곳이지
만, 평택항과 국제여객터미널이 속속들이 들어서며 새로운 도약을 꿈꾸는
지역이 되었다.

　　다리를 건너 시멘트 길을 따라 평택호 방면으로 내려가다 보면, 멋진

소나무와 매끈한 메타세쿼이아 나무가 심어져 있는 **심복사** 경내에 들어오게 된다. 그런데 이 절에서 마을 안길로 조금만 들어서면 좀처럼 보기 힘든 '소 무덤'을 볼 수 있다. 봉긋한 봉분은 물론 반듯하게 쌓아 올린 축석, 커다란 상석을 보아하니 경건하고 귀하게 모시는 무덤이 틀림없다. 앞서 소개했던 원균의 의마총처럼 주인에게 충성을 다해 묻히는 말 무덤은 봤어도 소를 위해 만든 무덤은 좀처럼 보기 힘들었다. 이야기는 고려 말로 거슬러 올라간다.

평택 아산호 일대에서 고기를 잡던 천씨 노인이 그물을 걷어 보니 큰 돌이 딸려 올라왔다. 처음엔 대수롭게 생각하지 않고 버렸지만 다시 한번 딸려 올라와 자세히 살펴보니 불상이었다. 그는 불상을 짊어지고 산을 올랐고 불상이 무거워져 더 이상 움직일 수 없던 자리에 불상을 봉안했는데, 그때 소들의 도움으로 폐선의 목재를 불상의 자리에 옮겨 절을 지은 것이 현재의 심복사다.

이 소 무덤은 심복사 창건에 도움을 준 소 세 마리의 무덤이다. 심복사의 정확한 창건 연대는 알려져 있지 않지만, 고려 시대 바다에서 건졌다는 설화로 미뤄볼 때 고려 시대에도 존재했을 것이라고 추측할 뿐이다. 절의 규모가 크진 않았지만 주 불전인 대적광전에 모셔진 돌부처 '비로자나불좌상'을 친견하니 전설로만 여겨졌던 일들이 마치 역사의 한 장면처럼 생생하게 다가왔다.

안중읍 외각에 자리 잡은 **약사사**도 빼놓으면 섭섭해할 만한 평택의 사찰이다. 대웅전에 자리 잡고 있는 '석조지장보살좌상'을 놓치지 말기 바란

신숙주사당 입구

다. 그리고 원균, 정도전 다음으로 평택을 연고로 두고 있는 인물 신숙주의 사당도 평택 안중에 자리 잡고 있다. 신숙주는 뛰어난 능력을 바탕으로 세종 시기 훈민정음을 창제하는 데 일조했지만, 단종을 버리고 세조에게 붙으면서 영달을 선택한 변절자의 한 표상으로 여겨지기도 한다. 심지어 숙주나물이라는 명칭도 그런 유래로 오랫동안 알려져 왔다.

하지만 외교에 능통해 대마도에서 계해약조를 맺은 것은 물론이고, 여진족과 반목이 있을 때 여진 외교를 담당하며 여진 추장을 화합시키는 역할도 도맡아 했다. 실제로 그는 중국어, 일본어, 여진어, 몽골어 심지어 위구르어에도 능통한 조선의 천재였다. 그럼에도 불구하고 대세를 따른 업

수도사의 원효대사 깨달음 체험관

체험관 내부의 재현되어 있는 동굴

보를 지금까지 지고 있는 것이다.

　이제 마지막 발걸음은 평택 포승읍에 위치한 아산만이 내려다보이는 사찰인 수도사로 향한다. 이 사찰은 신라 시대를 대표하는 고승인 원효대사가 의상대사와 함께 당나라 유학길에 오르던 중 수도사 부근 토굴에서 해골바가지 물을 마시고 깨달음을 얻은 일화로 유명하다. 비록 임진왜란 때 소실된 후 1960년 새롭게 지어져 예전의 자취는 전혀 느낄 수 없었지만, 아쉬운 대로 이곳저곳 둘러봤다.

수도사의 언덕에 자리 잡은 원효대사 깨달음 체험관에서는 원효대사의 일대기는 물론, 비를 피해 갔던 토굴을 그대로 재현해 그때 상황과 비슷한 경험을 해볼 수 있는 독특한 전시관이다. 원효대사는 해골바가지 사건 이후 당나라 유학길을 포기하고, 자유로운 상태에서 널리 배움을 구했다. 그는 '나무아미타불 관세음보살'이라는 염불 하나로 왕족과 귀족만 믿던 불교의 대중화를 이끌었다.

뿐만 아니라 『십문화쟁론』, 『대승기신론소』 등 불교에 큰 영향을 끼친 저작과 불교계의 화합을 이끈 화쟁사상은, 각종 분야에서 분열과 갈등이 일어나고 있는 우리 사회에서 반드시 되새겨 봐야 할 사상이지 않을까 싶다. 평택호가 가장 잘 보이는 평택호 관광 단지에 가서 해가 떨어지는 노을을 천천히 살펴본다. 평택은 수많은 역사적 인물이 각기 다른 흔적을 남기고 있지만, 원균 장군만큼 정도전, 신숙주사당의 관리와 콘텐츠 개발에도 힘써 주었으면 하는 바람이 있다. 경기 남부의 풍요로운 도시, 평택이었다.

[안성]

안성맞춤의 고장, 풍요로웠던 조선 3대 상업 도시

안성맞춤의 고장,
풍요로웠던
조선 3대 상업 도시

궁예의 흔적이 진하게 남아 있는 안성과 미륵불

이번에 찾아 갈 고장은 바로 안성이다. 라면 브랜드 '안성탕면'과 '안성맞춤'이라는 단어 외에는 사람들에게 각인된 이미지가 부족해 안성의 진면목을 제대로 알지 못하는 사람들이 많다. 하지만 안성은 경기도의 여느 도시 중 가장 매력이 풍부한 도시라고 할 수 있다. 함께 살펴보도록 하자.

동쪽 끝에 위치한 죽산면 일대는 예로부터 영남대로가 조령과 추풍령 일대로 갈라지는 분기점이었다. 그래서 사람들의 흔적만큼이나 역사의 향기가 진하게 남아 있다. 봉업사지 오층석탑도 있고 태평미륵이라 불리는 매산리 석불입상도 볼 수 있지만, 죽주 지역의 가장 큰 볼거리는 바로 죽주산성이다. 몽골의 매몰찬 침략도 왜란도 이겨낸 이 산성의 실체가 어떨지 무척 궁금해 주차장에서 죽주산성의 동문까지 꽤 경사진 길을 빠르게 올라갔다.

그 길의 끝에 있었던 문루는 이미 불타 없었지만 성벽과 문의 형태는

죽주산성의 동문

고스란히 남은 동문이 있었다. 비봉산의 능선을 따라 이어져 있는 성벽 안으로 들어서니 텅 빈 공터만 남아 쓸쓸함을 더했다. 아마 예전에는 몽골의 침략을 피해서 피난 온 백성들과 성을 사수하는 병사들로 가득 찼을 것이다. 주위를 둘러보던 중 몽골의 침략을 맞아 죽주산성에서 큰 공을 세운 송문주 장군 사당의 안내판이 보였다. 아직 잘 알려져 있진 않지만 죽주산성을 언급하며 이 장군의 일대기를 짚지 않고 그냥 넘어갈 순 없다.

유난히 외침이 많았던 고려지만 그중에서 40년 동안 여섯 차례나 침입한 몽골의 침입은 가장 피해가 극심했고 고통스러웠다. 전 세계를 돌아다니며 피해를 주었던 몽골은 고려 민중의 항쟁이라는 의외의 상황을 마주하게 되었다. 안성의 죽주산성도 마찬가지였다. 그 중심에는 바로 송문주 장군이 있었다. 몽골의 1차 침입 때 박서 장군과 함께 귀주성전투에서 승리한 경험이 있던 송문주 장군은, 3차 침입 당시 몽골군이 죽주 근처에 들어오자 백성들을 산성으로 대피시킨 뒤 결사항전을 펼칠 준비를 했다.

몽골은 처음엔 송문주 장군을 회유하려 했지만, 그는 오히려 성안의 군사를 출격하며 굳건한 의지를 보여 주었다. 몽골은 본격적으로 죽주산성을 공격하기 시작했다. 비봉산을 의지하며 굳건히 지키고 있던 고려군을 공격하기에 가장 효과적인 수단은 바로 포였다. 성의 사면을 공격하여 성문이 포에 맞아 무너질 정도로 위기였지만 성안의 군민은 혼란에 빠지지

죽주산성의 포대와 오동나무

[안성] 안성맞춤의 고장, 풍요로웠던 조선 3대 상업 도시

않고 침착하게 대응하기 시작했다. 역시 포를 이용해 몽골군의 침입에 대응했고 적절한 타이밍에 성의 군사를 몰고 대응해 나가, 결국 몽골군은 15일간의 전투에서 끝끝내 죽주성을 함락시키지 못하고 철수하기에 이르렀다.

송문주 장군 사당

송문주 장군은 전투에서 몽골군을 격퇴한 경험을 살려 공격 방법을 예측하고 적절하게 대응함으로써 그들의 공격을 무력화시키는 데 큰 공을 세웠다. 이후 그를 가리켜 신명(神明)이라 일컬었고, 지금도 산성에는 그의 사당이 남아 있다. 사당은 성벽 먼저 한 바퀴 돌고 내려오는 길에 둘러보기로 한다. 비록 세월이 수백 년 흐르긴 했지만 성벽은 변함없이 굳건하게 이어져 있다. 성벽을 따라 오르는 산책 코스로도 인기가 많아 적잖은 사람들이 길을 따라 걷고 있는 광경을 종종 마주하게 된다.

나도 동문에서 동쪽 능선을 따라 성벽을 걸어 봤다. 이제 여름으로 들어가는 시기인 만큼 풀은 발목까지 무성하게 자랐고, 성벽을 지키던 병사 대신 여치와 메뚜기들이 노닐고 있었다. 날이 꽤 더웠지만 산 위에서 부는 바람이 온몸을 시원하게 적셔 주었다. 성벽 아래를 내려다보니 과연 천혜의 요새라 할 만큼 전망이 무척 훌륭했다. 어쩌면 이런 경치를 보기 위해 사람들이 이 산성을 찾는지도 모르겠다. 하지만 죽주산성의 하이라이트는 동쪽 성벽과 북쪽 성벽이 만나는 지점의 포루다. 성벽을 따라 걷다 보면 어느 순간 풀로 덮인 평원이 나타나고, 범상치 않은 돌무더기의 포루와 어림 잡아 몇백 년 이상 되어 보이는 오동나무 한 그루만 그곳을 지키고 있었다.

좀처럼 보기 힘든 광경이라 할 만했다. 절반 이상 무너져 버린 포대와 오동나무 밑으로 죽산면 일대가 훤히 들여다보인다. 돌무더기 한편에 기대앉아 예전 죽주산성의 모습을 상상해 보았다. 아마 송문주 장군도 이 포대에 서서 저 멀리 몽골군의 동향을 계속 주시했을 것이다. 이 글을 보는 독자들에게도 감히 추천할 정도로 아름다운 장소였다.

성벽을 한 바퀴 돌면 호젓한 숲길로 들어서게 되는데, 길은 어느덧 비봉산으로 올라가는 길과 성벽을 돌아오는 길로 갈린다. 비봉산 정상까지 밟고 싶었지만 앞으로 마주해야 할 안성의 매력이 많기에 아쉬움을 뒤로하고 다시 원점으로 돌아왔다.

다시 동문으로 내려가는 길에는 송문주 장군의 사당이 있었다. 하지만 진입로에 풀이 무릎까지 자라 좀처럼 접근하기 힘들었으며, 사당의 문은 굳게 잠겨 그를 마주할 수 없었다. 아쉬움을 뒤로하고 산성의 성안 구역을 이리저리 둘러봤다. 조그마한 절 한 채를 제외하고는 대부분이 공터로 남아 있었지만, 성의 중심부엔 아직도 마실 수 있는 물이 나오는 약수터가 있어 등산객들의 갈증을 달래 준다. 이런 풍부한 수자원이 있었기에 난공불락의 요새로서 존재하지 않았을까 하는 역사적 상상을 해본다.

언제가는 꼭 비봉산 정상까지 올라가고야 말겠다는 미완의 다짐을 남겨 둔 채 이제 죽산면의 다른 문화재를 찾아 가보기로 한다. 죽산면은 터미널에서 걸어서 갈 수 있을 정도로 비교적 문화재가 밀접하게 모여 있는

[안성] 안성맞춤의 고장, 풍요로웠던 조선 3대 상업 도시

태조 왕건의 어진을 모신 봉업사지   봉업사지 오층석탑

지역이다. 그만큼 이 지역의 중요성이 대단했다는 걸 뜻할지도 모른다. 그 증거를 보여 주는 것 중 하나가, 현재 논밭 한가운데 자리한 봉업사지의 오층석탑이다. 지금은 찾는 이 하나 없는 한적한 폐사지지만 이 절터에서 발굴된 유물의 명문을 통해 이곳이 태조 왕건의 초상화를 보관하던 진전 사원(眞殿寺院)이었다는 것이 밝혀지면서 이 절의 중요성이 다시 한번 부각 되었다.

　　현재 절터에 남아 있는 것이라고는 절의 당(幢: 불화를 그린 기)을 걸던 당 간지주와 고려 초기의 오층석탑이 전부다. 하지만 봉업사지는 비봉산 자 락을 병풍처럼 두르고 천 년 동안을 그 자리를 지키고 서서 우리에게 많은 감동을 남겨 주고 있다. 이 근처에는 유난히 불교 유적이 많다. 여기서 도보로 10분만 걸으면 통일 신라 시대의 유명한 고승인 혜승 국사와 관련 있는 죽산리 삼층석탑이 있으며, 뒤로 100m만 더 들어가면 죽산리 석불입상도 있다. 그 미륵불들을 보러 가는 길이 쉽지만은 않았지만, 안성까지 내려온 주 목적은 이 도시에 산재하는 미륵불들을 친견하는 것이니 열심히 가보도록 하자.

봉업사지에서 태평미륵이라고 불리는 매산리 석불입상으로 가려면 논두렁길을 지나가야 한다. 걸어서 가면 산책하기에 꽤 괜찮은 길일지 모르겠지만, 차로 갈 경우 난처한 상황이 발생할지도 모른다. 길이 고르지 않은 건 물론이고, 웅덩이가 깊게 파여 잘못하면 차가 망가질 뻔할 위험천만한 상황도 있었다. 그런 위기를 겪고, 드디어 태평미륵에 도착했다. 다소 둔탁

태평미륵의 전경   안성에는 미륵불이 유달리 많다.

해 보이기도 하는 거대한 미륵보살은 후에 관촉사의 은진미륵에도 영향을 끼칠 정도로 미술사에서 중요한 작품이라고 한다. 엄숙했던 통일 신라 시대의 불상과 달리 지방 사람들과 소외된 사람들의 마음이 담긴 듯했다. 궁예도 여기 죽주산성에서 기훤의 휘하에 들어가면서 본격적인 활동을 시작했는데, 비록 그는 몰락했지만 지금도 안성의 곳곳에는 미륵불의 상당수가 남아 있다. 이 밖에도 수많은 문화재가 산재해 있으니 날을 잡고 방문해 보면 어떨까?

안성의 시내를 걸어가다

유럽의 도시를 걸어 다닐 때마다 항상 부러운 점이 하나 있었다. 중세 시대의 시가지나 아름다운 건물들을 살필 수 있다는 게 주된 이유겠지만, 굳이 다른 교통수단을 이용하지 않아도 걸어서 웬만한 명소들을 둘러보는 게 가능하다는 것도 부러운 점 중 하나다. 우리나라의 도시들은 1970년대 산업화가 계기가 되어 급속도로 팽창했기에 100년 전의 자취를 좀처럼 찾기 힘들뿐더러, 경주나 전주 등 소수의 도시를 제외하면 주요 명소가 시 외곽에 자리해 명소에서 그 도시의 이미지를 떠올리기가 어렵다.

하지만 기대를 별로 하지 않았던 안성 시내에서 뜻밖의 수확을 하게 되었다. 안성 시내는 차분한 느낌을 주는 도심을 기준으로 다양한 볼거리가 산재해 있으며, 하루 정도 시간을 두고 천천히 걸으면 예스러운 분위기는 물론 불교, 천주교 관련 문화유산과 한옥이 펼쳐진 거리 그리고 옛 추억을 떠올리게 하는 맛집까지 다채로운 매력이 있다. 수많은 관광객으로 숨 쉴 틈이 없는 경주나 전주 못지않게 역사 도시로서의 잠재력이 충분하다고 본다.

안성천을 중심으로 안성 1, 2, 3동으로 나누어져 있는 안성의 도심은, 현재는 스타필드를 비롯한 각종 쇼핑몰이 들어와 있는 공도읍에 조금은 밀리는 기세지만 과거부터 지금까지 변함없이 안성의 중심지 역할을 맡아 오고 있다. 과거에는 전주, 대구와 함께 조선의 상권을 주름잡던 도시였건 만 지금은 경기도에서 꽤 한적한 도시에 무슨 볼거리가 있을까 의문을 가 진 독자분들도 있을 것이다. 이제부터 안성 도심의 매력을 함께 찾으러 떠 나 보도록 하자.

안성 시내에서 어디를 먼저 가야 할지 고민이라면, 일단 한국인의 솔 푸드인 국밥을 먼저 먹으러 가보자. 특별할 거 없는 국밥이라는 음식을 굳 이 안성까지 가서 먹어야 할까 하는 의문이 들 수도 있지만 안성에는 경기 도에서 가장 오래된, 백여 년의 역사를 지닌 식당이 있다. 1920년부터 우 시장으로 번성했던 안성장터 한 귀퉁이에서 가마솥 하나만 들고 장국밥을 팔기 시작해, 어엿한 기와집에서 3대째 장사를 이어 가고 있는 안일옥이 바로 그곳이다.

안성은 도심을 벗어나 어디를 가든지 한우 농장을 쉽게 찾을 수 있을 정도로 한우가 유명한 고장이다. 그 덕택에 안성에선 맛있는 국밥을 어디 서든 먹을 수 있는데, 특히 안성축협 한우프라자의 갈비탕은 늘 사람들로

안일옥의
대표 메뉴 설렁탕

경기도에서 가장 오래된 식당, 안일옥

붐벼 오픈 시간에 가지 않으면 먹기 힘들 정도로 인기가 높다. 하지만 전통과 역사로 봤을 때 안일옥의 국밥을 먹지 않는다면 안성 여행을 절반만 한 격이 되지 않을까 생각한다. 오래된 식당인 만큼 낡은 탁자와 빛바랜 신문 기사들, 단골들로 보이는 어르신 손님들, 모든 것이 정겨웠다.

이 식당의 대표 메뉴는 아무래도 설렁탕이다. 그 밖에도 우족, 꼬리, 도가니, 머리 고기, 우설, 양지 등을 모두 넣고 끓인 안성맞춤우탕도 유명한데, 좋은 재료가 들어간 만큼 가격도 비싸다. 어느덧 설렁탕이 나오고 과연 그 맛이 어떨지 한 숟가락을 조심스럽게 떠먹어 봤다. 식당의 연륜만큼이나 깊고 진한 육수의 맛이 우러나는 훌륭한 맛이었다. 앞으로도 식당의 명성이 잘 유지되길 바라며 다음 장소로 이동한다.

앞서 매산리 석불입상(태평미륵)에서 언급했듯이 안성에는 미륵불이 유독 많이 남아 있다. 안성 시내도 예외가 아니다. 주공 아파트를 배경으로

서 있는 장승과도 같은 독특한 인상의 '아양동 석불입상'이 바로 그것이다. 몸의 비례도 엉성하고 전체적으로 투박한 솜씨지만, 그렇기에 일반 민중들에게 친숙하게 다가와 지금까지 생명력을 이어 가지 않았을까 한다. 예전 이 일대에 살던 마을 사람들은 두기의 석불을 가리켜 큰 것은 할아버지, 작은 것은 할머니 미륵으로 불렀다고 한다. 역시나 고려 시대의 석불로 추정되는 만큼 안성 일대의 미륵불에 관한 신비로움과 궁금증이 일어난다. 앞으로도 안성의 미륵불 탐험은 쭉 이어진다.

이제 잠시 길을 남쪽으로 돌려 안성천 건너편에 있는 다음 목적지로 가 보려고 한다. 웬만한 강 못지않게 폭이 넓은 안성천은 한강이나 청계천 같

아파트를 배경으로 자리 잡은 아양동 석불입상

은 다른 하천처럼 번잡하지 않아 시원한 강바람을 맞으며 걷기 좋았다. 안성천의 남쪽은 북쪽과 달리 임야 지대가 대부분이지만, 우리는 이쪽에서도 문화재를 마주할 수 있다. 도기동 마을로 들어가는 입구의 언덕 꼭대기에 고려 후기에 조성된 것으로 추정하는 '도기동 삼층석탑'이 자리해 있다. 상식적으로 보통 석탑은 절의 앞마당에 세워지는

안성천 변에 있는 도기동 삼층석탑

게 일반적이지만, 도기동 삼층석탑은 절터라고 하기 어려운 위치에 있어 예불 이상의 다른 목적이 있었을 것으로 보인다.

독특한 비례의 삼층석탑을 한 바퀴 돌아본 후, 언덕 위에서 내려다보이는 경치를 보면서 내 나름의 추론을 해보았다. 아마도 안성의 다른 동네에서 보이는 미륵불과 마찬가지로 이 마을의 무사 평안을 빌기 위한 장승같은 존재가 아닐까 싶었다. 다시 계단을 내려와 입구에 적혀 있는 설명문을 읽어 보니, 이곳 도기동의 마을 생김새가 마치 거북이 모양처럼 보였기에 거북이가 안성천을 건너면 마을이 망한다는 풍수지리적 믿음으로 거북이를 움직이지 못하게 탑을 세웠다고 한다. 처음엔 그런 목적으로 세워졌을지 모르지만 예나 지금이나 마을을 바라보는 수호신처럼 든든하게 서 있는 석탑의 존재에 경이감을 표하게 된다. 안성 도심에서 멀지 않은 곳에 위치한 문화재들의 개성과 사연이 범상치 않다.

낙원역사공원   낙원역사공원의 석불들

　다시 안성천을 건너 시내로 돌아왔다. 안성 시내는 더 이상 조선 시대처럼 사람들로 붐비진 않지만, 시간이 1970~80년대에 멈춘 듯한 건물이 여기저기서 눈에 띈다. 우리 주변에서 좀처럼 보기 힘든 슬레이트 지붕의 대장간과 방앗간, 쌀 정미소 그리고 동네 아이들의 아지트였던 만화방까지, 어른들에게는 예전 추억을 더듬어 볼 수 있고, 아이들에게는 신기한 이색 명소로서 충분히 가볼 만한 거리다. 이제 골목을 지나 낙원역사공원에 도착했다.

　원래 이름은 안성공원이라 하는데 정확한 유래는 알 수 없으나 기록상 1920년대부터 근대적 공원으로 사용되었고, 오랫동안 안성 시민들의 휴식과 문화 공간으로 사랑받아 왔다. 그러던 중 수목이 울창한데 정자 하나만 있는 것을 안타깝게 여긴 지역 유지가 정자 세 개를 짓고 죽산에 있는

　　　　　　　[안성] 안성맞춤의 고장, 풍요로웠던 조선 3대 상업 도시

근대문화재로 지정된 안성1동주민센터

석불과 보개면에 있던 고탑 등을 옮겨 오게 하면서 지금의 틀이 갖춰진 것이다. 현재는 석불좌상, 석탑, 49기의 비석 등 안성에 흩어져 있던 다양한 석조 문화재를 한자리에서 볼 수 있는 야외 석조 박물관이라 할 수 있다. 따로 있으면서 아무도 주목하지 않았던 석조물을 단지 공원을 가볍게 산책하면서 쉽게 접할 수 있으니 그야말로 일석이조가 아닐까 싶다.

의외로 도시 전체에 걸쳐서 역사의 향기가 물씬 풍기는 안성을 제대로 알고 나니 길가에 서 있는 사소한 돌덩어리든 이름 없는 건물이든 허투루 보이지 않는다. 낙원역사공원 맞은편에 안성1동 주민센터가 위치해 있다. 등본 뗄 것도 아닌데 안성까지 와서 갑자기 주민센터를 언급하냐고 묻는 사람이 있을지도 모른다. 하지만 건축물에 문외한인 사람이라도 이 건물의 외형이 범상치 않음을 바로 느낄 수 있다.

붉은 벽돌과 붉은 기와지붕으로 이루어진 서양식 스타일의 안성1동주민센터는 자그마치 1928년에 지어져 안성군청으로 쓰였던 건물이다. 일제강점기까지 상업 도시로 번성했던 안성의 행정 시설은 예전엔 안성의 옛 관아 터로 자리했는데, 그 후 안성초등학교가 들어선 자리로 옮겼다가 1920년대에 들어와서 이 자리에 지어졌다고 한다. 해방 후 1966년까지 군청사로 쓰이다가 다른 자리로 이전하고 난 뒤 안성읍사무소로 사용되었고, 현재의 주민센터로 자리 잡게 되었다.

평면 구성과 입면 처리 등 당시의 건축적 특징은 물론, 일제강점기에 건립된 관공서 건물 자체의 보존 상태가 훌륭하기에 등록문화재로도 지정된 곳이다. 건물 자체도 특이할뿐더러 기대하지 않았던 장구함에 한 번 더 놀라지 않을 수 없었다. 이런 건물을 현재도 관공서로 사용하고 있다는 사실 자체가 안성이 가진 문화적 자산이 결코 만만치 않다는 것을 보여 준다. 안성이 가진 매력은 시내 뒤편에 위치한 한 성당으로 이어진다. 바로 구포동성당이라 불리기도 하는 안성성당이다.

지금까지 미륵불과 석탑, 당간지주 등 불교 위주의 문화재만 계속 둘러봐서 안성에는 왜 불교 유적밖에 없을까 하는 의문이 들지도 모른다. 하지만 안성에는 유명한 성지와 백여 년의 역사를 자랑하는 성당 등 천주교와 관련된 역사의 흔적도 진하게 남아 있다.

깔끔한 입구를 지나 계단을 오르면 너른 마당이 보인다. 그 옆에는 안성성당의 100주년을 기념하며 새롭게 건립된 '착한 의견의 모친성당'이라 하는 초현대적 건물이 나타난다. 그 바로 정면을 보면 로마네스크 양식(고

[안성] 안성맞춤의 고장, 풍요로웠던 조선 3대 상업 도시

한옥과 절충된 양식의 안성성당   안성성당 입구에 새롭게 자리한 성당

딕 미술에 앞서 중세 유럽 전역에 발달했던 미술 양식)의 고풍스러운 안성성당이
있다.

　안성 지역은 1866년 병인박해 당시 죽산, 미리내 등지에서 많은 천주
교 신자가 순교(殉敎)하는 등 박해를 받았지만 꾸준히 신자 수가 증가하던
도시였다. 그래서 성당의 필요성은 날로 증가했고, 결국 1901년 프랑스
신부 안토니오 꽁베르(Antonio Combert)에 의해 처음 건립되었다.

　처음엔 군수를 지낸 백씨의 집을 사서 임시 성당으로 사용하다가 1922
년, 지금의 성당을 짓게 되었다고 한다. 목재와 기와는 보개면에 있던 동안
강당을 헐어서 활용했고, 다른 목재는 압록강에서 운반해 오는 등 성당을
짓기 위한 노력이 대단했다고 전해진다. 한옥의 재료인 목조 기둥, 서까래,

기와 등을 가지고 성당을 지었으니 정면은 평범한 성당의 외형을 하고 있지만, 측면은 우리나라 한옥의 양식을 가지고 있는 것을 볼 수 있다. 한옥과 양옥의 절충적 양식을 지닌 독특한 형태의 성당인 것이다.

성당을 측면을 보면 아래 지붕이 위 지붕을 받치는 모습이 눈에 들어온다. 하지만 내부는 2층 건물이 아니라 단층 건물의 형태를 지니고 있다. 주로 우리나라 사찰 건물에서 볼 수 있는 형태다. 성당을 주위를 따라 성모상과 예수의 고난이 조각되어 있는 부조가 쭉 이어지는 산책 길로 구성되어 있는데, 이 길을 따라 성당을 측면과 후면을 제대로 감상해 본다. 처음에 정면을 봤을 때 일반적인 성당의 양식을 가지고 있어서 특별한 점을 느끼지 못했다. 로마네스크풍 건물에 한옥 기와를 얹은, 전혀 생각도 못 한 문화의 결합을 이 건물에서 보게 될 줄 꿈에도 몰랐다.

전주의 경기전과 맞은편의 전동성당에서 느꼈던 감동을 안성성당에서 또 한 번 받았다. 성전의 정원을 거닐다 보니 낯선 이방인의 흉상이 눈에 띈다. 바로 성당을 건립한 초대 신부 안토니오 꽁베르의 상이다. 그는 안성의 천주교 교세 확장에 있어 중요한 역할을 수행한 분이다. 현재 안성에서 빼놓을 수 없는 유명한 작물인 포도를 한국 땅에 처음으로 가져와 성당 앞마당에 심기 시작하면서 우리나라 포도 재배 역사의 기틀을 마련하기도 했다. 현재도 안성 서운면 일대에 가보면 마을 전체에 포도밭이 펼쳐지는 광경을 흔하게 접할 수 있다. 하지만 꽁베르 신부는 한국전쟁 당시 납북되면서 옥사했다고 전해진다. 그가 남긴 여러 성과는 지금도 안성의 문화를 풍요롭게 만들고 있으니 감사한 마음으로 누려야겠다.

안성 시내를 다니며 수많은 문화재와 아름다운 성당까지 보고 나니 배꼽시계는 때를 맞춰 허기짐을 알리고 있다. 안성 전역에 걸쳐 수많은 맛집이 있지만 아침에 한국인의 솔푸드인 국밥을 먹은 만큼 점심엔 왠지 색다른 음식을 먹고 싶어졌다. 30년의 내공을 지닌 추억의 경양식 맛집이 시내 한복판에 자리하고 있다. 이

마로니에의 경양식은 현재도
안성 시민의 많은 사랑을 받는다.

름도 정겨운 마로니에라는 간판을 달고 있는 레스토랑인데, 여길 가려면 자연스레 안성 중앙시장을 지나게 된다.

안성은 예로부터 교통의 요지에 위치해 대구, 전주와 함께 조선 시대 3대장으로 손꼽히기도 했다. 상업 활동이 왕성해 연암 박지원의 「허생전」의 배경과 남사당패의 본고장으로 유명한 안성은 개항 이후 일제강점기를 거치면서 쇠락하기 시작했다. 경부선 철도가 안성을 비켜가 평택으로 거쳐 간 게 주된 원인이었다. 하지만 이런 점이 안성의 수많은 무형, 문화유산이 고스란히 보존된 까닭일지도 모르겠다. 현재는 중앙시장과 안성맞춤시장이 아케이드로 연결되어 있어서 비가 오는 날에도 편리하게 쇼핑을 즐길 수 있고, 주차 시설도 비교적 충실하게 갖춰져 있다.

안성의 대표 특산물인 배, 포도, 한우, 쌀 등은 물론 다양한 볼거리가 시장 전체에 두루 퍼져 있었다. 시장 상인들과 주민들의 정다운 모습들과 그 속에서 안성만의 새로운 특색을 만들려고 하는 노력들이 엿보여, 안성

에서 활기찬 모습을 보고 싶다면 안성의 시장들을 둘러보길 추천한다. 시장을 둘러보며 길을 내려와서 옆 골목으로 조금 꺾으면 예스러운 분위기가 풍기는 마로니에의 간판이 보이게 된다. 이제 2층에 올라가 마로니에의 유명한 경양식을 한번 맛보도록 하자.

가게 분위기는 나의 예상대로 시간이 1980년대에서 멈춘 듯한 풍경이었고, 안성 일대의 어린이들이 가족과 함께 외식하러 오는 패밀리 레스토랑으로 이용되는 듯했다. 레스토랑 주인의 정다운 모습과 어린아이들의 천진난만한 모습이 참 보기 좋았다. 돈가스와 오므라이스 세트를 주문해서 먹어 보니 베이크드빈(baked beans)이 들어간 평범한 경양식 돈가스였지만, 기본에 충실했고 예전의 추억을 떠올릴 만한 맛이었다.

안성의 도심을 한나절 돌아보며 과거부터 현재까지 시간 여행을 알차게 즐겼다. 비록 잘 알려지진 않았지만 앞으로 안성시에서 스토리를 엮어서 게스트 하우스 등의 숙박 시설과 체험 시설을 알차게 갖춰 놓는다면, 관광 도시로서의 잠재력은 충분하다고 본다. 이제 하룻밤 푹 쉬고 다음 여행지로의 여정을 준비한다.

드라마 <도깨비> 촬영지 석남사와 남사당패의 탄생지 청룡사

　이제 좀 더 범위를 넓혀 안성 전역에 걸친 불교 유적을 중심으로 답사를 이어 가고자 한다. 안성에는 크고 화려하거나 국보급 유적을 다수 지닌 사찰은 없을지 몰라도 절마다 가지고 있는 개성과 스토리가 각기 다르기에 전부 가볼 만한 가치가 있다. 궁예와 임꺽정 그리고 어사 박문수까지 이름만 들어도 강렬한 인물들이 거쳐 간 만만치 않은 내공의 사찰이 칠현산 자락에 자리 잡고 있었다.

　칠장사라고 불리는 이 절에 가기 위해서는 안성의 산골을 꽤나 깊숙하

궁예가 동자승으로 지냈다고 전해지는 칠장사

게 들어가야만 한다. 안성은 강원도만큼 높은 산은 존재하지 않지만 칠장산, 서운산 등 명산이 많고, 그 골짜기를 따라 수많은 물길이 모여 안성 전역에 걸쳐 큰 규모의 저수지가 생겨났다. 그중 금광, 고삼, 청룡호수는 안성팔경에도 뽑힐 정도로 경치가 뛰어나기에 많은 사람이 휴식과 자연을 즐기려 찾고 있다. 산길을 따라 청룡사로 들어가야 하는데 가는 길의 풍경이 아름다워 좀처럼 눈을 떼지 못했다.

산자락을 따라 이어지는 초지의 목가적인 풍경, 거기에는 수많은 소 떼가 자유롭게 풀을 뜯어 먹으며 놀고 있었다. 이 길의 끝에는 안성을 대표하는 명찰 칠장사가 자리한다. 다양한 인물이 거쳐 간 만큼 이 절에는 독특한 설화가 많다. 먼저 언급할 인물은 버려진 신라 왕자로 태어나 미륵 사상을 외치면서 나라를 세웠고, 나중에는 미쳐서 몰락하는 비극의 주인공, 궁예이다. 끝내 역사의 패자로 전락해 우리에겐 드라마 〈태조 왕건〉의 광기 어린 이미지로만 남아 있지만, 안성엔 궁예의 흔적이 꽤나 남아 있다. 그 대표적인 장소가 칠장사인데, 궁예는 유년 시절 왕권의 다툼을 피해 칠장사에서 동자승으로 지냈다고 전해진다.

궁예는 어린 시절 남다른 야망을 품고 있어 틈만 나면 활쏘기와 무예 연습에 열중했다고 한다. 그리고 칠장사를 거쳐 간 또 하나의 인물인 임꺽정 이야기를 하지 않을 수 없다. 조선 중기의 의적 임꺽정은 스승인 병해대사를 만나러 칠장사에 자주 들렸다고 한다. 천민도 인간답게 살 수 있는 세상을 꿈꾸던 병해대사의 사상은, 임꺽정의 활동에 많은 영향을 미쳤다. 임꺽정은 이후 스승을 위해 '꺽정불'이라 불리는 목조 불상을 만들었고, 그

불상은 지금도 칠장사 극락전의 본존불로 모셔져 있다.

수많은 이야기가 녹아 있는 칠장사의 매력은 일주문 바로 옆에 있는 '어사 박문수 둘레길'에서 시작된다. 칠장사의 '나한전'이라는 작은 불전과 조선 후기의 문신 박문수와의 남다른 인연 덕분이다. 박문수는 천안에서 한양으로 과거시험을 보러 가던 도중 칠장사에서 하룻밤을 묵게 되었다. 나한전에서 불공을 드리고 잠자리에 들었는데 꿈에 나한이 나타나 시험의 시제를 알려 줘 세 번째 도전 만에 과거시험에 합격했다고 전해진다. 그렇게 나한전 뒤편으로 어사 박문수 합격다리가 세워져 있고, 시험에 합격하길 소망하는 사람들의 소원이 적힌 리본이 주렁주렁 달려 있었다.

칠장사에는 꿈을 이루고 싶은 민중들의 소망이 담긴 전설이 녹아들어 있고, 조선 후기에 건립된 대웅전을 중심으로 명부전, 원통전, 극락전 등의 전각이 고색창연한 모습으로 배치되어 있다. 또한 국보 1점, 보물 5점, 경기도 유형문화재 7점, 향토 유적 2점 등 문화재가 풍부하다. 하지만 나의 시선은 명부전 처마 밑에 그려져 있는 벽화에서 멈췄다. 그 외벽에는 칠장사를 세운 혜소대사의 이야기와 궁예, 임꺽정과 얽힌 장면들이 그려져 있었다. 불전은 불교와 관련된 불화 위주로만 그려지는 게 일반적이라 재밌는 역사 만화를 본 듯 신선하게 다가왔다.

지면의 한계상 칠장사의 다양한 매력을 미처 다 소개하지 못해 아쉽지만, 나중에라도 칠장사를 방문할 마음이 있는 독자들이 있다면 칠장사가 담고 있는 수많은 이야기를 미리 알고 가서 더욱 풍성한 답사가 될 수 있기를 바란다. 이제 칠장사를 나와 속칭 '궁예미륵'으로 알려진 '안성 국사암

궁예와 그의 아들을 본떠
만들었다고 전해지는
국사암의 궁예미륵

석조여래삼존불입상'이 있는 국사암으로 이동해 본다. 그동안 경기도의
많은 고장과 명소를 두루 방문했지만 모든 방문길이 수월했던 건 아니었
다. 그중에서도 국사암으로 가는 길은 손꼽히게 험난했다.

차 한 대가 겨우 다닐 만한 급격한 오르막길을 힘겹게 올라간 그 길 끝
에는 조그마한 암자가 산 중턱에 웅크리고 있었다. 주차장에서 숨을 크게
들이쉬고 다시 급경사의 길을 천천히 올라가 본다. 그런데 이 올라가는 길
이 또 만만치 않다. 땀을 뻘뻘 흘리고 무릎을 잡으며 숨을 돌리길 수차례,
15분 동안의 예상치 못한 등산 끝에 궁예미륵이 있다는 국사암에 도착했
다. 절 자체는 최근에 지어진 듯 동네에서 흔히 접하는 암자의 모습이었지
만, 불전 바로 옆에는 심상치 않은 기운의 석조불 3기가 나란히 서 있었다.

전체적으로 투박하게 조성된 고려 시대의 전형적인 석불이고, 미학적
인 감동도 미술사적 의미도 크지 않다. 하지만 궁예라는 인물이 주는 강렬

한 인상 덕분인지 3기의 석불에 감도는 위압감이 묵직하게 느껴진다. 3기의 미륵불 중 가운데 큰 미륵은 궁예라 하고, 양옆의 미륵은 궁예가 죽인 두 아들인 청광, 신광이라 일컬어진다. 안성 일대의 미륵불의 흔적은 국사암으로 들어가는 초입의 쌍미륵사에서도 발견할 수 있다.

조그만 절 뒤편의 2단 석축 위에는 각각 10m의 간격을 두고 장승처럼 서 있는 2기의 석불과 기솔리 석불입상이 보이기 시작한다. 동쪽의 석불을 '남 미륵', 서쪽을 '여 미륵'이라고 부르기도 하는데 최근까지 고려 전기의 작품으로 알려졌었다. 하지만 근래의 연구 결과로 태봉 시기, 즉 궁예 정권 당시 조성된 것으로 밝혀졌다. 게다가 석불과 관련된 설화를 살펴보면 궁예의 설법을 들었던 사람들이 그 모습에 감동을 하여 세웠다는 일화도 전해지고 있다. 이를 미루어 볼 때 사실상 안성 땅은 궁예의 정신적 고향이 아니었을까 하는 생각이 든다.

안성과 궁예와 관련된 유적을 다시 한번 짚고 넘어가 볼까 한다. 그의 어린 시절 추억이 담긴 칠장사와 처음으로 세력을 의탁해 명성을 알리기 시작했던 죽주산성 그리고 수많은 미륵불이 안성에 있다. 한국사에서 가장 파란만장한 인생을 살았던 궁예, 그는 역사의 패배자로 사라져 갔지만 이곳 안성에서만큼은 그의 숨결을 엿볼 수 있었다. 사방에 퍼져 있는 안성의 문화재를 샅샅이 둘러보기 위해선 갔던 길을 다시 되돌아 가야 하지만 그만큼 안성의 이야기가 풍성하단 방증인 것 같다.

시내로 돌아가던 도중 석남사라는 표지판을 보고 좌회전을 하는 순간, 건너편에 범상치 않아 보이는 처마가 눈에 들어왔다. 한눈에 봐도 오래된 건축물이란 걸 짐작할 수 있어 그냥 지나칠 수가 없었다. 바로 고려 시대 주심포 양식(공포를 기둥 위에만 배열한 양식)이 남아 있는 조선 초기의 관아 건물로 알려진 안성객사가 보개면의 외딴곳에 자리 잡고 있던 것이다.

객사와 관아 건물은 고을을 다스리는 중심 건물로서, 보통 시내 한복판에 자리하는 게 일반적이다. 하지만 안성객사는 원래 안성 시내에 자리했다가 1995년 해체 수리를 하면서 지금의 자리로 옮겨졌다. 주변에 안성 향토사료관이 있어 이곳을 안성의 문화타운으로 만들고자 하는 의도임을 짐작할 수 있었는데, 문이 잠겨 들어갈 수는 없었다. 아쉬움을 뒤로하고 안성객사의 본격적인 답사를 시작해 본다. 한눈에 봐도 웅장하고 고풍스러

보개면으로 옮겨진 안성객사

[안성] 안성맞춤의 고장, 풍요로웠던 조선 3대 상업 도시

운 건축물이 인상적인 안성객사는, 정면에는 주심포 양식의 맞배지붕 집인 정청이 있고, 양옆엔 팔작지붕 집이 나란히 서 있었다. 고려와 조선의 양식이 결합된, 좀처럼 보기 힘든 건물 스타일이었다.

학계의 주목을 받고 있는 건물이기도 하고, 실제로 봐도 건물의 전체적인 이음새와 인상이 훌륭했지만 안성에서는 큰 대접을 받지 못하고 있는 듯했다. 안성객사가 시내 한복판에 자리했으면 안성의 기존 관광지와 연계하여 괜찮은 시너지 효과를 낼 수 있었을 것 같다는 생각이 들어 그 점이 아쉬웠다.

이제 서운산 자락 깊숙한 곳으로 들어가려고 한다. 눈여겨볼 안성의 특징 중 하나는 산골짜기마다 자리한 저수지다. 본래 농업용수를 공급하기 위해 만들어진 것이지만, 지금은 안성 시민을 비롯해 수많은 관광객이 자연을 즐기기 위해 찾거나 낚시를 즐기기 위해 오기도 한다.

이번 목적지인 석남사로 향해 들어가는 길 역시 초입에서 마둔저수지를 옆에 끼고돌아 들어가야 한다. 저수지는 수많은 강태공으로 북적거려 어수선하긴 했지만 그래도 물이 주는 시원한 풍경이 썩 나쁘진 않았다. 호수를 넘으면 바로 서운산의 울창한 산세를 정면으로 마주하게 된다. 그 가운데엔 서운산 자연휴양림이 있어 누구나 예약만 하면 자연의 품 안에서 하룻밤을 알차게 보낼 수 있다. 그 기회는 다음으로 미루고 옆의 산길을 따라 석남사에 도착했다.

한때는 동명의 울산 석남사보다 덜 알려져 아는 사람만 찾는 명소였지만, 드라마 〈도깨비〉에서 주인공이 풍등을 날리는 장면이 여기서 촬영되

화려한 다포 양식의 석남사 영산전

면서 날로 방문하는 사람들이 늘고 있다. 규모는 작은 편이지만 앞마당이 있는 다른 절들과 달리 지세를 따라 석축을 쌓고 단마다 건물이 들어서 있는 모습이 색달랐다. 그 덕분에 비슷한 구조의 영주 부석사와 마찬가지로 바라다보는 전망이 아름답다.

여러 전각이 있지만 그중에서도 가장 끝쪽에 있는 대웅전과 바로 밑단에 위치한 영산전에 아무래도 눈길이 갔다. 영산전이 팔작지붕의 화려한 자태를 뽐내는 데 반해, 대웅전은 맞배지붕의 단아한 느낌으로 대조적인 풍경을 만들어 내고 있다. 둘 다 조선 후기의 건축물인데 석남사의 맨 위에서 바라보는 그 조화로운 모습이 산수화의 한 장면인 듯 고요한 모습을 자

고즈넉한 석남사의 풍경

아내고 있었다. 드라마 덕택도 있겠지만 아마 이런 경치 덕분에 사람들이 꾸준히 찾는 듯했다.

정갈한 가람의 석남사를 뒤로하고 안성 불교 탐방의 마지막 목적지인 청룡사로 향한다. 서운산 자락의 북쪽 계곡에 석남사가 자리하고 있다면, 그 남쪽 계곡에는 청룡사가 존재한다. 서운산은 높이 547m로 그리 높은 산은 아니지만 안성의 진산(眞山)인 만큼 그 계곡의 깊이는 만만치 않았다. 그래서 산을 앞에 두고 길을 꽤 돌아서 남쪽으로 넘어가야만 한다. 그 초입에서는 포도로 유명한 서운면을 지나가게 된다. 우리나라에서 가장 먼저 포도를 재배하기 시작했고, 그 명성이 전국에 널리 알려졌던 안성 포도다.

바우덕이사당 앞에 자리한 바우덕이 동상 청룡사 위쪽에 자리 잡은 바우덕이사당

현재는 안성을 넘어 천안의 입장, 성거 지역까지 포도밭이 뻗어 있고, 이젠 영동, 영천의 포도가 더욱 유명세를 치르고 있다.

그래도 나지막한 포도나무가 끊임없이 펼쳐지는 풍경을 감상하다 보니 어느새 청룡사의 초입인 청룡저수지에 다다르게 되었다. 청룡사는 이 저수지를 지나면 바로 들어갈 수 있지만 청룡사 하면 바로 남사당패가 탄생한 것으로 유명하지 않은가? 청룡사로 가던 길에서 방향을 틀어 오른쪽 언덕으로 조금 올라가다 보면 자그마한 사당이 보인다. 이 사당이 바로 여성 출신으로 남사당패를 이끄는 꼭두쇠의 지위에 올라 대원군에게 옥관자를 받았던 그 바우덕이의 사당이다. 단 한 칸의 작은 규모로 만들어진 사당은 최근에 건립된 것으로 보이고, 그 한편에는 바우덕이의 동상이 서 있었다.

청룡사, 나아가 안성을 언급할 때 결코 빠져서는 안 되는 인물 중 하나

[안성] 안성맞춤의 고장, 풍요로웠던 조선 3대 상업 도시

가 바로 바우덕이다. 바우덕이의 일생은 구체적인 자료 형태로 전해지지 않고 구전으로만 알려져 사람마다 의견이 분분하다. 본명은 김암덕으로, 바위를 뜻하는 강원도 방언 '바우'에 '덕이'를 붙여 '바우덕이'라 불렸다. 1853년 안성 청룡사 근처에서 소작농의 딸로 태어나 5살의 어린 나이에 남사당패에 맡겨지며 성장했다. 바우덕이는 뛰어난 기량을 보이며 15살에 우두머리가 되었으며, 미모도 빼어났을 뿐 아니라 소고를 다루는 솜씨까지 뛰어났다고 한다.

마침 흥선대원군은 경복궁 중건이라는 대사업을 진행하고, 동원된 장정들을 위로하기 위해 남사당패를 서울로 불러오게 했다. 이때 바우덕이는 경복궁에서 소고와 선소리로 뛰어난 공연을 펼쳤고, 그 명성이 전국에 퍼지게 되었다. 이후 경기도 일대를 순회하는 공연을 펼쳤지만 유명함이 독이 되었던 걸까? 유랑 생활은 바우덕이의 건강에 악영향을 미쳐 22살의 어린 나이에 생을 마감하게 만들었다.

해마다 가을이면 바우덕이 축제도 열린다고 한다. 학자에 따라서 바우덕이가 실존하는 인물이 아니었다고 말하는 사람들도 있지만, 남사당패를 대표하는 아이콘으로 손색없다고 본다. 바우덕이가 다시금 재조명되어서 소설이나 영화, 드라마의 주인공으로 만들어지면 어떨까 하는 이런저런 생각을 하며 청룡사 경내로 들어왔다.

청룡사는 안성에서 가장 규모가 큰 절로 알려져 있다. 고려 시대에 창건되었으며 공민왕 시절 고승 나옹선사가 이름을 청룡사로 고치면서 크게 중창했다고 한다.

청룡사 대웅전의 수리 전 모습   대웅전은 2016년부터 2022년 3월까지
해체 보수 공사를 진행했다.

    청룡사의 대웅전이 조선 후기의 양식을 고스란히 보존하고 있어서 나름 기대를 가지고 청룡사로 찾아왔건만, 내가 방문했을 때는 해체 보수 공사가 진행되고 있어 대웅전의 모습을 제대로 볼 수 없었다(보수공사는 2022년 3월에 마무리되었다). 원래 답사는 조금씩 아쉬움이 있어야 다시 찾아올 수 있는 명분을 만들어 준다. 안성을 대표하는 명찰 청룡사, 석남사, 칠장사를 둘러보며 그 절에 얽힌 인물들과 이야기들을 함께 살펴보았다. 규모는 크지 않지만 각기 개성 다른 독특함이 인상에 남는다. 이제 안성의 다른 이야기를 찾으러 떠나 보자.

      [안성] 안성맞춤의 고장, 풍요로웠던 조선 3대 상업 도시

드넓은 초원이 펼쳐진 안성팜랜드와 안성맞춤의 원조 안성 유기

　며칠 동안 안성을 돌아다니면서 눈여겨볼 점이 군데군데 있었다. 우선 수도권에서 좀처럼 보기 힘든 소목장들이 도로를 지나갈 때마다 심심치 않게 보인다는 것이고, 다른 하나는 농협에서 운영하는 하나로마트의 규모가 다른 지방 도시에 비해서 꽤나 크다는 점이다. 실제로도 안성의 하나로마트 매출이 경기도에서도 두 번째로 높다고 하니 이 도시에서 농협의 존재감이 다른 동네보다 남다르게 다가올지도 모를 일이다. 우연의 일치일지 모르겠지만 이번에 가볼 장소가 안성의 다른 관광지에 비해 압도적으로 많은 관광객을 끌어오고 있는데, 이곳을 운영하는 것도 다름 아닌 농협이다.

　마치 유럽의 초지를 연상시키는 이국적인 풍경과 색다른 체험으로 젊은 사람들 사이에서 안성에 오면 꼭 가야 하는 관광지로 자리매김한 농협 안성팜랜드란 곳이다. '한국인이 꼭 가봐야 할 한국 관광 100선'에 선정되었고, 테마파크와 체험목장이 결합되어 남녀노소 누구나 즐거운 시간을 보낼 수 있는, 안성을 대표할 만한 여행지라 할 수 있다. 하지만 안성팜랜드가 처음부터 테마파크를 위해 지어진 장소는 아니었다. 1960년대 초 독일에서 선진 낙농 기술을 들여오기 위해서 한독낙농시범목장(이하 한독목장)이 들어섰던 역사가 있다.

　원래 안성팜랜드가 있던 신두리는 나무가 많고 풀이 많아 꼴 베기에 좋은 마을이라 하여 '섶머리', '섬머리'라고 불렀고, 목초지로 적합했기에

안성팜랜드는 현재 테마파크로 큰 인기를 누리고 있다.

1931년 당시 36가구 중 22가구가 축우 관련 일에 종사했다. 토지와 건물은 한국 측이 부담하고 젖소, 중장비, 기술자 등은 서독 측이 부담키로 하면서 한독목장의 본격적인 역사가 시작된 것이다. 1969년 한독목장이 설립되었고, 수많은 핵심 낙농 전문가를 육성 배출하면서 우리나라 낙농업 발전의 밑거름이 되었다. 1990년대에는 한우 번식 기반 확대에 중추적인 역할을 했고, 2011년 안성팜랜드로 새롭게 변모하면서 안성을 대표하는 관광지로 자리 잡았다.

안성팜랜드의 정문을 지나 테마파크 안으로 들어오게 되면 독일풍의 건물들이 눈에 띈다. 아무래도 독일과 인연이 있었던 만큼, 이국적인 분위

끝없는 초지가 펼쳐진 안성팜랜드

기를 테마로 삼고 마치 놀이동산에 온 것 같은 느낌을 받게 한다. 지금은 식당과 카페, 기념품점으로 쓰인 건물들을 지나 언덕으로 오르면 승마센터로 이어진다. 승마센터에서는 다양한 품종의 말들을 관찰할 수 있고 승마 체험도 할 수 있다. 나이에 따라 다양한 크기의 말들을 타볼 수 있는데, 특히 어린아이들에게는 잊지 못할 기억을 남겨 줘 큰 인기다.

승마센터를 나와 밑으로 내려가면 체험목장으로 이어진다. 우리 생활과 밀접한 관련이 있으면서 크게 눈여겨보지 못했던 다양한 품종의 돼지, 소, 양들을 한자리에서 볼 수 있는 흔치 않은 기회다. 먹이 주기 체험도 흥미로웠지만 가장 인상 깊었던 건 야외공연장에서 펼쳐지는 가축 공연쇼라 할 수 있겠다. 잘 훈련받은 동물들이 일사불란하게 공연을 펼치는 게 아니라, 드넓은 공연장을 마음껏 뛰노는 다양한 동물을 한꺼번에 볼 수 있었던 점이 인상 깊었다. 어린아이들을 데리고 온 부모들도 함께 즐길 수 있는 괜찮은 공연이니 스케줄을 체크해 꼭 보고 가길 바란다. 이제 안성팜랜드의 하이라이트라 할 수 있는 그림 같은 초원으로 올라가 보기로 하자. 수많은 SNS에 올라와 화제가 되고 있는 풍경답게 드넓은 호밀밭이 나의 두 눈을 가득 채우고 있었다.

마치 유럽의 풍경화에서 보던 그림의 풍경 그대로 펼쳐지는 드넓은 초원 한쪽에는, 소들이 풀을 뜯어 먹고 있었고 타조들은 마음껏 거닐고 있었다. 이 초지에서는 봄에는 유채밭과 호밀이 여름에는 해바라기가 가을에는 뮬리와 코스모스가 수놓는다고 하니 언제 가든 색다른 풍경을 마음껏 즐길 수가 있다. 어느덧 언덕 정상에 올라 주위를 둘러보니 왜 안성에 오면 안성팜랜드를 무조건 가야 하는지 이유를 알 것 같았다. 다음 가을을 기약하며 다른 장소로 이동해 보도록 하자.

다시 안성 시내로 돌아가 중앙대학교 안성캠퍼스 안으로 들어오게 되면 그 초입에 안성맞춤박물관이 자리해 있다. 안성을 대표하는 단어 중에 이른바 '안성맞춤'이란 말은 누구나 한 번쯤을 들어 봤을 것이다. 본래 안성은 삼남으로 이어지는 요지로서, 그 교통로를 기반으로 전국 최대의 장터인 '안성장'이 있었다. 이를 토대로 안성은 유기(놋쇠로 만든 그릇)를 비롯한 수공업이 발달했는데, 그중 특히 유기의 명성이 전국 각지로 뻗었다고 한다. 안성 유기에는 장에다 내다 팔기 위한 유기와 주문에 의해 개인의 기호에 맞춘 맞춤 유기가 있는데, 이 '안성맞춤 유기'에서 유기를 뺀 '안성맞춤'이 널리 전해진 것이다.

박물관의 1층으로 들어가게 되면 일제강점기 이래 안성에서 성행했던 주물유기 제작법 등 조선 시대 대표적인 유기 제작법과 제작 과정을 볼 수 있으며, 안성에서 제작된

안성맞춤박물관에서는 번성했던 안성 유기의 모습을 살펴볼 수 있다.

유기를 비롯하여 다양한 유기를 관람할 수 있다. 특히 마음에 들었던 건 마네킹을 이용해 유기의 제작 과정을 보여 주고 직접 유기를 만져 볼 수 있었던 점이었다. 안성 유기의 명성을 한눈에 살펴볼 수 있게 꾸며 놓은 점이 참 인상 깊었다. 일반 식기류는 물론 다양한 공예품도 유기로 만들어졌다는 게 신기해 보일 뿐이다.

2층은 안성 지역의 농업과 조선 시대 발달되었던 안성의 장과 수공업, 남사당패 등 안성의 역사와 문화를 한눈에 볼 수 있도록 구성되어 있다. 안성은 수자원이 풍부하고, 넓은 들이 많아 벼농사가 발달했고, 낮은 산지가 많고 토지가 비옥해 축산업도 성행한 도시다. 그러니 남사당 문화를 비롯해 안성만의 독특한 문화가 생길 수밖에 없고, 안성의 6대 특산물인 쌀, 배, 포도, 한우, 유기, 인삼의 품질도 훌륭하다. 비록 경부선 철도가 안성 대신 평택을 지나가게 되면서 도시 자체의 발전은 늦어지게 되었지만, 안성이 가진 품격은 현재도 이어지고 있다.

안성성당에서 멀지 않은 장소에 현재도 명맥이 이어지고 있는 '안성마춤유기공방'은 안성이 가진 품격을 보여 주는 곳 중 하나다. 고 김근수 옹이 1946년에 시작한 이래, 현재는 아들 김수영 씨가 그 자리를 계승해서 이어 가고 있다. 식기류부터 시작해 제기 혼수용품과 학, 마패, 황소 등 빼어난 장식품들이 공방에 전시되어 있으니 안성에 오신 김에 한 번쯤 같이 둘러보면 좋을 듯하다. 이제 안성의 여행도 종착점을 향해 가고 있다. 안성에 산재해 있는 저수지와 그것에 담겨 있는 이야기들 그리고 천주교 최대의 성지, 미리내성지로 그 발걸음을 이어 가도록 하자.

한때 경기도를 대표하는 상업 도시라고 불렸던 안성이지만, 한동안 교통편이 발달하지 못해 발전 속도가 다소 느렸었다. 하지만 그 덕분에 지역이 가진 고유한 문화와 함께 아름다운 자연환경이 두루 보존되지 않았나 싶다. 안성은 강원도처럼 높은 산은 없지만 그 어느 동네보다 풍부한 수자원을 보유한 덕분에 사방 어디를 가든지 이름난 저수지 하나는 마주하게 된다. 안성을 대표하는 경관을 모아 만든 안성팔경 중 저수지가 두 개가 있으니 안성을 방문하게 되면 자연스럽게 그곳으로 가지 않을까 싶다.

신부 김대건을 모신 미리내성지

먼저 우리가 가볼 곳은 안성 시내에서 동쪽에 위치한 금광호수다. 1965년 9월에 준공된 금광호수는 비교적 편하게 접근할 수 있을 뿐만 아

[안성] 안성맞춤의 고장, 풍요로웠던 조선 3대 상업 도시

니라 산자락에 자리 잡고 있어서 그 경치가 정말 빼어나다. 특히 차를 타고 호수 주위를 둘러보면 언덕배기를 넘을 때마다 다양한 모습의 경관이 나타난다. 호수의 규모가 산자락 계곡을 따라 끝이 보이지 않을 만큼 뻗어 있어 호수 전체를 걸어서 둘러보는 둘레길은 없지만, 금광호수에서 경관이 가장 훌륭한 부분을 따로 떼어 '박두진문학길'을 조성했다.

박목월, 박두진과 함께『청록집』이라는 시집을 발간하여 그로 인해 청록파라고 일컬어지는 시인 박두진. 우리에겐 "해야 솟아라."라는 구절이 들어간 시「해」로 유명하다. 그 박두진이란 시인이 1916년 안성에서 태어났고, 안성공립보통학교를 졸업하고 1934년 고향을 떠날 때까지 20여 년

아름다운 금광호수의 풍경

금광호수 입구에 자리한 박두진 동상

의 유년기를 이 도시에서 보냈다. 그 20여 년의 유년기는 박두진의 문학적 상상력과 정서를 길러 주던 기간으로, 서운산을 넘는 강렬한 햇빛과 짙푸른 하늘은 훗날 박두진 시의 중요한 소재가 되었다. 비록 생애의 남은 시간 대부분을 서울에서 활동했지만, 말년의 집필실을 금광 호수변에 두고 그의 마지막 안식처를 마련했다.

V자 모양의 호수를 한 바퀴 돌면 막다른 곳에 위치한 주차장이 나오는데, 그곳에서 계단을 따라 조금만 내려가면 울창한 숲과 함께 아름다운 호수의 풍경이 펼쳐진다. 이 수변 덱 로드를 따라 혜산정, 수산정까지 왕복 두 시간의 한가로운 산책로가 바로 박두진문학길이다. 호수의 건너편에는 박두진이 집필에 전념한 작업실이 있었다고 하는데 현재는 카페가 들어서 있다. 박두진은 말년에 고요하고 한가로운 호수의 풍경을 바라보면서 끊임없이 시상(詩想)에 몰두했을 것이다. 한동안 빡빡했던 일정에 잠시 쉬어 갈 수 있는 금광호수였다.

이제 안성을 떠나기 위해 북쪽으로 올라가야 한다. 하지만 헤어짐이 아쉬워 가는 길에 안성을 대표하는 호수, 고삼호수에 잠깐 들려 본다. 금광호수처럼 방문객들을 위한 산책로가 특별하게 조성되진 않았지만, 낚시터의 명성으로 유명한 만큼 곳곳에 자리한 낚싯배들과 강태공의 풍경이 색다르

낚시꾼들의 사랑을 받는 고삼호수

게 다가왔다. 이른 아침에 호숫가를 방문하면 물안개 피어나는 몽환적인
풍경과 물 위에 둥둥 떠다니는 수상좌대 등이 어우러져 마치 한 편의 수묵
화를 연상시키는 아름다운 경관을 마주할 수 있다. 고삼호수는 이런 독특
한 경관으로 인해 실제로 영화 〈섬〉의 주요 촬영지로 쓰였다고 한다.

　고삼호수에서 짧은 시간을 보낸 후 안성 여행의 종착지인 미리내성지
로 이동해 본다. 용인으로 들어가기 직전 깊은 계곡으로 들어가다 보면 미
산저수지를 지나게 되는데, 그 길 끝에 거대한 규모의 미리내성지가 자리
하고 있다. 한국 최초의 천주교 신부라 할 수 있는 김대건 신부와 장 조제
프 페레올(Jean Joseph Ferreol) 주교를 비롯해 수많은 순교자가 묻혀 있는

유서 깊은 성지다.

여기가 왜 미리내라고 붙여지게 되었는지 잠깐 짚고 넘어가 보자. 신유
(1801), 기해(1839) 박해 당시 천주교 신자들이 이 마을에 숨어 들어왔고,
옹기를 굽고 화전을 일구면서 생계를 유지했다. 그래서 밤이면 달빛 아래
불빛이 은하수처럼 보여 미리내(은하수의 우리말)라고 불렀다고 한다.

천주교에서 남다른 위상을 자랑하는 성지인 만큼 규모가 정말 대단하
다. 중심 구역으로 가려면 주차장에서 30여 분을 걸어야 하고, 볼거리 또
한 사방에 흩어져 있어서 결심을 단단히 하고 가야 한다. 우선 입구에서 오

미리내성지

미리내성지에 재현되어 있는 박해 장면

[안성] 안성맞춤의 고장, 풍요로웠던 조선 3대 상업 도시

른편 언덕을 조금 올라가 보면 적당한 크기의 아늑해 보이는 오래된 성당이 눈에 띈다. 그 성당이 바로 이 지역의 초대 주임신부로 부임한 강도영 신부가 1907년 돌로 쌓아서 만든 '미리내 성요셉성당'이다. 이 성당의 제대에는 김대건 신부의 아래턱뼈가 보관되어 있다. 유럽의 성당에 가면 성인의 일부 유해를 보관되어 있는 것을 종종 보게 되는데 한국에서 직접 보게 될 줄 몰랐다.

천주교 발전을 위한 김대건 신부의 의무는 죽어서도 계속되고 있었다. 다시 원점으로 돌아와 한참을 길을 따라 들어간 끝에 거대한 규모의 성당을 발견했다. 그 장소가 바로 103위 순교 성인 시성을 기념하고 선조들의 순교 정신을 현양하기 위해 1991년 지어진 '한국 순교자 기념 성전'이다.

막다른 산속에 이런 거대한 규모의 성당이 있다는 사실도 놀라웠지만 그보다 더 놀라웠던 건 성당 지하에 있는 마네킹들이었다. 신앙을 지키기 위해 노력했던 순교자들이 고문당하는 장면이 마네킹으로 생생하게 재현되어 있었다. 화살촉을 이용해 귀를 뚫어 버리는 장면, 몽둥이로 무릎을 으깨는 고문, 군문효수에 이르기까지 눈뜨고 보기 힘든 장면을 실감 나게 묘사해 놓았다.

그 당시 신앙을 지키기 위해 많은 사람이 고통스럽게 순교했다. 그 당시 봉건 질서에서 차별을 받던 사람들을 중심으로 자신의 신념을 끝까지 고수한 것이다. 부디 내세에서라도 행복하길 기원한다.

성전 내부로 들어가는 입구는 김대건 신부의 상이 서 있고, 과연 천주교에서 미리내가 가진 위상답게 거대한 규모를 자랑했다. 성전의 제대에

김대건 신부가 모셔진 경당

는 김대건 신부의 종아리뼈가 모셔져 있다고 한다. 대성전 뒤편으로 산길을 따라 오르다 보면 1평 규모의 조그마한 경당이 보인다. 바로 그 앞에는 김대건 신부와 그에게 사제 서품(신부로 임명)을 주신 페레올 주교의 묘 그리고 강도영 신부의 묘가 안장되어 있다.

　우리나라 최초의 신부 김대건, 본인이 가톨릭 신자라면 그의 이름은 수십 번 이상 들어 봤을지도 모른다. 25년의 짧은 일생을 보냈지만 난관을 뚫고 마카오로 가서 신부로 임명되었고, 그를 신문한 조선의 관리들도 다섯 개 국어에 능통한 그의 능력이 아까워 적극적으로 배교를 권했다고 한다. 용산에 있는 새남터 형장에서 순교한 그의 시신은 누구도 가져가지 못

미리내 성요셉성당

하게 군졸들이 엄히 지키고 있었지만, 17세의 소년 이민식이 몰래 시신을 빼내어 지금에 자리에 무사히 안장되었다.

지금까지 안성의 수많은 장소를 함께 둘러보았다. 안성 자체가 경주나 전주처럼 이름난 역사 도시가 아니라 큰 기대를 하지 않았지만, 경기도에서 이만큼 도시의 정체성이 잘 보존되어 있는 곳은 드물지 않나 싶다. 앞으로 많은 사람에게 안성이 알려지길 기대하며 안성편을 마무리 짓는다.

경기도의 축소판,
사대부의 안식처

경기도의 축소판,
사대부의 안식처

급격하게 변화한 용인, 생거진천 사거용인?

〈경기별곡〉의 두 번째 이야기는 어느덧 용인편만 남겨 두고 있다. 용인은 경기도에 있는 도시 중 가장 정체성이 복잡한 도시이기에 그만큼 할 이야기가 풍부할지도 모르겠다. 사실 용인의 이미지는 정말 다채롭다. 에버랜드, 한국민속촌 등 대한민국 유수의 관광지가 모여 있는 고장이기도 하고, 경부고속도로와 영동고속도로가 만나는 신갈분기점이 있어 수많은 차가 쉴 새 없이 용인을 지나간다. 최근 20년 사이 용인은 급속도로 변하고 있다. 2000년 당시 인구 39만 명이었던 용인시는 분당, 수원과 생활권을 공유하는 수지, 기흥의 급격한 개발을 통해 어느덧 인구 110만 명을 바라보는 대도시가 되었다.

그러나 우리가 용인에 대해 아는 것은 생각보다 그리 많지 않다. 기껏해야 산자락까지 빼곡하게 아파트로 들어찬 수지구 정도가 떠오르지 않을까 싶다. 하지만 경기도 중부에서도 넓은 면적을 자랑하는 용인에서는 그

넓이만큼이나 수많은 이야기가 펼쳐질 예정이다. 먼저 용인의 역사를 살펴보며 그 이야기의 막을 열어 보도록 하자.

용인은 크게 처인구로 대표되는 동부 지역과 기흥구, 수지구의 서부 지역으로 나눌 수 있다. 동쪽으로 갈수록 산지가 넓게 발달하지만 경안천, 탄천 등 여러 물줄기가 도시를 두루 지나가며 평야도 어느 정도 발달해 예로부터 사람들이 거주하기 좋은 곳이었다. 특히 동백동의 택지지구를 개발하는 동안 수많은 신석기, 청동기 시대의 유물이 발견되기도 했다.

용인은 다른 경기도의 도시처럼 한강 유역과 멀지 않았기에 삼국 시대에는 백제, 고구려, 신라 순서로 소속이 바뀌었다. 그만큼 멸오, 구성, 거서로 다양한 명칭으로 불렸던 용인은, 고려 건국 이후 용구현으로 불리게 된다. 하지만 용인 지역에는 천대받던 사람들이 살아 특수 행정 구역으로 구분되었던 향, 소, 부곡 중 하나인 처인부곡이 함께 있었다. 이 처인부곡은 훗날 몽골의 침입 때 김윤후의 활약으로 처인성전투에서 대승을 거두고 처인현으로 승격되었다. 이처럼 따로 존재하던 용구와 처인은 조선 시대에 비로소 각각 앞 글자와 뒤 글자를 따서 하나로 합쳐져 지금의 용인이 된 것이다.

빼곡하게 들어찬 아파트나 에버랜드, 한국민속촌 말고는 용인의 유구한 역사에 대해 아는 것이 별로 없기 때문에 용인에도 역사적인 유적이 남아 있을까 하는 의구심이 들 수 있지만, 사실 용인은 시대별로 다양한 문화재가 존재하는 역사 도시이기도 하다. 신라가 한강 유역에 진출한 6세기 중반에서 9세기 사이에 조성된 대규모 고분군인 보정동 고분군이 있으

경기도박물관에 전시되어
있는 사대부들의 초상화

며, 군사적 요충지인 할미산성을 수축하기도 하였다. 고려 시대에 들어오면 국보로 지정된 현오국사탑비가 있는 서봉사지를 비롯해 공세리 오층석탑, 어비리 삼층석탑, 문수산 마애보살상 등 다양한 불교 유적이 용인 전역에 고루 분포한다.

또한 용인을 가리키는 말 중에 '생거진천 사거용인(生居鎭川 死居龍仁)'이라는 말이 있다. 김대중 전 대통령의 부모가 용인으로 이장한 이후 대권을 잡았다는 풍문이 돌면서 더 유명해지긴 했지만, 용인은 사실 사대부의 안식처로 선호된 고장이기도 하다. 한양이 조선의 수도로 정해진 이후 용인은 삼남 지방으로 올라오는 교통의 요지로 자리 잡았다. 이러한 지리적 이점으로 많은 사대부 가문이 이곳에 터를 잡았으며 그들이 남긴 묘역이 용인에 다수 남아 있다. 산과 하천이 풍부한 용인 땅은 풍수지리적으로 뛰어난 곳이 많았고, 서울과 가까운 점도 어느 정도 고려되었을 것이다.

고려 말 마지막 충신이자 성리학의 거두였던 정몽주를 필두로 조선 중기의 개혁가 조광조, 영정조 시대를 풍미한 채제공까지 200여 기에 이르

[용인] 경기도의 축소판, 사대부의 안식처

는 사대부 무덤이 용인에 있다. 단순히 무덤만 남아 있는 것이 아니라 그 무덤 중 39기가 문화재로 지정되어 있고, 피장자가 안치된 무덤을 중심으로 묘비, 망주석, 석인상 등 다양한 석물이 남아 있으며, 묘비를 통해 그 사람의 생애와 사상을 엿볼 수 있어 역사를 되새기는 여행으로 제격이다.

조선 시대를 통틀어 보면 그 당시 사회에서 사대부들의 역할이나 지위, 그들이 가진 정신세계가 막대했기에 사대부들이 남긴 무덤, 저택, 별서들을 살펴보면 그 시대를 이해할 수 있다. 용인의 면적은 경기도 내에서 8위, 군을 제외한 시중에는 5위로 꽤 넓은 크기를 자랑한다. 하지만 용인을 구성하는 세 개의 구 처인, 수지, 기흥 중 전체 면적 80퍼센트 이상이 처인구이고, 인구 대부분은 나머지 20퍼센트인 수지, 기흥에 몰려 있는 기형적인

용인에 자리한 백남준아트센터

구조다. 산 중턱까지 아파트가 빼곡히 들어찬 수지, 기흥구는 전형적인 베드타운이다. 아마도 우리가 용인에 대해 가지고 있는 이미지는 수지, 기흥구가 아닐까 싶다.

하지만 용인에서 볼거리와 이야깃거리가 가장 많은 지역은 처인구가 아닐까 싶다. 사실 처인구는 용인시청 주위의 도회지뿐만 아니라 순대로 유명한 백암, 처인성이 있는 남사, 양지, 포곡, 모현 등 다양한 지역을 포괄하고 있다. 그런 만큼 사방으로 다양한 볼거리가 분포되어 있어 기준을 잡고 둘러봐야 복잡하고 다사다난한 용인의 매력을 제대로 살펴볼 수 있을 것이다.

순대계의 쌍두마차 백암순대와 대장금테마파크

경기도 중부의 광활한 고장 용인에서 처음으로 찾아 갈 장소는 서울 기준으로 가장 먼 곳에 위치한 백암이다. 용인의 남동쪽 끄트머리에 있어서 동북쪽에 위치한 수지구에서 시내버스를 타면 두 시간 가까이 걸리는 상당히 외진 동네라 할 수 있다. 그곳에 가기 위해서는 영동고속도로 또는 42번 국도를 타고 용인을 한동안 가로질러 가다가 양지 부근에서 남쪽으로 내려가야 한다. 지금껏 수없이 용인을 거쳐 가며 지나갔던 길이었지만, 이곳이 용인인지 어딘지 제대로 생각해 본 적은 없었던 것 같다. 도로를 지나가며 용인 땅을 새삼스레 살펴보니 지나는 길마다 산 능선이 연이어 펼쳐져 있고, 계곡을 따라 아파트가 가득 들어차 있었다.

날이 갈수록 가속화되는 수도권 쏠림 현상은 인구의 폭증을 감당하지 못하고 애꿏은 산만 밀어내며 그 자리를 비집고 들어와 불협화음을 만들고 있다. 어디를 가든 똑같은 모양새의 아파트만 연이어 이어지니 몸과 마음이 벌써부터 지친 듯하다. 피곤함도 잠시, 차가 양지 부근에 이르니 조용하고 아늑한 산들의 풍경으로 인해 마음이 조금 편안해졌다. 지금은 꽤 한적한 동네로 전락한 양지지만, 조선 시대에는 양지현의 중심지로 오랜 역사를 머금고 있는 마을이었다. 현재도 양지면의 한복판엔 양지향교가 남아 있고, 1927년에 준공되어 용인에서 가장 오래된 성당인 양지성당이 그 시대의 분위기를 전해 준다.

이제 차머리를 남쪽으로 돌려 안성으로 내려가는 17번 국도를 타고 남쪽 방향으로 내려간다. 이천과 가까운 동네라 그런지 물류센터로 가는 화물차들의 행렬로 도로가 다소 붐비는 편이다. 그럼에도 불구하고 용인에서 가장 한적하고 풍요로워 보이는 평야 지대가 연이어 펼쳐진다. 용인 시내로부터 한 시간가량 달린 끝에 고향 인심처럼 푸근한 백암면 한복판에 도착했다. 용인시의 끝자락에 위치한 백암은 100년 전통의 '백암오일장'으로 유명하다. 마침 장날이라 백암 시내 곳곳은 사람들로 붐볐다. 예로부터 이 동네는 대표적인 우시장으로 이름을 떨쳤으나 현재 우리에게는 천안 병천과 함께 순대의 대표적인 고장으로 인식되어 있다.

백암순대는 일반 당면을 넣은 찹쌀 순대와는 다른 이 지역만의 독특한 정체성이 살아 있는 명물로, 시내 여기저기서 순대를 파는 식당을 어렵지

제일식당의 순대국밥

앓게 찾아볼 수 있다. 오랜 세월만큼 사랑받는 식당도 다양하지만 나는 백암에 올 때마다 제일식당을 종종 찾아간다. 제일식당은 70년의 역사를 지닌 백암순대의 터줏대감으로, 가장 많은 매체에 출연했을 정도로 그 명성이 독보적이다. 식당에 들어서자마자 순대 삶는 냄새와 그 온기가 식당 이곳저곳에 퍼져 있어 언제나 정감 간다. 비록 예전에 이 식당에서 비싼 신발을 잃어버린 좋지 않은 기억이 있지만, 그럼에도 이 식당의 순대국밥이 그리워 틈만 나면 찾곤 한다.

백암순대는 돼지 소창을 뒤집어 돼지고기와 당면, 절임배추, 양배추, 양파 등 각종 채소가 가득 들어간다. 그래서 아삭한 식감과 각종 감칠맛이 입안에서 계속 맴돈다. 거기에 돼지 사골과 머리뼈를 뽀얗게 우려낸

한국을 대표하는 백암순대

순대국밥을 곁들여 먹으면 든든한 하루를 보낼 수 있다. 한 끼를 든든히 해결하고 본격적으로 용인에 대해 함께 알아가 보기로 하자.

가장 먼저 발길이 닿는 곳은 84만 평 부지에 광대한 규모로 들어서 있는 오픈 세트장, **대장금테마파크**다. 세트장은 철저하게 드라마, 영화를 위한 공간으로 꾸며져 있는 곳이라 좀처럼 인간의 자취, 장인의 혼, 스토리가 느껴지지 않는 빈껍데기 건물이라고 생각한다. 그런 마음이 강하기에 근방을 들리더라도 지나치기 일쑤였다. 하지만 다른 데서 쉽게 볼 수 없는 신

라, 고려 시대의 건물들을 함께 살필 수 있는 좋은 장소인 듯해 반신반의한 심정으로 한번 찾아 가보기로 했다.

구봉산 중턱에 위치한 대장금테마파크는 주차장에서부터 어느 정도 오르막길을 타야 하고 입장료도 세트장치곤 제법 비싼 편이라 조금의 머뭇거림이 있었다. 하지만 멀리서부터 보이는 세트장의 위용이 지금까지 봤던 다른 곳들과 다르게 제법 위엄 있게 보였다. 드라마 〈신돈〉을 필두로 〈이산〉, 〈선덕여왕〉, 〈동이〉 등 방영 당시 화제를 불러일으켰던 사극들이 대거 이 세트장에서 촬영되었기 때문에 그 드라마를 감명 깊게 봤다면 촬영했던 장소를 찾아 가는 것도 나름 재미있는 추억이 되지 않을까 싶다. 세트장으로 올라가는 초입에는 양주 MBC문화동산에 조성된 〈대장금〉 세트장의 일부를 가져와서 조성한 수라간이 있다. 하지만 나의 마음은 언덕 너

고려 시대 권력자 최우의 사택   대장금테마파크 부석사 무량수전

저잣거리에서 촬영을 준비하는 연기자들　　　드라마 〈선덕여왕〉 미실의 저택

머 조성된 고려 시대 건물들에 가 있었다.

먼저 가볼 곳은 고려 시대 무신정권 100년 중 26년을 통치한 최우의 사택이다. 항상 조선 시대 양반 가옥만 보다가 고려를 좌지우지했던 집권자의 집을 직접 살펴보니 왕보다 더한 권력을 누렸던 무신들의 권세가 피부로 와닿았다. 이 건물은 특히 선이 아름답고 일명 '그림이 잘 나오는 장소'라 감독들이 특히 선호한다고 한다. 여기서 드라마 〈무신〉을 비롯해 〈기황후〉 등 고려 시대를 배경으로 한 사극 촬영이 이루어졌다. 세트장 특성상 실제 문화재 건물과 달리 동선을 짧게 만들었기에 길 하나만 건너면 고려에서 조선, 신라 시대로 시간 여행을 하는 듯한 기분을 느낄 수 있다. 마침 드라마 촬영이 활발히 진행되고 있어 수많은 엑스트라 배우가 촬영 대기를 위해 건물 이곳저곳에 앉아 있는 진풍경을 볼 수 있었다. 그들의 차

　　　[용인] 경기도의 축소판, 사대부의 안식처

림새 덕분일까? 죽은 건물이었던 세트장에 활기가 돌고 더욱 생동감이 생긴 것 같았다.

〈대장금〉 세트장의 가장 높은 지점에는 부석사가 재현되어 있었다. 당연히 조망이 뛰어난 만큼 산자락 아래로 펼쳐진 세트장의 지붕선을 고스란히 볼 수 있는 장소다. 그 밖에도 고려, 조선 시대의 왕궁, 미실의 궁과 저택, 감옥, 혜민서 등 수많은 건축물을 한자리에서 살필 수 있다.

용인에서 볼 수 있는 독특한 분위기의 사찰

대장금테마파크 너머로는 조선 후기의 실학자이자 저서 『반계수록』을 통해 토지 제도, 사회 개혁을 주장했던 반계 유형원의 묘가 자리해 있다. 산 깊숙이 숨겨져 있는 그의 무덤에 가기 위해서는 용인애(愛)둘레길을 통해 30분 정도 걸어가야 하니 참고하길 바란다. 백암면 일대에는 한우랜드와 국내 최대의 민간 식물원 중 하나인 한택식물원이 함께 있어 같이 둘러보는 것도 좋다. 그 밖에도 이 일대에 여러 명소가 있지만 나의 눈길을 끄는 곳은 따로 있었다.

바로 국내를 비롯해 세계 각국의 장례 문화를 테마로 한 박물관인 예아리박물관이다. 생각보다 외진 곳에 위치해 있어서 이런 장소에 과연 박물관이 있을까 하는 의심이 들었다. 마을 깊숙이 자리한 예아리박물관은 흡사 아프리카 말리의 젠네 모스크(Djenné Mosque, 진흙 벽돌로 지은 세계 최대

예아리박물관

예아리박물관에 전시된 세계 각국의 전시품들

의 건축물)를 연상시키는 독특한 외관을 자랑한다. 카페, 체험관, 박물카페, 체험관, 박물관 등의 건물이 저마다 개성적인 외관을 하고 자기만의 영역을 차지하고 있었다. 건물 내부는 어두침침하고 찾는 사람도 별로 없어 한산해 보였지만, 카페에서 입장료를 결제하고 들어오니 전시실의 조명이 밝아지며 다른 데서 볼 수 없는 아프리카 유골함과 아산티족의 의자, 가면 등 이국적인 유물이 많았다.

　고양시의 중남미문화원 못지않은 컬렉션이 모여 있어 남미, 일본, 중국 등의 장례 문화와 민속품을 한자리에서 볼 수 있다. 특히 일본의 상여(喪輿)와 영구차는 우리와 비슷하면서 다른 점이 보여 비교하는 재미를 느낄 수

일본의 영구차

정조의 장례행렬이 재현되어 있다.

있었다. 하지만 그중 가장 인상 깊었던 전시는 아무래도 조장(鳥葬)이 아닐까 싶다. 조장은 티베트고원 일대에서 행해지는 장례법으로, 척박한 고산지대라 땔감을 구할 수 없어 화장을 할 수도 없고 서늘한 산지라 땅에 묻어도 쉽게 썩지 않는 지역에서 택한 장례 방법이다. 시신을 토막 내 독수리의 먹이로 주는 장면이 밀랍 인형으로 재현되어 있는 광경은 상당히 충격적인 장면 중 하나였다.

2층에 올라가면 더욱 놀라운 광경이 펼쳐진다. '한국문화관'이란 명칭으로 한국의 상례 문화 위주로 전시되어 있다. 좀처럼 보기 힘든 화려한 상여를 비롯해 철저한 고증을 통해 재현된 정조대왕의 장례 행렬인 '국장도감의궤 반차도'를 미니어처로 재현해 놓았다. 그 규모가 얼마나 큰지 1,440명의 인원이 전시실 전체에 걸쳐 있었다. 이 광경을 보는 것만으로도 예아리박물관에 가볼 만한 가치가 있다고 생각한다.

용인은 안성이나 여주처럼 오래되고 고풍스러운 산사를 보기는 힘들지만, '이곳이 한국에 있는 사찰이 맞을까' 하는 생각이 들 정도로 이색적인 절이 있다. 에버랜드, 한국민속촌 다음으로 용인에서 관람객이 많은, 와우정사라 불리는 사찰이다. 한국에 있는 대부분의 사찰은 대부분 천 년 이상 된 오래된 연혁을 지니고 있다. 그 안에 담긴 이야기와 세월의 흔적이 묻은 건물들, 석조물들이 그 절의 역사를 말해 준다.

부산 기장의 해동용궁사, 서귀포 약천사, 단양 구인사 등 비교적 최근에 지어진 사찰들이 화려한 모습을 연출해 관광객들의 눈길을 끌고 있긴 하지만 오히려 너무 상업화된 모습에 가기가 꺼려졌었다. 이번에 찾아 갈 와우정사도 그리 오래된 절은 아니기에 팸플릿으로 보던 거대한 와불, 이국적인 조형물만 존재하지 않을까 하는 생각이 들어 큰 기대를 하지 않았지만, 돈으로 치장한 듯한 다른 절과 달리 신비한 기운이 감도는 것 같았다. 보편적인 절의 모습과 다르게 담장도 따로 없었으며 특이한 모양의 불교 조형물만 경내 여기저기에 배치되어 있었다.

와우정사는 조계종 소속이 아니라 열반종의 총본산으로 실향민 출신의 스님이 부처의 공덕으로 민족 화합을 위해 세운 사찰이다. 신라가 황룡사를 조성했을 때 삼국통일을 염원하기 위해 황룡사를 지었던 것처럼 남북평화통일을 성취하기 위해 조성한 사찰인 것이다. 그런 만큼 다른 절과

와우정사의 상징, 불두

와우정사에는
다른 사찰에서 보기 힘든
다양한 조형물이 있다.

다른 점들이 많았다. 우선 일주문이 따로 없고, 입구에 높이가 8m 정도 되는 커다란 불두가 눈에 띄었다. 와우정사의 이곳저곳에는 나라마다 기증한 불상이나 탑 등이 있는데, 불두 앞의 탄생불은 네팔에서 석가족 후손이 직접 조성한 것이라고 한다. 길을 따라 올라가면 본격적인 와우정사의 독특한 탑과 불전 등을 참배할 수 있다. 스리랑카에서 기증한 진신사리탑, 인도네시아 양식의 탑과 세 마리의 원숭이가 각각 입과 귀, 눈을 가리고 있는 조각 등이 눈에 들어온다. 하지만 가장 인상 깊었던 탑은 아무래도 통일을

염원하며 돌로 하나하나 쌓아 만든 탑들의 장관이 아닐까 싶다.

　와우정사의 중턱쯤 오면 단청이 없고, 맞배지붕 양식의 소담한 대웅전이 나온다. 이곳이 이 절의 중심 영역이라 하지만 다른 조각, 탑들의 인상이 워낙 강렬해 좀처럼 눈에 들어오지 않았다. 이제 와우정사의 가장 높은 지점에 있는 와불전을 향해 가야 한다. 반가사유상을 지나 계단을 오르게 되면 네팔에서나 보임 직한 스투파(stūpa, 유골을 매장한 인도의 화장묘 또는 탑)가 등장하는데, 방문 당시 열반전은 공사 중이라 와불을 보려면 입구에 임시로 만들어진 건물로 가야 했다. 대신 태국에서 온 황금 부처를 친견하며 나름대로 아쉬움을 달랬다.

　와우정사에서 멀지 않은 곳에 또 하나의 독특한 사찰이 있다. 바로 2005년에 새롭게 지어진 법륜사이다. 이 절은 전체적으로 건물들이 웅장하고, 주요 전각들의 지붕이 청기와로 이루어져 있다. 그중 대웅전의 건축물이 아(亞) 자 복개형으로 지어졌는데, 그 구조가 우리나라 전통 목조 건축에서 비슷한 사례를 찾아볼 수 없을 정도로 독특하다. 잔잔한 연못에 돌을 던지면 물결이 겹겹이 퍼져 나가듯이 부처님의 진리도 무한하게 퍼져 나감을 표현하기 위해 건축했다고 한다. 용인에 와서 이런 이색적인 절들을

아(亞) 자형으로 설계된 법륜사 대웅전

한번 탐방해 보는 것은 어떨까?

몽골과의 치열했던 전투 현장, 처인성

때는 1231년 8월, 사실상 세계를 좌지우지했던 몽골제국의 말발굽이 한반도에도 닿기 시작했다. 중국 북쪽에 위치한 몽골은 본래 각 부족끼리 분열해 끊임없는 전쟁을 펼치던 혼돈의 땅이었다. 1189년, 보르지긴 씨족의 수장인 테무친이 몽골계 주변 민족을 통합하고 1206년 몽골고원을 통일한 이후, '칭기즈'라는 칭호를 받아 칸에 오르면서 세계는 큰 소용돌이 속으로 빠지게 된다. 중앙아시아의 부유한 국가인 화레즘제국도, 수백 년 동안 이슬람 세계의 종주국 지위에 있었던 아바스왕조도, 중국 대륙의 금나라와 송나라도 몽골제국 앞에선 힘없는 양 한 마리에 불과했다.

처음에는 고려와 다소 동떨어진 곳에 세력을 집중하던 몽골이었으나 급속한 팽창을 거듭하며 북중국, 만주 일대를 지배하에 두면서 필연적으로 만날 수밖에 없는 형국이 되었다. 처음에는 몽골에 쫓긴 거란 유민들이 고려를 침공하게 되고, 그들을 격퇴하는 과정에서 서로 협력하는 등 우호적인 관계를 유지했다.

하지만 몽골은 거란 격퇴를 구실 삼아 해마다 막대한 조공을 바칠 것을 요구했다. 고려 내부에서는 공물에 부담을 느낀 데다가 오랑캐에 굴복하여 머리를 조아렸다는 불만이 팽배했는데, 1225년 고려를 방문한 몽골 사신 저고여가 압록강 근교에서 피살되는 사건이 일어나면서 둘 사이의 전쟁은 돌이킬 수 없게 되었다. 몽골은 서하 원정과 칭기즈칸의 사망으로 고려 원정을 일단 뒤로 미뤘지만, 1231년 8월 몽골 장군 살리타이의 군사 3만 명이 고려를 침공하면서 기나긴 여몽전쟁의 막이 올랐다. 몽골은 처음에 의주, 철주 등을 함락시켰지만 고려군의 반격도 만만치 않아 박서, 김경손 장군의 활약으로 귀주성, 충주성전투에서 승리를 거둔다. 개경을 포위했던 몽골군은 강화를 맺고 돌아간다.

최우를 중심으로 한 고려 조정은 장기전을 대비하기 위해 강화도로 천도했고, 분노한 몽골은 살리타이를 앞세워 침입했다. 이번의 기세는 더욱 매서웠다. 재빠르게 서경(평양), 남경(서울)을 함락한 몽골은 개경 조정에 항복을 권고했지만, 강화해협의 빠른 물살에 의지한 고려는 결코 항복하지

몽골과의 전투에서 승리를 거둔 처인성

않았다. 수전에 약한 몽골군은 일단 한반도를 초토화하기로 결심한다. 그 공격 대상 중의 하나가 용인에 위치한 처인부곡이었다. 고려 시대에는 일명 향·소·부곡(鄕所部曲)이라 해서 광업과 수공업에 종사한 천민들의 집단 거주지가 있었다. 그들은 조세와 노역의 부담도 훨씬 컸고, 거주 이전의 자유도 없었다.

살리타이는 용인 구성동에 위치한 용구현성을 무혈입성하여 함락시켰고, 눈앞에 보이는 것은 둘레 425m도 채 되지 않은 작은 토성, 처인성이었다. 성안에 피신해 있던 사람들은 정규 병력 100여 명, 승려 100명 그리고 다수의 부곡민뿐이었다. 이런 작은 성을 군이 공격할 필요가 있을까 싶지만, 살리타이는 정작 용인 본성에서는 허탕을 쳤고 처인성에 군량이 있다는 정보를 받자마자 나름 분풀이 대상으로 선택한 것일지도 모른다. 살리타이는 처인성에 도달하자마자 본대에서 500기의 기병들을 직접 데리고 처인성 주변을 점령해 포위 공격에 들어가기 시작했다.

당시 전 세계에서 가장 무시무시하고 잔혹한 학살을 일삼았던 몽골군에게 상대가 되지 않았을게 뻔했기 때문에 항복은 당연한 수순이었다. 허나 처인성의 부곡민들은 끝까지 항쟁하기로 결심한다. 때마침 무(武)승 출신의 승려 김윤후가 이들의 지휘를 맞게 되었고, 백성들에게 무기를 나눠주면서 그들을 하나로 결집시켰다. 그리고 몽골의 주요 침입 경로로 예상되는 처인성 동문에 김윤후 본인과 저격수들이 화살을 가지고 대기하고 있었다. 하늘이 도왔을까? 그 경로로 살리타이를 비롯한 몽골군이 쳐들어오기 시작했고, 김윤후는 정확히 화살로 살리타이를 명중시킨다. 적장의 급사로 몽골군은 사기를 잃고 승병과 부곡민들은 일제히 몽골을 공격해

둘레 425m의 처인성

[용인] 경기도의 축소판, 사대부의 안식처

큰 승리를 거두었다.

그 계기로 몽골군은 서둘러 고려 조정과 강화를 맺고 철수하였고, 차별을 받던 처인부곡은 처인현으로 승격하였다. 그리고 승려였던 김윤후는 환속하여 장군의 길을 걷게 된다. 현재도 처인이란 이름은 처인구로 남아 있고, 처인성의 흔적을 살펴볼 수 있다. 현재 용인 남사읍에 위치한 처인성은 몽골군보다 무서운 아파트 숲에 둘러싸여 있다. 하지만 근래에 새롭게 정비를 하여 처인성 주위를 산책로로 조성하였고, 그 길을 따라 걷기만 해도 바닥에 그려진 그림을 통해 그 당시 처인성에서 있었던 치열한 전투를 쉽게 엿볼 수 있다.

언덕 위에 봉긋 솟아 있는 자그마한 토성, 처인성은 남아 있는 높이도 기껏해야 6m밖에 안 되고 성 내부도 100명이 들어차면 가득 찰 정도로 협

처인성은 현재 역사관을 건설하는 등 새롭게 정비 중이다.

용인팔경 중 하나인 어비낙조를 볼 수 있는 동도사

소하지만, 결국 승리했다. 전쟁을 이기게 하는 건 웅장한 성곽도 최첨단 무기도 아닌 사람이란 사실을 새삼스레 깨달았다. 처인성의 입구에는 웅장한 한옥역사관도 있어 성과 함께 방문하면 좋을 듯하다.

여기서 멀지 않은 곳에 눈길을 줄 만한 여행지가 하나 더 있다. 용인팔경 중 하나인 어비낙조를 감상할 수 있는 곳으로, 이동저수지의 한쪽 언덕 위에 자리하고 있는 사찰 동도사다. 동도사는 임진왜란 때 소실된 금단사의 유물을 어비리 주민들이 수습하여 세웠지만, 1963년 저수지 조성으로 수몰될 위기에 처하자 다시 옮겨서 세운 절이라 절 자체만 놓고 본다면 딱히 흥미를 끌 만한 곳은 아니다. 하지만 절 뒤편 삼신각으로 올라 저수지를 바라보면 호수와 절의 조화가 제법 일품이다. 그 광경을 바라보며 치열했던 오늘 하루를 마무리 짓는다.

[용인] 경기도의 축소판, 사대부의 안식처

용인에 자리 잡은 사대부 이야기

　　정몽주, 조광조, 체재공, 민영환 등은 전부 그 시대를 대표하는 인물이라 할 만하다. 하지만 이분들의 안식처 및 그들을 모신 사당, 서원이 전부 용인에 있다는 사실을 모르시는 분들이 많다. 예로부터 생거진천 사거용인이란 말이 있지 않은가? 한양과의 지리적 이점은 물론 산세가 깊으면서 험하지 않은, 좋은 터를 가진 덕택에 풍수지리적으로 좋은 입지를 가졌다고 한다. 용인 이씨, 연안 이씨, 한양 조씨, 해주 오씨, 우봉 이씨 등 이름난 사대부 가문들이 자리를 잡아 그들이 남긴 묘역이 남아 있다. 200여 기에 이르는 사대부의 무덤들을 전부 둘러보는 건 불가능하지만, 그중 역사적으로 중요하고 의미가 있는 곳을 몇 군데 선정했으니 함께 찾아 가보기로 하자.

조광조 신도비　　　　　용인에 자리 잡은 조광조의 묘

용인 수지에서 수원 광교로 넘어가는 길 중간, 야트막한 동산에 우리가 미처 알지 못했던 위대한 인물의 묘가 있다. 바로 조선 중기의 개혁가이자 정치가, 학자인 조광조 선생의 묘이다. 이곳에는 조광조 선생의 묘뿐만 아니라 그의 일족인 한양 조씨의 묘가 함께 몰려 있다. 그의 증조부를 비롯해 조부, 부모, 아들의 무덤이 있는 가족 묘지인 것이다.

수많은 무덤이 있기에 조광조의 무덤을 찾기가 좀처럼 쉽지 않았지만, 입구에 그려진 묘 위치도를 천천히 대조해 보며 능선을 사뿐히 올라가기 시작했다. 묘역 입구에는 문정공 조광조의 신도비가 당당한 자태로 우뚝 솟아 있었다. 높이 3m에 달하는 신도비는 사림이 정권을 잡기 시작한 선조 때 세워졌으며, 비문은 노수신이 짓고 글씨는 이산해가 썼다고 전해진다.

예상대로 가장 높은 지점에 조광조 선생과 그의 부인의 묘가 있었고, 그 일대 동네가 훤히 보인다. 묘 앞에 서서 불꽃같이 살다 간 그의 일생을 돌아봤다. 조광조 선생은 동방 사현이라 불리는 김굉필 밑에서 수학했으며(조광조 역시 동방사현이다), 성리학 연구에 힘써 김종직 학파를 계승하는 사림의 샛별로 거듭난다. 때는 사림을 탄압했던 연산군이 쫓겨나고 반정으로 중종이 왕위에 오르면서 개혁의 요구가 점차 거세져 가던 시기였다. 조광조는 그런 시대의 분위기를 업고, 왕도 정치와 유학에 입각한 개혁을 펼쳐갔다. 현량과, 소격서 폐지, 향약 보급은 그런 일환의 하나였다. 하지만 단지 공신을 견제하기 위해 조광조를 끌어들였던 중종은 싫증이 났고, 기성 정치 세력인 훈구파의 견제도 갈수록 커져만 갔다. 결국 조광조를 비롯한 사림 일파는 귀양을 가거나 죽임을 당하는, 일명 기묘사화의 풍파에

[용인] 경기도의 축소판, 사대부의 안식처

조광조를 제향하는 심곡서원

휩쓸리고 만다. 조광조 본인도 전라남도 능성(화순 능주)에 귀양을 가서 얼마 지나지 않아 사사(賜死)되었다.

하지만 그는 사림이 승리한 선조 때 복권되었고, 문묘에 배향되기에 이르렀다. 그를 모신 서원이 묘소에서 지근거리에 있다. 심곡서원이라 불리는 이곳은 경기도에서 가장 위세가 당당하고, 잘 보존된 서원이라 할 수 있다. 주위는 온통 아파트 밭으로 덮여 있지만 널찍한 주차장과 관리 상태를 보아하니 제법 신경을 쓴 듯했다. 심곡서원은 1605년 선조 시기, 임금이 직접 이름을 내리는 사액서원의 하나로 세워졌으며 흥선대원군의 서원철폐령에도 살아남은 47개 서원 중 하나였다. 현재 심곡서원은 조광조뿐만 아니라 그와 뜻을 함께했던 학포 양팽손 선생도 함께 모시고 있다.

여느 서원과 마찬가지로 교육을 담당하는 강학 공간인 강당, 휴식과 기

심곡서원 강당에는 송시열을 비롯한 수많은 문인의 글이 보관되어 있다.

숙 공간인 동재와 서재가 한 구역 내에 있으며, 그 뒤편엔 장서각과 제향 공간이 이어진다. 다른 서원과의 차이점을 몇 가지 이야기해 보자면, 우선 강당과 제향 공간이 비슷한 길이로 일직선으로 배치되어 있으며 강당 내부에는 송시열, 도암 이재, 문춘공 김종수 등 당대를 대표할 만한 인물들의 글이 이곳저곳에 걸린 것을 볼 수 있다. 개인적으로 심곡서원의 하이라이트는 제향 공간 뒤편에 너른 터에 자리한 느티나무와 은행나무이다. 이 나무들은 조광조 선생이 식재했다고 전해진다. 400년 수령의 거대한 나무를 바라보며 잠시 예전의 심곡서원을 상상해 본다. 예나 지금이나 유생들의 쉼터에서 시민의 쉼터로 더할 나위 없는 곳이다.

이번엔 기흥구 마북동으로 한번 가보기로 하자. 마북동, 구성동 일대는 옛 용인을 다스렸던 중심지였던 만큼 용인향교와 장욱진고택 등 옛 정취

[용인] 경기도의 축소판, 사대부의 안식처

심곡서원의 명물, 느티나무와 은행나무

를 느낄 수 있는 문화재가 두루 분포하고 있다. 구성초등학교 담장을 따라 언덕을 따라 오르다 보면 대한제국의 애국지사이자 을사늑약에 항거해 스스로 목숨을 끊은 민영환의 묘역이 나타난다. 비교적 깔끔하게 조성된 묘역 입구에는 그의 유서가 새겨져 있는데, 구불구불한 글씨체에서 그의 비통한 심정이 고스란히 전해져 오는 듯했다. 그는 당시 최고 세도가였던 여흥 민씨의 일원으로서 도승지, 형조판서, 한성부윤 등 요직을 두루 거쳤다. 이후 그는 러시아 니콜라이 2세 대관식에 참여하는 길에 여러 열강 국가를 방문해 개화의 필요성을 실감하게 된다.

실제로 그는 독립협회 등 개화 단체를 후원했고, 민권 신장과 의회의 도입 등 정치개혁을 시도했으나 현실은 녹록지 않았다. 그러던 중 1905년 을사늑약이 체결되자 상소를 올렸으나 헌병에 의해 가로막히고, 왕명을 거역한 죄로 견책까지 당하게 된다. 그는 울분을 이기지 못하고 명함 앞, 뒷면에 유서를 세기고 칼로 자신의 목을 베어 자결한다. 민영환의 죽음은 큰 파장을 불러일으켰고, 조병세를 비롯한 많은 사람의 자결로 이어진다. 그의 시호는 충정공이었으며, 1962년 '건국훈장 대한민국장'에 추서되었다. 묘 앞에 있는 비석에는 그의 유서가 새겨져 있는데, 이는 그의 정치적 후원을 받았던 이승만 전 대통령의 필체라고 한다.

고려 말 원나라 간섭기가 끝나던 시절, 백성을 무자비로 수탈하던 권문세족은 여전히 나라를 쥐고 흔들고 있었다. 그러나 이색을 비롯한 성리학에 밝은 관리들이 본격적으로 정계에 진출하기 시작하며, 이른바 신진사대부라는 새로운 세력이 형성되고 있었다. 신진사대부는 이성계라는 당대 영웅이자 군벌의 힘을 업고 위화도 회군을 통해 정치의 주도권을 잡았다.

마북동에 자리 잡은 민영환 선생 묘   비석에는 그의 유서가 새겨져 있다.

[용인] 경기도의 축소판, 사대부의 안식처

그들은 부패한 고려 사회를 개혁해 보고자 뜻을 모았지만, 이인임 등의 권문세족에 의해서 실패하고 각자 귀양길에 오르게 되었다. 그중 정몽주와 정도전은 이색의 문하였고 뜻을 함께하던 동지였다. 하지만 그 귀양길에서 각자의 생각이 바뀌게 된다.

정몽주 선생은 고려를 안정된 나라로 되돌리는 개혁을 하고 싶었고, 정도전은 고려를 뒤엎고 새로운 나라를 만들어 보는 혁명을 꿈꾼 것이다. 그들은 창왕을 몰아내고 공양왕을 함께 옹립했지만, 각자의 뜻에 따라 다른 길을 걷게 된다. 당시 관직 중 수문하시중의 자리에 있던 정몽주는 이성계의 낙마 사건을 기회로 여겨 그의 오른팔인 정도전을 탄핵했고, 주도권을 잡는 듯했다. 하지만 이런 시도는 선지교(선죽교)에서 이성계의 아들 이방원에 의해 정몽주가 살해되면서 고려왕조와 함께 막을 내렸다.

'고려수문하시중'이라고 새겨진 정몽주 비   화려한 모습의 포은 정몽주 선생 묘

그 고려의 마지막 충신 정몽주의 묘가 바로 용인 모현읍의 터 넓은 곳에 자리해 있다. 조선을 세우는 데 큰 공을 세운 정도전은 훗날 이방원에 의해 죽임을 당한다. 그 이후로 역적 취급을 받으며 평택 정도전 사당 근처에 가묘만 남아 있는 신세지만 정몽주의 묘역은 크고 화려하다. 그를 죽였던 이방원이 왕위에 오르자마자 영의정으로 추숭하며 만고의 충신으로 기리기 시작했으며, 중종 시기에는 성현의 한분으로 문묘에 배향되기에 이른다. 그를 모시는 서원도 고향인 영천의 임고서원을 비롯해 개성의 숭양서원, 울산 반구서원 등 11개에 이르니 조선 시대에 포은 선생의 위상이 어느 정도였는지 짐작할 만하다.

정몽주 선생의 묘는 본래 개성에 위치했는데 고향인 영천으로 이장하던 중 지금의 자리에 이르자, 운구 앞에 걸어둔 명정이 바람에 날아가 지금의 자리에 떨어져 이곳에 안치했다고 전해진다. 천하의 명당 중 하나로 알려진 정몽주 선생의 묘 옆에는 그의 장자인 원사공과 장손 설곡공은 물론, 증손녀의 사위이자 당대의 기재(奇才)인 이석형 선생의 묘가 함께 자리 잡고 있었다.

넓은 주차장과 진입로를 따라 올라가다 보면 우리가 잘 아는 정몽주 선생의 「단심가」가 새겨진 비석과 그의 어머니가 지었다고 알려졌고 "까마귀 싸우는 골에 백로야 가지 마라."라는 문구로 유명한 「백로가」의 비석이 나란히 서 있다. 가장 높은 지점에 위치한 포은 선생의 묘를 향해 천천히 올라가 보기로 하자.

얼핏 보면 왕릉이라 해도 무방할 정도로 정몽주의 묘는 그 위상이 실로

정몽주 선생의 증손녀 사위인 이석형 선생의 묘

대단하다. 근래에 추가된 것으로 보이는 석물들과 난간, 병풍석을 제외하더라도 '고려 수문하시중 정몽주 지묘'라 적혀 있는 위풍당당한 비석은 조선 중기의 양식을 갖추고 있었다. 그토록 원하지 않았던 조선이라는 국가에 의해 추앙을 받을 줄 포은 선생은 알고 있었을까? 포은 선생 묘에서 시원한 전망을 즐기고 나서 바로 옆 언덕에 위치한 이석형 선생의 묘도 함께 보길 추천한다.

또 여기서 멀지 않은 곳에 정몽주를 모시는 '충렬서원'이 있다. 조광조의 심곡서원에 비하면 문화재적 가치도 떨어지고 규모도 작지만, 근처에 맛집도 많고 가볍게 둘러보긴 괜찮은 편이라 답사의 여운을 느끼기엔 충분할 것이라고 생각한다.

마지막으로 찾아 갈 사대부의 묘역은 조선 후기 영조, 정조 시대를 풍

포은 선생을 배향하는 충렬서원

미한 남인의 거두 채재공 대감의 묘와 뇌문비이다. 이미 용인에서 위대한 분들의 묘를 어느 정도 보고 난 뒤라 큰 흥미를 느끼지 못했지만, 용인시박물관에 근무하는 해설사의 추천으로 그분의 묘가 있는 역북동으로 이동해 보기로 했다.

수지, 기흥구의 제법 번화한 지역에서 동으로 이동하다 보면 동백지구, 김량장, 삼가동마다 산 아래로 바짝 붙어 가늘고 긴 시가지 형태를 이루고 있는 것을 볼 수 있다. 길을 무심코 지나가다 보면 최근 용인의 위상을 알려 주듯 거대한 시청 건물이 눈길을 끈다. 앞서 1권 김포편에서 언급했듯 시청은 시민 가까이에 친숙하게 자리 잡아야 한다는 게 내 생각이다.

이제 주택가 뒤편의 언덕에 자리 잡고 있는 뇌문비와 그 뒤편의 채재공 묘역을 함께 둘러보며 그 인물에 대해 생각해 보는 시간을 가져 보도록

채제공 뇌문비 　　　　　 남인의 거두, 채제공의 묘

하자. 뇌문(誄文)은 왕이 신하의 죽음을 애도하면서 손수 고인의 공적을 높이 기리기 위해 지은 조문 형식의 글이고, 뇌문비는 그것을 새긴 비석이라고 보면 된다. 정조가 채제공의 죽음을 얼마나 슬퍼했을지 짐작할 수 있는 것 중 하나다. 국내에서 보기 힘든 유일한 뇌문비라 사람들은 비석만 눈여겨보고 가지만, 뒤편 언덕에 자리한 그분의 묘소도 함께 봐야 한다. 가파른 계단과 주변 개 농장에서 울리는 개 짖는 소리도 어느 정도 감수할 만한 가치가 있다.

　채제공 선생은 당시 야당이라 할 수 있는 남인에 속해 있었지만, 도승지, 병조판서, 평안도 관찰사를 거쳐 좌, 우, 영의정을 모두 지냈으니 능력, 성품 어느 하나 빠진 것이 없는 명재상이라 할 수 있다. 그는 사도세자의 스승으로서 영조와의 관계를 개선하려 애썼고, 조정에 얼마 남지 않은 소론과 남인 사람들을 지키려고 했다. 그런 그가 1799년 세상을 뜨고, 1년 후에 정조까지 승하하면서 조선은 세도정치와 암흑기로 빠지게 되었다. 그 밖에도 용인에는 수많은 사대부의 묘가 산재되어 있으니 한번 방문하여 그 인물의 자취를 더듬어 가는 것도 좋을 듯싶다.

기흥호수공원에서의 소회

용인은 와우정사 등 인상 깊은 사찰들도 많지만 천주교의 역사가 두루 묻어 있는 고장이기도 하다. 근처 안성의 미리내성지와 연계해 가볼 만한 곳을 추천해 보자면, 양지 건너 깊은 산골에 자리 잡은 은이성지다. 은이성지는 한국 최초의 신부인 김대건 신부가 1836년 한국 최초의 서양인 신부 성 모방 나베드로(St. Maubant Petrus) 신부에게 세례 성사와 영성체를 받고 신학생으로 선발된 곳이다. 그리고 사제 서품을 받고 귀국한 김대건 신부의 첫 사목 활동은 은이공소를 중심으로 이루어졌으며, 이곳에서 순교 전 공식적인 마지막 미사를 봉헌하였다.

'은이'는 말 그대로 숨겨진 동네를 의미하는데, 경기도의 다른 천주교 동네와 마찬가지로 박해를 피해 숨어 살던 천주교 신자들의 은신처로서 일찍이 교우촌이 형성되었다. 김대건 신부의 자취가 서려 있는 당진의 솔뫼성지와 안성의 미리내성지처럼 크고 화려하진 않아도 주변의 산세와 더불어 아늑함이 느껴진다. 현재 은이성지는 김대건 신부의 생애를 일목요

연하게 정리한 기념관과 김가항성당으로 구성되어
있다. 특히 김가항성당은 우리가 그동안 보아 왔
던 성당과 확연하게 다른 양식이라 더욱 눈길이 갔
다. 바로 명나라 때 세워진, 중국 상해에 있던 성당
이기 때문이다. 이 성당에서 김대건 신부가 사제
서품을 받았다고 전해진다. 한동안 잊혔던 김가항
성당은 1990년 중국을 방문한 오기선 신부에 의해
국내에 알려지게 되었고, 그 후 한국인들이 성지
순례를 위해 상하이 김가항성당을 찾아 가기도 했
었다.

김대건기념관에 있는
김대건의 흉상

　그러나 2000년 7월, 상해 정부의 도시 개발 정책에 따라 성당 철거 계

상하이에서 이전 복원한 은이성지의 김가항성당

획을 통보받게 되었고, 수원교구는 주교회의 승인을 거쳐 김가항성당의 대들보, 자재 등을 활용하여 이 자리로 이전해 복원했다. 비록 우리와 낯선 외관을 취하고 있지만 새하얗고 청초한 모습이 우리네 산하와 제법 어울린다. 은이성지에서 아래로 내려가다 보면 또 하나의 천주교 성지가 우리를 맞아 준다. 고초골공소라 하는 곳인데, 공소는 주임 신부가 상주하지 않는 본당보다 작은 신자들의 모임 장소라 할 수 있다. 고초골은 앞서 언급한 곳들처럼 천주교 신자들이 박해를 피해 모인 교우촌 중의 하나였다. 하지만 병인박해(1866년) 당시 이곳에 숨어 살던 천주교인들은 붙잡혀 순교했고 마을은 불타 없어졌다.

이후 종교의 자유가 생긴 1886년에 다시 천주교인들이 이 마을에 모여들었고, 기도 및 집회 장소로 쓰일 공소를 건립하게 된다. 그리하여 현재도 남아 있는 한옥 형태의 공소가 건립된 것이다.

고초골공소

한산이씨 음애공파 고택

[용인] 경기도의 축소판, 사대부의 안식처

또한 용인은 예로부터 많은 사대부가 살았던 만큼 가문과 연관된 고택도 두루두루 남아 있는 편이다. 그중 한산이씨 음애공파 고택은 조선 후기의 중부 지방 가옥 양식을 잘 보여 주는 문화재이다. 용인은 이처럼 수많은 이야기가 마을, 골목마다 전해지고 있고, 다양한 주제의 박물관들이 많아 일명 '박물관 도시'로 불러도 손색없을 정도다. 수많은 관광객이 찾는 테마파크나 민속촌 등에 가지 않아도 알찬 하루를 보내기에 충분한 장소가 많다. 그중 몇 군데를 뽑자면 우선 마북동 주택가에 웅크리고 있는 장욱진고택을 언급하고 싶다.

박수근과 이중섭, 김환기 등과 함께 한국의 근현대 미술을 대표하는 2세대 서양화가인 장욱진은 집, 가족, 아이 등 일상적인 소재를 활용한 간결하고 독특한 색감으로 표현한 화법으로 유명하다. 그는 명륜동, 덕소, 수

호암미술관 정원

벽돌로 지어진 장욱진 화가의 고택   장욱진고택의 카페, 집옥헌

안보 등 거처를 계속 옮겨 다녔지만, 가장 애정을 보인 장소는 말년에 머문 용인이라 할 수 있다. 양옥과 한옥이 공존하는 독특한 풍경의 장욱진고택은 그가 꿈꿨던 이상향이 잘 녹아들어 간 듯했다. 특히 벽돌로 지어진 2층 규모의 양옥은 그의 초기 작품 〈자동차 있는 풍경〉과 꼭 닮았다. 장욱진은 양옥에서 1년 반을 살다가 세상을 떠났고, 그의 고택은 현재 자그마한 미술관으로 사용되고 있다.

양옥에서 그의 산책 휴식터로 애용되었을 정자를 지나 한옥을 걷다 보면, 어느 것 하나 그의 손길이 닿지 않은 장소가 없다. 하지만 장욱진고택에서 가장 인상 깊었던 장소는 입구에 있는 '집옥헌'이라 불리는 한옥 카페다. 좀처럼 느끼지 못한 포근함과 아늑함이 건물 내부를 감싸 안는다. 여기서 휴식을 취하고 이제 용인 답사의 마지막 장소로 가려 한다.

지면의 한계상 전부 소개하지 못했지만 용인에는 경기도를 대표하는 경기도 박물관과 백남준아트센터가 함께 위치해 있고 이 역시 반나절 답

넓은 면적을 자랑하는 기흥호수공원

사로 충분한 곳이다. 그 밖에도 한국 등잔박물관, 야외 정원이 아름다운 호
암미술관, 삼성교통박물관, 용인시박물관 전부 빠질 것 없이 훌륭한 컬렉
션을 자랑하고 있다.

　이제 용인에서 가장 큰 규모의 호수공원인 기흥호수공원에서 용인의
이야기를 마무리 지으려고 한다. 용인은 급성장을 통해 도시의 정체성이
약간은 흐릿해졌을지 모르지만, 본래 도시가 가지고 있는 이야기와 자원
이 경기도 도시 중에서도 풍부한 편이다. 주변 도시인 안성, 수원과 연계하
여 다양한 관광 자원을 개발한다면, 용인이 가지고 있는 문화 잠재력을 마
음껏 발휘할 수 있을 것이다.

경기별곡의 두 번째 시리즈를 마무리 지으며

2020년 필자가 김포로 터전을 옮긴 후 시작된 경기도 이야기도 어느덧 반환점을 돌았다. 1권 『우리가 모르는 경기도』에서 경기도의 매력을 전체적으로 살펴보았다면 이번 편에선 서울과 가까우면서도 독자적인 개성과 이야깃거리가 두루 갖춰져 있는 경기도의 근교 도시들을 함께 둘러보았다. 답사를 거듭할수록 우리가 몰랐던 수많은 역사와 정보가 우수수 쏟아졌고, 그중 취합을 해야 하는 행복하고도 힘들었던 고민을 거듭하던 끝에 2권을 세상에 내놓게 되었다.

경기도는 대한민국에서 가장 급속한 성장을 보이는 지자체인 만큼 잠깐만 눈을 돌려도 그 변화를 따라가기 힘들다. 그런 맥락에서 그 고장의 명소를 소개하고 매력을 알려야 하는 답사기를 쓰는 나의 입장에서 지속성을 갖춘 장소를 선택하기란 결코 쉬운 일이 아니다. 그럼에도 불구하고 수백 년 동안 한자리에서 그 자리를 묵묵히 지켜 온 문화유산들과 그 속에 얽힌 인물들의 이야기는 여전하다. 게다가 고장마다 적어도 수십 년의 역사를 지닌 노포(老鋪)들이 저마다 생명력을 이어 가고 있다.

요즘 만나는 사람마다 필자에게 어떤 방식으로 생소한 경기도의 정보를 수집하는지 묻는 경우가 많다. 그럴 때마다 가장 기본적인 핵심은 오직 현장에 답이 있다고 답해 준다. 아무리 사전 정보를 습득한다 해도 그 지식은 단편적인 정보밖에 되지 않는다. 뉴욕 지도를 서울에서 바라보는 것과 뉴욕의 호텔 안에서 들여다보는 것은 완전히 다른 것처럼 말이다. 비록 그 장소에 초석 몇 기가 듬성듬성 남아 있거나 있었던 사실을 알려 주는 비석만 덩그러니 서 있더라도, 그것만으로도 충분히 가치가 있다.

물론 아무런 준비 없이 현장에 간다면 그저 의미 없는 돌무더기 탐방밖에 되지 않는다. 그곳의 가치를 더해 주는 것은 이 장소에 깃들어진 스토리텔링, 즉 이야기다. 그렇다고 필요 이상으로 정보를 얻고 간다면 선입관에 사로잡힐 수 있으니 이 점은 지양해야 할 것이다.

정보를 얻을 수 있는 가장 좋은 장소는 고장마다 있는 박물관과 도서관이다. 지역 박물관은 그 고장의 고유한 문화와 역사를 총체적으로 전달해 주기 때문에 전체적인 큰 그림을 그릴 수 있고, 지역 도서관에선 향토 학자들이 연구한 그 지역의 자료들을 열람할 수 있기에 도움이 된다.

지역을 대표하는 문화재와 박물관에는 항시 해설사가 상주해 있다. 시간적 여유가 있다면 한 번쯤은 한 시간 정도 이어지는 그들의 현장감 넘치는 해설을 들어 보길 바란다. 아마 보다 풍성한 여행이 되지 않을까 생각한다.

시리즈가 이어지는 동안 지면의 한계에도 불구하고 그 도시가 담고 있는 중요한 부분들을 놓치지 않으려고 노력했다. 이제 <경기별곡> 시리즈도 어느덧 3

경기별곡의 두 번째 시리즈를 마무리 지으며

권만 남겨 둔 상태다. 남아 있는 도시로 보자면 고양, 성남, 의정부, 광명, 시흥, 부천 등 수도권에 자리한 도시들이 대부분이다. 경기도의 많은 도민이 이 도시에 살고 있지만 정작 자신이 살고 있는 그 고장의 역사와 정체성을 모르고 사는 분들이 많을 것이다. 아마도 그런 도시들의 과거와 현재 미래를 살펴보며 <경기별곡> 시리즈를 마무리하지 싶다.

앞으로도 우보만리의 발걸음으로 우직하게 경기도를 누비면서 기회가 된다면 다양한 강연 활동이나 저술로서 독자들과 꾸준히 소통하겠다. 머지않아 3권에서 만나길 희망하며 2권을 마무리 짓도록 하겠다.

—